棉 被

[日] 田山花袋 著
魏大海 译

青岛出版社

图书在版编目（CIP）数据

棉被 /（日）田山花袋著；魏大海译 . —青岛：青岛出版社，2021.3
ISBN 978-7-5552-9621-8

Ⅰ.①棉… Ⅱ.①田…②魏… Ⅲ.①长篇小说—日本—现代 Ⅳ.①I313.45

中国版本图书馆 CIP 数据核字（2020）第 207803 号

棉被
MIANBEI

著　　者	［日］田山花袋
译　　者	魏大海
丛书主编	魏大海
出版发行	青岛出版社
社　　址	青岛市海尔路 182 号（266061）
本社网址	http://www.qdpub.com
邮购电话	（0532）68068091
策　　划	刘　咏　杨成舜
责任编辑	杨松霖
封面设计	今亮后声
照　　排	青岛新华出版照排有限公司
印　　刷	青岛帝骄文化传播有限公司
出版日期	2021 年 3 月第 1 版　2021 年 3 月第 1 次印刷
开　　本	32 开（889mm×1194mm）
印　　张	9.5
字　　数	170 千
印　　数	1-5000
书　　号	ISBN 978-7-5552-9621-8
定　　价	45.00 元

编校印装质量、盗版监督服务电话　4006532017　0532-68068050
上架建议：日本文学经典·畅销

总序　弥合世界与内心空隙的日本文学经典

　　思前想后，不知道这个总序该怎样写，不是文学史，却又跟文学史脱不了干系。经典系列的选编标准肯定是以文学史为基础。纵览日本文学的历史，经典可谓浩繁。飞鸟时代有《古事记》（纪传体史书）、《日本书纪》（编年体史书）、《怀风藻》（日本最早的汉诗集）和《万叶集》（最古的和歌集）。平安时代的文学被称作中古文学，代表性经典有《凌云集》（最早的敕撰汉诗集）、《古今和歌集》（最早的敕撰和歌集）、《土佐日记》（纪贯之）、《竹取物语》（作者不明）、《枕草子》（清少纳言）、《源氏物语》（紫式部）等。接下来的镰仓时代、室町时代和安土桃山时代的文学，有《方丈记》（鸭长明）、《徒然草》（吉田兼好）、《平家物语》（作者不明）等。到江户时代的近世文学，背景分江户前期的元禄文化（以京都、大阪为中心）和江户后期的文化文政文化（以江户为中心）。此期代表性的文学经典主要有《奥州小路》（松尾芭蕉）、《曾根崎情死》（近松门左卫门）、《雨月物语》（上田秋成）、《古事记传》（本居宣长）、《东海道中膝栗毛》（十返舍一九）、《南总里见八犬传》（曲亭马琴）、《我春集》（小林一茶）和《东海道四谷怪谈》（鹤屋南北）等。明治时代、大正时代和昭和时代的日本近现代文学，出现了形形色色的文学流派和文学样式。耳熟能详的有《小说神髓》（坪内逍遥的理论著作）、《浮云》（二叶亭四迷）、《金色夜叉》（尾崎红叶）、《五重塔》（幸田露伴）、《舞姬》（森鸥外）、《青梅竹马》（樋口一叶）、《天地有情》（土井晚翠）、《破戒》（岛崎藤村）、《棉被》与《乡村教师》（田山花袋）、《我是猫》与《心》（夏目漱石）、《罗生门》（芥川龙之介）、《雪国》（川端康成）、《斜阳》与《人间失格》（太宰治）、《细雪》（谷崎润一郎）、《假面的告白》（三岛由纪夫）以及《万延元年的足球队》（大江健三郎）等。这里列举的，不妨说是古代、中古、近世乃至近现代具有代表性的日本文学经典。

一家出版机构将这些具有代表性的经典作品全部翻译出版是一个奢望。本系列丛书着重选取明治维新后的近现代文学的经典篇目，且以小说为主。简单说来，明治维新以后的日本开展了汲取西洋思想、文化的文明开化运动，对文学也产生了很大的影响。言文一致运动便是其反映之一。结果是日语的书面语言摒弃了之前日本文学注重汉文的传统，在明治中期确立了直接连接现代日语的书面语言（"だ・である"体和"です・ます"体）。"文学"

一语，最初亦是翻译词语。在前述文体变革中，产生了如今一般认识中的"文学"概念。明治维新以后至1885年坪内逍遥的《小说神髓》发表之前，日本文学的分类是通俗文学、翻译文学和政治小说。日本近代文学的起步，始自坪内逍遥的《小说神髓》(1885)，这是日本近代以来最早的一部文学理论书籍，之后二叶亭四迷又写了一部《小说总论》(1886)。两人推崇的是西方的写实主义文学样式。作为写实主义文学的实验性作品，坪内逍遥创作了《当代书生气质》(1885)，二叶亭四迷则发表了被称作日本近代小说嚆矢的《浮云》(1887)。写实主义文学起步的同时，政治性国粹主义氛围高涨，井原西鹤与近松门左卫门的古典文学获得重新评价。1885年尾崎红叶和山田美妙等创立砚友社，创刊《我乐多文库》。在拟古主义的名目下，尾崎红叶发表了《两个比丘尼的色情忏悔》(1889)、《金色夜叉》(1897)等脍炙人口的经典小说，风格迥异的幸田露伴则发表了《风流佛》(1889)、《五重塔》(1891)等理想主义小说。两位作家的活跃让当时的文学创作进入"红露时代"。伴随着近代化的进程，自我意识的觉醒带来了人性的解放。此期的浪漫主义代表作品有追求开放自由和自我意识觉醒的森鸥外的《舞姬》(1890)、女作家樋口一叶的《青梅竹马》(1895)等。泉镜花的《高野圣》(1900)和《歌行灯》(1910)亦饱含着浪漫情绪，开拓出幻想与神秘的独特世界。国木田独步发表了以随笔式语言描写自然美的《武藏野》(1898)。基督教人道主义者德富芦花则发表了拥有社会性视野的家庭小说《不如归》(1899)。

日本的近代文学展现了丰富多彩的特点，其中的一个转折发生在二十世纪初。明治时代末期，日本文学受到西方自然主义（左拉、莫泊桑）文学很大的影响。自然主义文学的代表作品是岛崎藤村的《破戒》（1906）和田山花袋的《棉被》（1907）。尤其田山花袋的《棉被》，这部短篇小说被称作日本"私小说"的原点。有人称"私小说"是西方自然主义文学的变种。《棉被》以后的日本文学，"私小说"被公认成为一种主流性的样式存在，甚至与纯文学画上了等号。其他自然主义作家有国木田独步、德田秋声、正宗白鸟等。德田秋声也是典型的"私小说"作家，代表作有《新家庭》（1908）等。1909年田山花袋刊出了另一代表作《乡村教师》。岛崎藤村1910年发表了《家》，1918年发表了《新生》。面对前述自然主义文学的流行，近乎同期日本也形成了反自然主义的文学潮流，除了声名显赫的夏目漱石（余裕派）和森鸥外（高蹈派），反自然主义文学分类还有耽美派（唯美主义）、白桦派（理想主义）和新现实主义。夏目漱石发表的《我是猫》（1905）、《少爷》（1906）、《草枕》（1906）、《门》（1910），描写了日本近代知识分子的内在精神；修善寺大病后刊出的《心》（1914）、《明暗》（1916），揭示了人类的利己心。森鸥外受夏目漱石旺盛的创作活动刺激，依次发表了《青年》（1910）、《雁》（1911）等现代小说以及史传性的作品《涩江抽斋》（1916），后转向历史小说的创作。此外值得一提的是唯美主义文学两位代表作家。一位是永井荷风，最初同样倾倒于自然主义文学，从欧洲归国后发表了《法国物语》（1909），后则成为纯粹的唯美派作家，代表作有《濹东绮谭》等。另一位是谷崎润一郎，代表作有《刺青》（1910）和《痴人之爱》（1924）等。必须承认，唯美主义一方面与自然主义相对立，另一方面与自然主义也有着某种内在的一致性。日本近代的耽美派又被称作后期浪漫主义，以两个文学刊物《昴》和《三田文学》为活动中心，代表作家还有佐藤春夫和久保田万太郎。在自由和民主主义社会氛围中，主张人道主义的白桦派文学一度时兴。白桦派的代表人物是武者小路实笃、志贺直哉、有岛武郎和里见弴。武者小路实笃的代表作有《幸运的人》(1911)和《友情》(1919)，志贺直哉的代表作则有《和解》《在城崎》(皆为1917)、《暗夜行路》(1921—1937)等，有岛武郎的代表作是《一个女人》(1919)，里见弴的代表作是《多情佛心》(1922)。志贺直哉同时又是日本私小说与心境小说的代表作家，其作品被当作纯文学之典范，对同时代的年轻小说家产生过很大的影响。

大正时代(1912—1926)中期开始，以《新思潮》为活动中心的新现实主义代表作家，有受前辈作家夏目漱石和森鸥外影响的芥川龙之介、菊池宽、山本有三和久米正雄等。大致同期，另有一批作家被称作奇迹派或新早稻田派，如广津和郎、葛西善藏、宇野浩二、嘉村矶多，多为"私小说"作家。1920年6月前后至1935年是日本现代主义文学和无产阶级文学并存期。第一次世界大战后兴起于欧洲的达达主义、未来主义和表现主义文学技法传到日本，冲击了日本小说家坚守的平板化的写实主义和艺术至上主义。以横光利一和川端康成为代表的新感觉派，对传统文坛的个人主义写实持批判态度。横光利一将某种电影化手法运用于小说《蝇》(1923)的创作，又在1935年刊出重要论文《纯粹小说论》，在"观察自我的自我"之必要性上设定了所谓"第四人称"。川端康成则于1935年开始创作其代表作《雪国》，展现了独具一格的审美意识。另一个现代主义文学流派叫新兴艺术派俱乐部,两位别具特色的作家是继承了"私小说"传统的梶井基次郎和井伏鳟二,前者的代表作是《柠檬》(1925),后者是《山椒鱼》(1929)。新感觉派的继承者则是新兴艺术派解体后留下业绩的堀辰雄与新心理主义的伊藤整,前者的代表作是《圣家族》(1930)和《起风了》(1938),后者主要业绩在文学史和文学批评方面。两人尝试了受乔伊斯和普鲁斯特影响的精神分析或揭示深层心理的艺术表现方式。同期具有影响力的批评家小林秀雄,据称确立了日本近代批评的形态。在特定的政治、历史、文化背景下,1921年小牧近江创刊了《播种人》杂志,无产阶级文学潮流兴起,代表作家是小林多喜二(《蟹工船》1929)、德永直(《没有太阳的街》1929)、宫本百合子、叶山嘉树、中野重治、佐多稻子、壶井荣(《二十四只眼睛》1951)等。无产阶级文学评论方面的代表人物是藏原惟人和宫本显治。

如前所述,本篇总序并非文学史描述,但与文学史又有着密切的关联。近似于文学史的描述,目的在于示明本系列选题的基本范围。在此范围之内,皆有被选择的可能性,但并非所有的作品都会被纳入选题。初拟选定的时间下限截至1970年。必须强调,二战后的"战后派"文学影响很大,杰出的作家有武田泰淳、埴谷雄高、野间宏、加藤周一、大冈升平、三岛由纪夫、安部公房、井上靖、岛尾敏雄、梅崎春生等,影响力一直延续到二十世纪末。战后派重要的小说作品有大冈升平的《俘虏记》(1949)和《野火》(1952)、三岛由纪夫的《假面的告白》(1949)和《金阁寺》(1956)、安部公房的《墙壁》(1951)等。日本"战后派"有第一次战后派、第二次战后派、第三次战后派之分,"第三新人"便是第三次战后派。具有一致性的代表作家,有安冈章太郎、吉行淳之介、远藤周作、小岛信夫、庄野润三、阿川弘之等。"第三新人"之后登场的新人作家是大江健三郎、开高健、江腾淳和北杜夫等。此外,二战后还出现了一批引人注目的女作家,有野上弥生子、宇野千代、林芙美子、佐多稻子、幸田文、圆地文子、平林泰子、濑户内晴美、田边圣子、有吉佐和子、山崎丰子等。无可置疑,当时处于文坛中心的川端康成乃别样的文学存在,陆续发表的重磅力作有《千羽鹤》(1949)、《山音》(1954)、《睡美人》(1961)和《古都》(1962)等。其他文坛元老的创作则有谷崎润一郎的《钥匙》(1956)和《疯癫老人日记》(1962)、井伏鳟二的《黑雨》(1966)等。同期其他重要作品有安部公房的《砂女》(1962)、《燃烧的地图》(1967)等,大江健三郎的《个人的体验》(1964)、《万延元年的足球队》(1967)等,井上靖的《敦煌》(1959)、《俄罗斯国醉梦谭》(1968)等。1968年,川端康成荣获诺贝尔文学奖;1970年,三岛由纪夫在日本自卫队的市谷驻地剖腹自杀,同年四部曲《丰饶之海》完稿。其他战后派作家的代表作品有岛尾敏雄的《死棘》(1960)、梅崎春生的《幻化》(1965)、大冈升平的《莱特战记》(1971)、中村真一郎的《赖山阳及其时代》(1971)、野间宏的《青年之环》(1971)等。再往后出现"内向的一代",代表作家是古井由吉、后藤明生、黑井千次、日野启三等。二战后不同类型的作家尚有历史小说家司马辽太郎、陈舜臣、伊藤桂一,推理小说作家松本清张、水上勉、西村京太郎、森村诚一,科幻小说作家被称作"御三家"的星新

一、小松左京、筒井康隆,以及言情作家渡边淳一等。渡边淳一是一个特殊的存在,在他这个文类或领域,可谓空前绝后。1970年以小说《光与影》荣获日本通俗文学大奖直木奖,1995年他的长篇小说《失乐园》在日本引发"失乐园"热,2003年获菊池宽奖。二战后出生作家首获芥川奖的中上健次,获奖作品是《海角》(1975)、《枯木滩》(1977)。此外1979年获野间文艺新人奖的津岛佑子(太宰治次女),1976年获得芥川奖的村上龙以及至今拥有无数读者的村上春树,都是二十世纪七十年代后不可忽视的文学存在。二十世纪末至今受到关注的作家,还有岛田雅彦、池泽夏树、笙野赖子、多和田叶子、山田咏美、吉本芭娜娜等。1986年获得"文学界"新人奖的片山恭一亦值得注目,代表作是《在世界中心呼唤爱》,这也是迄今为止日本销量最高的单行本小说。当然,二十世纪七十年代以后的作家作品,除少数例外,一般不会纳入本经典系列的选题中。

近年以来,青岛出版社在日本文学的翻译、出版方面业绩斐然,此次的日本文学经典名家名作名译系列更是一个大胆且富有创意的构想。前面拉拉杂杂提到日本自古以来重要作家的重要作品(主要是小说类),但本经典系列的初衷并不奢望一网打尽所有经典,也不期望一次性出齐所有入选系列的经典译著。成熟的经典译著拟分辑先后刊出,分批次陆续将一些名家翻译的日本文学经典作品列入出版计划。现已纳入出版计划的有周作人译《枕草子》(清少纳言)、陈岩译《奥州小路》(松尾芭蕉)、文洁若译《五重塔》(幸田露伴)、高慧勤译《舞姬》(森鸥外)、林少华译《我是猫》(夏目漱石)等。既然是从古到今的日本文学经典,《万叶集》

（例外不是小说）和《源氏物语》必不可少。但是有时，名家翻译也会出现这样那样的问题，尤其是无法解决的版权问题。那么竭尽全力选择最为合适的译者重新翻译，这是一个很大的挑战。不敢说超越前辈，至少争取规避前辈翻译家遭遇过的难点或困境，在尊重经典、准确翻译的基础上，尽力推出具有自己文体风格的优秀的译作。我们知道，在1983年的日本文学研究会第三届全国年会上，在学会法人、学会副会长李芒先生的带领下，诸多前辈学者、翻译家、出版家曾确立过一个庞大的翻译出版选题计划——从古到今的"日本文学大系"。当时，众多国内一流的出版社参与了这个选题计划，但遗憾的是这项庞大的计划没有付诸实施。毫无疑问，那与青岛出版社目前的经典选题系列不同，后者并不奢望一举成功、无一遗漏地推出所有的经典名著。经典的定义，亦仁者见仁智者见智。想必这样的方式更具灵活性，时间上、年代上不受限制，选题上也依照主编个人化的选定标准。比如，第一辑即将推出的名家名作名译除前述几部外，还有宋再新翻译的《黑雨》（井伏鳟二）和魏大海翻译的《棉被》《乡村教师》（田山花袋）。经典名著的判定标准理应是文学史上已有定论的作家作品，当然也要兼顾主编相对主观的判定。总之，本文学经典系列是一个具有灵活性的优良架构，我们会陆续将成熟的日本文学经典名家名作名译装进箩筐，希望在金秋收获的时光为国家的文化事业贡献一份力量。

魏大海

二〇二〇年金秋十月

目录

总序 弥合世界与内心空隙的日本文学经典　01

棉被　001

乡村教师　077

棉　被

一

他原本打算由小石川的切支丹坂，顺着缓坡走向极乐水边的小路。

"看来，我和她真的没希望了。自己真蠢。三十六岁了还有三个孩子，竟做那般非分之想。可是……可是……那果真是事实吗？难道那样的感情仅仅是一种性欲，而不是所谓的爱情？"

那些表达感情的通信，证明了两人之间非同寻常的关系。正因家有妻小，顾忌社会舆论与师生关系，两人才没有最终堕入爱情的陷阱。然而相互交谈时的内心激动和相见之时的热切目光，又的确在二人心中潜置了狂烈的暴风骤雨。一旦遇见适当的机会，那般心灵风暴必将毁坏一切关系——包括夫妻、亲友、道德和师徒。至少他相信会如此。而虑及两三天来发生的变故，姑娘确实出卖了他的感情。他屡屡想到自己遭受的欺骗。他是一位作家，理应有能力客观地看待自己的心理。可年轻女人的心理是捉摸不透的，也许那种温暖而令人欢喜的爱情只是女性特有的自然的表露，美丽的眼神和温柔的态度统统都是无意识和无意义的，就像自然的花朵给人慰藉一般。退而言之，即便女人真的爱上自己，两人仍是师徒关系。自己家有妻小，人家却是正值妙龄的美丽鲜花。两人不知该如何处置这种相互间的情意缠绵。再说，姑娘激情荡漾的情书不也明里暗里表达了她的苦闷吗？那真是一种无法抗拒的自然力量。姑娘最终传达出了情意，他却不愿揭开最终谜底。女孩儿生来谨慎，怎好再三地表露情感呢？这样的心理下，姑娘或许是十分失望的。随之，便有了眼下的变故。

"总之错过了机会。她已名花有主！"

他一边走一边歇斯底里地喊道，同时用手揪着自己的头发。

他身着条纹哔叽西装，头戴草帽，手持藤杖，身体微倾地往坡下走去。九月的中旬残暑难耐，但毕竟已有清凉之意。秋高气爽，碧蓝色的天空令人动情，餐馆、酒馆、杂货店连接着对面的寺院小门和背巷里的矮屋。在久坚町的低洼地带，众多的工厂烟囱冒着黑烟。

在那么多的工厂中间，有一栋二层的西式居宅。其中一间，正是他每日午后上班的地方。房间大约十铺席大小，屋中央是一张不小的独脚桌，旁边是高高的西式书柜，里面装了满满当当的地理书。他是受一家小出版社的嘱托，来此帮助编辑地理图书的。文学家怎么又是地理图书的编辑？他自称是对于地理图书的兴趣使然。但毋庸置疑，他内心是并不情愿的。在其郁郁不得志的文学经历中，所有的创作都支离破碎，至今未遇全力尝试的机会。他沉浸在无尽的烦闷之中，青年杂志每月的恶评更是令之痛苦不堪。尽管自认为依然保留着有朝一日成名成家的愿望，但他的心底却依然充满了苦闷。社会日渐进步，电车使东京的交通焕然一新。女学生也已成为社会一景。如今已很难找见自己恋爱那个时代的窈窕淑女。青年自然还是青年，但谈恋爱、说文学、讲政治已全然没有过去的旧式姿影。他觉得所有这些，与自己已渐行渐远。

他每天机械地走在同样的小路上，钻进同样的大门。在撼动房屋的旋转机械声音中，他通过掺杂了职工臭汗的狭窄小屋走进办公室。途经事务室，他向同事们一一点头示意，再走上狭长的楼梯，发出咯吱咯吱的声响。办公室朝东南，下午的烈日烤得人实在难受。小伙计打扫卫生也敷衍了事，桌上一层白色灰尘，土涩涩的令人不悦。他坐在椅子上抽了一支烟，站起身走到书架旁，取下厚厚的统计书、地图、索引和地理图书，开始静静地续着昨日的内容写下去。可两三天来，头脑里乱麻一般，实在是写不下去。写了一行便停下来，思前想后，再写一行，又停下来。始终处于这样的状态之中。头脑里浮现的，总是支离破碎的思绪，时时表现为一种猛烈、偏激或绝望。

不知为何，他突然联想到霍普特曼的剧作《寂寞的人》①。此前，他曾想以此剧作为给那个女孩的授课内容。他想讲述的是约翰内斯·福凯拉特②的心事与悲哀。三年以前读到这部戏剧作品时，他做梦也没有想到这个世界上还有那样的女孩。打那之后，他便真正成为一个寂寞的人。其实，他并非要将自己比作约翰内斯，但他的确怀着深深的同情，假如世上真有安娜③那样的女孩，出现那样的悲剧便是理所当然的。他不由得长叹道，自己真连约翰内斯也不如。

他终究未能给女孩教授《寂寞的人》，而是讲授了屠格涅夫的短篇小说《浮士德》（1885）。洋灯照亮四铺席半大小的书斋，年轻女孩的内心憧憬着色彩斑斓的恋爱物语，富于表情的眼睛闪烁着深不可测的光辉。女孩的蓬松发型很入时，发间别着一把小梳子，还有一条飘然的发带。洋灯的光线照亮她的半身。当她的脸庞贴近书籍，一种妙不可言的香水馨香扑面而来，那是肉体的馨香，女人的馨香……讲解到书中主人公给昔日恋人阅读《浮士德》④（1831）的段落时，他的声音也在剧烈地颤栗。

"不过，全都完了！"

---

① 德国剧作家 Gerhart Hauptmann（1862—1946）的自然主义倾向代表作。
② 前述剧作家剧作《寂寞的人》中的男主人公。
③ 前述剧作家剧作《寂寞的人》中的女主人公。
④ 德国诗人歌德（1749—1832）代表性史诗作品。

他再次揪住自己的头发。

二

他的名字叫作竹中时雄。

三年前妻子怀上了第三个孩子,新婚的快乐却已消失得无影无踪。整日价忙忙碌碌,却又一事无成。他想尽毕生精力推出半生之作,却又缺乏孤注一掷的勇气。每天早起上班,下午四时回家,看着老婆永无变化的脸,吃饭,睡觉,这样单调的日常生活令之感受到深深的倦怠。搬出家门?没劲儿。和朋友聊天?没劲儿。涉猎外国小说?同样无法令之满足。唉!庭树繁茂、雨滴淅沥、花开花落之类的自然状态,只会令平凡的生活更加平凡。他感觉,自己寂寞得近无容身之地了。行路之中时常遇见年轻美貌的女孩。他痛切地想,如果可能,不如重新体验新的恋爱。

实际上对于所有男人,三十四五岁都是充满烦闷的年龄。这个年龄的男人常与卑贱的女人逢场作戏,毕竟寂寞的心绪需要慰藉。事实上这个年龄,也是夫妻离婚最多的时期。

每天早上上班途中,他都会遇见一位美丽的女教师。上班期间见到这个女子便是他每日唯一的乐趣,他常常为之浮想联翩。他幻想着与那女子恋爱,去神乐坂附近的小茶馆,并偷偷地体验那般乐趣……他也想到两人背着妻子,去近郊散步……他甚至产生过更加过分的幻想,他想象妻子妊娠之中突然难产而死,于是将美丽的女教师自然地续为后妻。他甚至一面走路，一面无所顾忌地揣摩着此等续弦的可能性。

正在这个时期，他收到一封洋溢着崇拜之情的手简。写信者是神户女子学院的学生，生于备中新见町，是其著作的崇拜者，名叫横山芳子。其实提及竹中古城，世间多少会有耳闻，知道是一位文笔优美感伤的小说家。自此，外埠的小城镇便常常寄来崇拜、景仰者的手简。有的请他修改文章，有的则想成为弟子。他自然无暇一一答复。因此芳子的来信并没有特别引起他的好奇，他也没有打算回信。然而收到同一位热心读者的三封手简后，时雄便身不由己地注意起来。字里行间，流露出芳子的殷切热望。她芳龄十九，其文字表情的巧妙却令人惊异。她说无论如何都要拜在先生门下，一生从事文学。信中的字迹潇洒，让人推想那是个新派的时髦女孩。这一日，时雄在工厂二楼的工作室里，丢下每日面对的地理书籍，连篇累牍地给芳子写了回信。手简里写道，女孩子涉足文学是鲁莽的，女人生理上应尽人母之义务，而身为处女成为文学家更是一种危险。时雄不厌其烦地述说着，有时文辞近乎詈骂，他以为这样女孩儿便会却步，断了这个念头。时雄念及于此，脸上露出了微笑。他同时在书架上找出了冈山县的地图，研究阿哲郡新见町的所在。那位置沿山阳线高粱川河谷上溯十几里地。时雄仔细考察了附近的地形与山川，心里的亲切感油然而生。他同时感觉奇怪，在这样的深山当中，怎么会有那般新派的女孩？

他以为，这样一来芳子便不会写信了。不料发信之后的第四天，他却收到了更加厚重的一封来信。信有三页，蓝色暗格的西洋信纸上，青色的水笔横写着秀丽的小字。信中反复表达的意思，是希望时雄收下自己这个弟子，将来也不要抛弃自己。还说在征得父母同意后便来东京，去一家合适的学校一心一意地学习文学。时雄自然感受到了女孩儿的坚定志向。即便在东京——即便是女子学校毕业生，也并不了解文学的价值所在，而她的信中，却似对此无所不知，于是时雄立马回信，结成了师徒之谊。

打那之后，两人频频写信寄文章。时雄觉得，女孩的文章虽然尚有幼稚之处，但流畅而无语病，将来发展的空间很大。一来一往，两人了解了对方的气质。时雄的日子有了盼头，总在期盼着女孩的来信。有时，他真想问女孩要张相片，便在手简的边角上写了一行小字，可随即又将之涂黑。女性的容貌绝对重要，没有容貌的女子即便才高八斗，男人也不待见。时雄心里揣摩，搞文学的女人想必没有像样的，但又希望这个女孩别太寒碜。

芳子获得了父母的许可，在父亲的陪伴下，翌年二月造访了时雄家。这天正值时雄第三个儿子出生的第七天。客厅隔壁是妻子的产房，搭帮手的妻姐告诉她，来访的年轻女生花容月貌，妻子听了露出些许懊恼。妻姐也担心，不知时雄收下这样年轻美貌的女弟子是出于何种想法。时雄和芳子父女并排而坐，滔滔不绝地讲述着作为文学家的境遇和目标，且先向女孩父亲询问了有关婚姻的情况。芳子家在新见町可谓排名三甲的富户，父母笃信基督教，母亲尤为虔诚，曾在同志社女子学校读书。芳子的大哥留学英伦，归国之后，成为某官立学校的教授。芳子由镇上的小学毕业后,便到神户进了神户的女子学院,在那里度过了新派的女子学校生活。那是一所基督教女子学校,与其他的女校相比,这里的文学喜好是完全自由的。当时学校也规定,不得阅读《魔风恋风》①和《金色夜叉》②之类的小说。但在文部省干涉之前,只要不在教室里阅读,也便放任自流。在附属于学校的教会中,芳子经历了祈祷的肃穆、圣诞之夜的欢乐和理想培育的体验,交往的同伴大多遮掩人类卑琐的一面而一味标榜人类的美好。刚刚入学之时,她们还痛切地感受着对于母亲的依恋和念家的痛苦,而时过不久便忘了那一切,开始喜欢上这种女学生丰富多彩的寄宿生活。其实这样的女学生生活并不单纯,舍监是个乖僻的老女人,学生们总要看她的脸色,于是便正话反说对她明褒暗贬。她时常在用餐时惩罚学生,将好吃的南瓜扣下来,只让学生吃酱油盖浇饭。而在这样的女学生群体熏陶下,她也不像一个家庭温室中长大的少女那般永远以单纯的目光观察世界。不知不觉间,在芳子身上也具有了美好、理想但却虚荣的心态,她同时完全具备了明治时代女学生的长处和短处。

至少,时雄孤独的生活被芳子打破了。今日的发妻无疑是昔日的恋人,但如今却时过境迁。几年以来,女性教育开始勃兴,女子大学纷纷设立,街上流行蓬松的时髦发型和海老

---

① 小杉天外(1865—1952)的长篇小说代表作,描写男女学生的爱情悲剧,在当时颇受年轻一代读者的欢迎。
② 尾崎红叶(1868—1903)的长篇小说代表作,同样描写新世态下的恋情悲剧,受女性读者大力欢迎。

茶袴①，所有女孩不再羞于同男人并排行走。在如今的世态中，要时雄仍旧满足于发妻那样的传统女人，实在是非常可悲的事情。在时雄眼中，发妻可谓一无所有，只有旧式盘髻、泥鸭步式②和温顺贞节。发妻最大的满足不外乎生儿育女，她不会跟随夫君，像美丽的新派娇妻那样相拥依偎着散步，也不会在探亲访友时流畅自如地与人交谈，甚至没有兴趣阅读自己耗尽心血写出的小说，与夫君的苦闷、烦闷更可谓风马牛不相及。时雄不由地心中呼喊："孤独啊！"他像《寂寞的人》中的约翰内斯一样，深切感受到发妻的毫无意义。然而这种孤独，却被芳子的到来打破了，那时髦、新派的美丽女弟子"先生""先生"地叫着，时雄仿佛变成了世上受人景仰的伟人，他无法不为之心动。

最初的一个月，芳子只称是暂住于时雄家中。婉转的嗓音，艳美的身姿，与时雄以往的寂寞生活形成了何等对照！芳子帮着照料刚出产房的妻子，帮她织袜子、织围巾、缝衣物、看小孩儿，那种生气勃勃的模样，令时雄仿佛再度回到了新婚的愉悦中，感受到走近家门时迫不及待的激动。打开大门，迎面而来的是美丽的笑容和色彩斑斓的姿影。不像从前，夜晚回来，妻子已陪孩子睡去，丑陋的睡相惨不忍睹，六铺席大小的居室里徒然地亮着洋灯，反而增加了更多寂寞的感觉。可如今，哪怕是深更半夜回家，洋灯下也有一双白皙纤细的秀手在那里巧妙地编织，膝头上摆放着色彩鲜艳的毛线球。

---

① 19世纪80年代前后，女学生中流行的黑红色裙子。
② 讽刺性说法，比喻着传统和服的日本女人走路的姿态。

牛込①深处的竹篱中,充盈了欢快的笑声。

然而过去不到一个月时间,时雄开始觉察到,那般可爱的女弟子已不可能继续留在家中。顺从的妻子并未提出异议,甚至没有一点不满的迹象,但脸色越来越差。在无限的笑声中充溢着无际的不安,他发现,在妻子娘家的亲戚间,已经如临大敌地进行讨论。

时雄经历了种种烦闷之后,只好求妻姐——一个靠抚恤金和经营裁缝店维持生活的军人遗孀帮忙,让芳子借居她处,从那里可以去麴町一处女子私塾就学。

三

从那时直至此次事件的发生,已经过了一年半光景。

其间,芳子曾两度回故乡省亲。她写了五部短篇小说,一部长篇小说,另有数十篇精美的散文和新体诗,在女子私塾的英语学习也成绩优良。同时,时雄又帮她在丸善书店选购了屠格涅夫的全集。两次回家,一次是在暑假期间,另一次则因神经衰弱,不时地发生剧烈痉挛。医生劝她暂回故乡,在静谧的自然中修养身心。

芳子的暂栖之所在麴町的土手三番町,位于甲武线电车途经的河堤边上。芳子的书斋是时雄妻姐的客厅,八铺席大小。客厅前面则是人来人往的道路,过往行人和孩子们喧闹

---

① 牛込,东京都的地名。

不已。书斋里有一张"一闲"①书桌，旁边是时雄书斋里那种西式书架，只是小了一号，上面摆放着镜台、红皿②、胭脂罐，还有一个装有镇静剂的大瓶子，那是准备应急时服用的，以缓解她的神经过敏和头疼。书柜上放着红叶③全集、近松世话净琉璃④和英语教科书，尤其显眼的是新近购买的《屠格涅夫全集》。其实这未来的闺秀作家自学校归来后，更多时间不是伏案创作文学作品，而是在写信。她有许多男性朋友。她的许多来信，一看就是男人的笔迹。其中一位是高等师范的学生，还有一位是早稻田大学的学生，他们时常来此玩耍。

在麹町土手三番町一隅，其实并无太多新派的女学生。且在市谷见附⑤的对面，便是时雄发妻的娘家，附近的许多商家姑娘颇具旧时风范。因此，芳子这种神户的新派时髦女，颇令附近的住户们侧目。时雄常听妻子这样复述她姐姐的话：

"今天姐姐又对我说，芳子那样真是让人作难呀。男性朋友来串门倒也无妨。可是，据说每逢二七，夜里就结伴逛不动明王的庙会，还彻夜不归。想必芳子绝不会做什么出轨的事儿，但是外面嚼舌头的多讨厌呀！"

时雄听了这些话总是护着芳子："你们这些老脑筋，根本搞不懂芳子做的事儿。男人女人在一起走路说话，到你们眼里就是大逆不道的怪事。你们的这些想法说法都过时了。如

---

① 漆器的一种。据传是明朝的归化人飞来一闲始创。
② 用于指尖稀释口红的器皿。
③ 尾崎红叶。
④ 近松门左卫门（1653—1724）的净琉璃，一种说唱曲艺作品。
⑤ 现在的千代田区"国电"电车市谷站附近。

今的女人解放了，想干什么就干什么。"

时雄还把自己的这些议论，得意洋洋地说给芳子听："如今的女孩子必须实现自我的觉醒，不能像过去的女人那样充满依赖心理。正如苏德曼①小说中的玛格达所言，女人不可懦弱到直接由父亲手中转移到丈夫手中。日本新女性必须学会用自己的头脑思考，且按照自己的想法行事。"说到这里，他又举了易卜生的娜拉②和屠格涅夫的叶莲娜③的例子，说明俄国、德国的妇女具有丰富的意志和感情。时雄接着说道："然而所谓的觉醒中，理应包含自省的要素，因而不能过度地滥用意志和自我。必须意识到，自己要对自己的行为负完全的责任。"

对芳子而言，时雄的此般教导宛若圣旨，对其景仰之情愈加高涨。她甚至感觉先生的这番话，比基督教的教义更自由更权威。

作为女学生，芳子的装束的确太过艳丽。她戴着金戒指，系着入时的华美腰带，亭亭玉立的身姿十分吸引路人的眼球。与其说是脸蛋儿长得好，莫如说是脸上的表情丰富。那张脸，有时令人感觉美不胜言，有时又会给人以丑陋之感。芳子的眼睛晶莹剔透，仿佛会说话。时雄心中常想，四五年前的女人显露自己的感情时还是非常单纯的，或者是面带嗔怒，或者是喜形于色，顶多不过三四种表达感情的方式。而如今巧妙运用脸部表情的女人多了起来，芳子也是其中之一。

---

① Hermann Sudermann（1857—1928），德国自然主义小说家、剧作家。玛格达是其《故乡》一作中的女主人公。
② 易卜生《玩偶之家》（1879）中的女主人公。
③ 屠格涅夫《前夜》（1860）中的女主人公。

芳子与时雄的关系十分密切,显然超出了师生之谊。一位女性看到了两人亲密的样子,便对时雄妻子说:"芳子来了之后,时雄真是完全变了一个人。看他两人说话的样子,都跟丢了魂儿似的。夫人可不能大意呀。"在外人眼中产生那般感觉也是情有可原。但实际上,两人真的达到那般亲密了吗?

年轻女人的心思变幻莫测,谁能说得准?她们异常敏感,会被一丁点儿小事打动,又会为无聊的琐事伤心。时雄经常处于一种困惑之中,他无法把握那种亲切的态度中是否暗藏了爱情。他想到了道义的力量和习俗的力量,同时意识到当遇见机会时,冲破这些力量就像撕布一样容易。难以遇见的,只是实施那般破坏的机会。

时雄独自在心中揣摩,一年中,这样的机会至少有过两次。一次是芳子寄来了厚厚的信函,信中哭诉道自己不争气,难以报答先生的师恩,将来唯有回到故乡,嫁个农夫埋没于村野之中;另一次则是时雄的突然造访,那天夜里只有芳子一人在家。第一次时,时雄觉得,芳子当初来信的意图是十分明显的。他也为此懊恼了一夜,不知该如何回复芳子。发妻在一旁睡得很死,时雄几次偷窥发妻的睡姿,心中产生了自责之情,责怪自己良心的麻木。于是第二天写给芳子的回信,便摆出一副师道尊严的模样。第二次则发生在两个月之后的一个春夜。时雄突然来到芳子的住处,芳子浓妆艳抹,火盆前霍然呈现出美丽的面庞。

"怎么了?"时雄问。

"我自己看家。"

"姐姐去哪儿了?"

"大概是去四谷购物吧?"

说完,就那么直勾勾望着时雄的脸。真的是美艳绝伦!面对芳子勾魂摄魄般的一瞥,时雄没出息得心中怦怦跳。片言只语,两人谈的只是普通话题,却又心照不宣,都知晓这平凡的故事其实包含着并不平凡的内容。此时,倘若再接着交谈十五分钟,谁知将会出现怎样的状况?芳子富于表情的眼睛闪烁着亮光,言辞娇媚,显露出非同寻常的态度。

"今夜的芳子怎么这样漂亮?"

时雄有意若无其事地说。

"什么?哦,刚刚洗过澡。"

"这粉怎么也这么白?"

"您说什么呢,先生?"芳子笑得弯下了身体,一副娇媚的姿态。

时雄坐了片刻起身告辞。芳子一再挽留说"别这样急着回去呀"。可无论怎样劝,时雄都坚持要回去,两人只好依依不舍地送走了那个月夜,芳子白皙的面庞中包含着深不可测的神秘感。

到了四月,芳子变得体弱多病,面色苍白,陷入神经衰弱的痛苦中。她大量服用安眠药,却仍旧无法正常地入眠。无尽的欲望和本能,毫不犹豫地诱拐着这个妙龄女孩儿。芳子愈发大量地服药。

芳子四月底返乡,九月再来东京,接着便发生了最近的那个事件。

其实最近的事件，也不是什么别的事情。芳子有了恋人。在返回东京的途中，她带着恋人去了京都的嵯峨①游览。因为出游了两天，使得出发与抵京的时间并不相符，而且两人有往来于东京、备中之间的多次通信。追问下来，确定他们是恋爱了，芳子认为这是神圣的恋爱，两人的交往绝无不当行为，她同时表达了迫切的愿望——无论将来发生什么事情，他们都要将恋爱进行到底。时雄作为芳子的老师及这份恋情的见证者，无可奈何地承担了月下老人的职责。

芳子的恋人是同志社大学的学生，神户教会的秀才，二十一岁，名叫田中秀夫。

芳子强调了自己恋爱的神圣性。虽然故乡的双亲大为不悦，认为还是学生，就悄悄跟个男人游嵯峨，显然是精神的堕落。但芳子发誓没有做出什么肮脏的行为。两人意识到爱情的发生，毋宁说是在京都分别之后。刚一回到东京，田中便寄来了热情洋溢的求爱信。芳子说，那是她第一次许下关于将来的约定。她流着眼泪强调绝无任何违法行为。时雄心中产生了强烈的牺牲感，同时又觉得自己负有义不容辞的责任，应当为二人的所谓神圣爱情出一份力。

时雄感受到无尽的苦闷，心中仿佛真的被人夺去所爱一般。其实原来，他倒并未考虑将女学生当作自己的恋人。若

---

① 京都西部洛西地带中心，有许多寺院，是著名的名胜古迹胜地。

有那种明确的想法，当初便会毫不犹豫地抓住两次近在咫尺的机会。然而，他如何能放任、忍受人家夺走自己的芳子呢？芳子是自己的女弟子，自己的所爱，她给自己孤寂的生活增添了美丽的色彩，使自己感受到无穷的力量。虽然在自己的优柔寡断中，两次机会都擦身而过，但他心底里仍旧暗藏着一个小小的愿望，他在期待着第三次或第四次机会，希望藉此创造出新的命运或新的生活。时雄烦闷不堪，心如乱麻。嫉妒、怜惜、悔恨，种种感觉汇聚一处，似旋风一般在他的头脑里回旋，其中也夹杂着作为老师的道义感，焦虑的感觉似火焰般燃烧。甚至为了自己心爱女人的幸福，时雄情愿牺牲自己。于是，他晚餐的酒量明显增加，时常喝得烂醉如泥。

翌日星期天，屋后的森林里大雨倾盆，令时雄孤寂的感觉倍增。雨点降落在苍老的古榉树上，雨线好长，仿佛由无限的天空无限地降落下来。时雄没有勇气读书也没有勇气写作。天已入秋，他横卧在令其后背发凉的藤椅上，望着外面长长的雨线，由此事件联想到自己的半生。在他的经验中，竟有几次相似的经历，一步走错，便被命运所抛弃，只能永远做个圈外人。时雄经常体验这种寂寞、苦闷的苦涩滋味，在文学的领域或社会生活中都是一样的。爱情，爱情，爱情，他感觉，自己如今仍在那种消极的命运中漂浮，他感觉那种不争气的命运始终在压迫着自己。他想起屠格涅夫的所谓多余的人，脑海里总是浮现出屠格涅夫小说主人公虚幻无常的一生。

时雄寂寥不堪，中午也说要喝酒。妻子的照料稍有迟滞，他便嘟嘟喃喃地发牢骚。一会儿又说饭菜不好，大动肝火，自暴自弃地喝闷酒，一壶又一壶。不一会儿，时雄又喝得烂醉如泥。他不再对妻子发牢骚。酒壶里的酒喝干之后，他就只有酒啊酒地念叨，且抓着个空酒壶干吮。懦弱的侍女不知如何是好，呆呆地望着眼前的景象。自己的儿子五岁了，开始还视若珍宝，又是拥抱又是抚摩又是亲吻。可如今孩子一哭他就来气，不由分说地拉过来，照着屁股便呱唧呱唧地一阵乱打。三个孩子都怕他，远远地躲在周围，奇怪地看着不同于平素的父亲那烂醉的红头赤脸。醉成这样，也就喝了一升酒。他完全不理会餐桌上的杯盘狼藉。过了片刻，又以奇异、慵懒的节奏，吟出了十年前流行的、十分幼稚的新体诗：

> 你彷徨门边，
> 一阵狂风，
> 小巷里尘土飞扬。
> 可恶的狂风，
> 迷乱浮尘，
> 爱情的名字是拂晓……

吟了一半，时雄裹起妻子的棉被，突然站起身，像座小山似的往客厅方面移动。"哪儿？你要去哪儿？"妻子不安地由身后追上来。他却不理不睬，就那样裹着棉被进了厕所。妻子从后面慌乱地一把拽住棉被，在厕所门口将棉被抢了过来。

"哎,你,喝得烂醉,真讨厌!怎么把棉被往茅房里带呀?"

时雄摇摇晃晃,好歹解完小手,随后扑通倒在厕所里,就势横卧在地。妻子怕脏,不住地摇晃他想把他拉起身来。可时雄既不想挪动也不想站起。他哼哼了一声并未睡去,赤土一般的脸上睁大着锐利的双眼,直盯盯地望着户外哗哗不住的降雨。

四

时雄十分准时地走回自己牛込矢来町的家中。

三天以来,他一直在与自己的苦闷搏斗。他心中有一种强烈的自制力,阻止他在性的耽溺中堕落。有时,他又十分懊恼于那般自制力对自己的约束。面对此般力量,他总是在无形中落败或被力量所征服。他总是被命运捉弄,饱尝了苦涩滋味。而世人却相信他是一个正直和值得信赖的人。不管怎样讲,三天来的苦闷烦恼也使他认清了自己的前途,与芳子的这段情缘也已告一段落,今后的任务只是竭尽为师之责,为自己心爱的姑娘谋取幸福。真憋死人!可这就是所谓的人生!时雄在归来的路上边走边想。

开门进得屋里,妻子迎了出来。夏末的天气依旧炎热,衬衫都汗渍渍的。他换上一件浆过的白色单衣,走到茶室的火钵前坐下身来。妻子像是突然想起了什么,走到衣橱前取出了一封信,说道:

"芳子的来信。"

时雄急忙打开信封。卷信的信纸很厚,想必是对那次事件的解释。时雄一门心思地开始读信。

芳子文笔优美,言文一致,流畅顺达。

先生:

本来是想事先跟先生商量一下的。但事发突然,只好自作主张。

昨日下午四点,田中发来电报,说六点整到达新桥的停车场。我自然惊诧不已。

原先我只是感觉他是一个轻率的人。其实他突然跑来并无要紧之事。想不到他比我想象得还要性急。先生请原谅我当时去接了他。见面之后才知道,他是看了我的那封长信后非常担心,心中想,万一因为自己的缘故让我被遣送回乡,他可就问心有愧了。所以放下学业由乡下来到东京,为的就是向先生说明原委,向先生道歉,请先生高抬贵手。他突然来京的目的,就是为了万事圆满。我向先生说明过事情的原委,先生情深意切的话语,令我们感激涕零。先生说过,将永远做我们神圣爱情的证人和保护者。我们非常感谢先生的真情。

田中看到我那乱了方寸的信函的时候,似乎吃惊不小,他已做好了充分的思想准备,以防出现最为窘迫的状况。万一出现意想不到的情况,一同来嵯峨的朋友将作为证人,证明我们之间的关系是纯洁的。他还决心请先生帮忙,对故乡的父母细细说明，说明我俩分别后恋恋不舍的爱情。而由于我的愚蠢，此间已大大伤害了故乡父母的感情。我真不知该如何对他们解释。我知道最好的办法就是对父母保证，暂时不会公开两人之间的恋情，互相抱着希望等待，先将精力用在专心治学上，等待机会再挑明这种感情——五年或十年以后。我把先生的话也统统转达了过去。事情很快料理停当。可我看他累得筋疲力尽，又不忍心让他马上回去（请原谅我的懦弱）。先生的指教我一直牢记心中，学习期间不可触及任何实际问题。我们先在一家小旅馆安下身来。可我终于忍不住又提议说，好容易出来一趟，理应花一天时间四下走走。请先生一定多加谅解。我们在强烈的感情中并没有失却理性。外人或许产生了种种误解，但实际上我们在京都并未有过任何越轨之举。我发誓，绝对没有！最后，请代我问候夫人。

芳子敬呈

时雄读信的过程中，种种情思在他心中火焰一般地燃烧。二十一岁的青年田中如今就住在东京，芳子竟去迎接他。不知道他们做了什么。芳子说的，也许全部是谎言。今年暑假，两人相会在须磨，也许打那时开始，两人就有了肉体关系，在京都更是为所欲为。且为恋情所迫，他又尾随芳子追到东京。牵手是肯定的了。两人的胸膛或亦紧相依偎。躲在那般秘密的小旅馆，谁知都干了些什么？失身与否只是瞬间之事。念及于此，时雄忍不住在心中呼喊："这是我监督者的责任！"

不能听之任之，他想，不能再给涉世未深的女孩儿那样的自由，自己必须履行监督和保护。我们有热情也要有理性！"我们"的含义是什么？为何不写作"我"而要用复数的"我们"呢？时雄的心绪似狂风暴雨。田中到东京的时间是昨日六点。只要去姐姐家一问，就知道他们昨夜几点回家。那么他们今天做什么了？现在在做什么？

妻子精心准备了晚餐。有味道鲜美的生鱼片，还有加了青紫苏调味的冷豆腐。时雄顾不上品尝美味，只是一杯一杯地喝闷酒。

妻子招呼小儿子睡下后，坐到火钵前，无意间看见丈夫身边的芳子来信。

"芳子来信说什么了？"

时雄一言不发地把信甩给妻子。妻子接过来信时，瞟了一眼丈夫的脸色，发现其脸上风云突变，暴风雨就将来临。

"来了吗？"

"嗯。"

"一直待在东京？"

"得回去吧。"

"他们的事儿有谁知道？"

丈夫此时没好气了，妻子便不再叮问。过了一会儿又说：

"这样真的很讨厌。年纪轻轻的女孩子，做什么小说家呀？她真要想，谁都没办法。可送她出来的父母总该尽到责任呀。"

时雄本想接上一句"这下你可安心啦。"但欲言又止，改口说道：

"哎呀，少管那些破事儿，说了你们也不懂……还是过来喝一盅吧。"

温顺的妻子接过酒壶，将酒水咕嘟注入了京烧杯①中。

时雄自斟自饮。不喝酒，如何遣散那般郁闷？喝到第三壶时，老婆开始担心了。

"你这阵子不对劲呀。"

"怎么不对劲？"

"总是喝得醉醺醺的。"

"喝醉了就不对劲？"

"是啊。有什么事儿让你放心不下吧？芳子他们的事儿，跟你有什么相干？"

"混蛋！"

时雄大喝一声。

妻子也并不示弱。

"可喝多了不难受吗？自己好自为之，不要又倒在厕所里睡觉。你那么大块头，我和阿鹤（女佣）都搬不动你。"

"好了好了，再来一壶。"

刚才的一壶喝了一半，便已醉成这样，目光呆滞，脸都变成了赤铜色。他突然站起身来道：

"喂，把皮带拿来！"

"你去哪儿？"

---

① 在京都做成的陶瓷器。

"去三番町。"

"姐姐那里?"

"嗯。"

"不能去,这样太危险啦。"

"什么?没关系。人家把闺女都放在咱这儿,咱不能看着不管。不能眼睁睁看着那男人来东京,一起进进出出的,还不知会弄出什么事儿来呢。看来,把她放在田川(妻姐家的姓)也无法安心,索性今天把她接回家来。时间还早,你把二楼打扫一下吧。"

"又要把她弄回家里来?"

"当然。"

妻子迟迟不去帮他拿皮带和衣服。

"算啦算啦。你不拿衣服,我就这样走。"说罢,他帽子也没戴,就在白衬衫外裹了一块脏兮兮的中式绉绸兵儿带①,急匆匆跑了出去。出门后听得妻子在身后喊道:

"我这就去给你拿呀……真是要命!"

夏日西斜。矢来酒井②的森林里鸟鸣声喧噪不已。所有人家皆已用过晚餐,门口闪现着年轻姑娘们白皙的面庞,几个少年在投掷垒球。路上遇见几对夫妇在散步,那些胡须稀疏的绅士神似官吏,在蓄着摩登发型的年轻夫人陪伴下,去往神乐坂散步。激昂的心绪和烂醉的身体,令时雄头重脚轻地漂浮。周围的所有物象仿佛都来自另一世界。他只觉得,两边的房

---

① (男人或小孩用)一种整幅布料捋成的腰带。
② 地名。

屋都在晃动，脚下的地面也要塌陷，苍天更仿佛罩在了他的头顶。他原本没有多大的酒量，那样一壶一壶地瞎灌，醉意顿时发作出来。他突然想到俄罗斯的底层贱民，喝醉酒倒在路边昏睡。他还想起一个朋友说过，俄罗斯人那样喝酒很豪爽，一醉方休。混蛋！他自言自语地说，他妈的爱情还有师生之别，真受不了。

过了中根坂①，从士官学校的后门来到佐内坂时，天色已完全黑下来。白色的单衣在眼前络绎不绝。吸烟室门前，站着许多年轻的夫人。晚风中刨冰店的布帘子翩然飘动，给人以凉爽之感。时雄朦胧中望着这样的夏夜景色，突然撞上了电线杆，跌倒在地。一会儿又跌进路边的浅沟，污水淹没过膝头。迎面而来的劳工也斥骂道："闪开！醉鬼！"突然，时雄仿佛想起了什么，由坡上右拐走进市谷八幡宫的院内。这里不见人影，给人以寂寥之感。高大的古榉树和松树，把天空都遮蔽起来。左边是一棵高大繁茂的珊瑚树。四处点点闪亮的常夜灯陆续地开始点燃。时雄感觉痛苦不堪，一下钻进珊瑚树的树荫下躲藏起来，并躺在大树根部的地面上。亢奋的精神状态、奔放的激情和悲哀的快感将某种力量发展到了极致。他为痛切的嫉妒所苦恼，又要冷静客观地看待自己的状态。

当然，这种热恋的感情还是有别于初恋。与其说盲目地受了命运的摆布，毋宁说他冷静地批判了命运。热烈的情思

---

① 现在的新宿区。

和冷静客观的批判,像线绳一样牢固地纠合在一起,令其呈现出一种异样的精神状态。

悲哀,实在是痛切的悲哀。这种悲哀不是华丽青春的悲哀,不是单纯男女恋情的悲哀,也不是隐藏在人生隐秘深处的巨大悲哀。行云流水,花开花落,自然的底部潜藏着无法抗拒的力量。在接触到这种力量时,只会感到人类的虚幻与无常。

时雄泪眼汪汪,泪水流淌到他蓄着胡须的脸上。

突然,一个想法涌上心头。时雄站起身疾步走去。时间已是深夜。区域内处处耸立的玻璃灯①放出光芒,表面上可以清晰地看到"常夜灯"三字。看见"常夜灯"三个字,时雄只感觉心口疼。他不是曾经在深切的懊恼中看见过这三个字吗?记得如今的妻子,少女时代也梳着膨大的桃型发髻,当时就住在这坡下的房子里。当时,他经常登上这八幡宫的高台,耳边若隐若现地传来微弱的琴声。当时他已坠入情网,心想如果不能得到她,宁愿漂泊去南洋的殖民地。时雄的目光掠过牌坊、漫长的石阶、神殿和悬有俳句纸条的悬行灯②,随后目不转睛盯着"常夜灯"三字,若有所思。灯下是依然如旧的屋舍,电车的轰鸣声不时打破夜间的孤寂。妻子娘家的窗户像往常一样灯光通明。哪会有白头偕老?这才过了短短八个年头。真是人心莫测啊。妻子只是由桃型发髻变成了圆形发髻,可那般愉快的生活为何变成了这般荒凉的生活?为何又会

---

① 烧煤气的小灯,在电灯没有普及的明治时代常用。
② 当时一种悬挂在柱上的路灯。

产生这种新的恋情呢？时雄心中痛切地感觉到时光的力量实在可怕。奇怪的是，现在的事实在自己心中却没有发生任何的动摇。

"矛盾也没有办法。因为那种矛盾和背信弃义都是事实。事实！事实就是事实！"

时雄心中反复回响着这样的声音。

时雄感受到无法抗拒的自然力量的压迫。他再次横卧在路旁的石凳上。他突然看见，暗淡的偌大月亮发出赤铜色的光芒，它竟无声无息地升起在壕沟对面的松树上。月亮的色调、形状、姿态，都令人产生无尽的孤寂感。时雄觉得，月亮的孤寂和此时此地自己的孤寂是那样的水乳交融。他的心中，还充溢了不堪忍受的哀愁。

酒醉已经过去。夜露开始降临。

时雄来到土手三番町的妻姐家门前。

他悄然望了望，芳子的屋里不见灯光。好像没有归来。时雄心中的怒火再度燃烧。在这样的一个夜晚——伸手不见五指的夜晚，她和情人在一起！谁知道又在干什么？连这样缺乏常识的事情都敢做，还说什么神圣的爱情？还辩解什么没有肮脏行为？

他本想立刻冲进屋里。可本人不在家，上楼也是白搭。他只好由门前直直走过。每当和女人擦肩而过，他都紧紧地盯着对方的脸，判定是不是芳子。他徘徊在河堤岸上、松树荫下和街头路尾，招来过往行人诧异的目光。已经九点，将近十点。虽说还是夏天的夜晚，也没有人在路上溜达到这么晚。这个时间想必他们已是回家了,时雄折返回妻姐的家,却仍旧扑了个空。

时雄走进屋门。

他走进屋里六铺席大的房间便喊道:

"芳子怎么回事儿呀?"

姐姐未及回答,却看见时雄衣服上沾有好多泥巴,惊讶地问:

"时雄啊,你这是打哪儿鬼混去啦?"

走到明亮的洋灯下一看,可不是?白色的衬衣和肩膀、膝盖、腰部,统统沾满了泥土!

"没什么,在外面跌了一跤。"

"那怎么弄得肩上都是呢?又喝醉了吧?"

"没有……"

时雄强笑着掩饰过去。

随后急不可待地又问:

"芳子去哪儿啦?"

"早上就出去了。说是跟朋友去中野一带走走。该回来了吧。有事吗?"

"嗯?有点事儿……昨天也是这么晚回来吗?"

"没有。昨天去新桥接她朋友,四点多出去,八点前后就回来了。"

她瞅着时雄的脸问道:

"出什么事儿了吗?"

"没什么……可是大姐呀,"时雄改变了声调,"托付给大姐监管,还是出了京都那样的事儿。要是再出点什么事儿,可就麻烦大了。我要把芳子接回家去,充分地履行监督之责。"

"是吗?那好啊。芳子是个很有上进心的孩子,不像我这样没有受过多少教育……"

"不,不是那个意思。我是想,不能让她过分自由,那样对她本人也不好,我想要是住在一起,就可以充分地监督。"

"那好啊。真是的,其实芳子这孩子吧……哪儿都好,如今少有这样聪明伶俐的好孩子。可就是有一点不好,总是和男友大模大样地夜里出门。我已说了很多次,希望她有所收敛。嗨,她倒说大姨我的毛病又犯了,一个劲儿傻笑。据说有一次,不知和男人走着干了些什么,街头的警察都感觉可疑,角袖巡查①竟一直跟到了家门口。不过只要别发生那种事儿,倒也没多大关系……"

"此事发生于何时?"

"好像是去年年尾。"

"女孩子不能太新潮了。"时雄说道,看见时钟的指针已经指向十点半。"看来是出了什么事儿。哪有这样的嘛?年纪轻轻的,一个人搞到这么晚不回家。"

"该回来了呀。"

"这种事情经常发生吧?"

"不,并不经常。夏天夜长,她或是感觉天黑不久,还能

---

① 身着和服的警官,相当于现今的便衣警察。

走会儿。"

妻姐一边说话一边做缝纫活儿。她面前摆着一块不小的鸭脚①裁缝板,板上凌乱地堆放着彩绢裁片、针线和剪刀。洋灯的光线,照耀在女式服装美丽的色彩上。九月中旬的深夜已经能感觉到些许寒意。背后河堤下甲武铁道上来往的货物列车,轰隆隆开得地面颤动。

每当听到木屐声响起,时雄就想一定是芳子回来了。就这样一直等到十一点出头,只听得一阵轻微的木屐后齿声在静谧的夜色中远远传来。

"这次一定是芳子了。"

妻姐说。

果然,木屐声在家门口停了下来,哗啦啦拉开了槅扇门。

"芳子。"

"咦?"

芳子的嗓音十分娇美。

一个高挑健美的身影闪进门来,梳着时髦的蓬松发型。

"哎呀!嗨呀,老师!"

她高声招呼道,声音中饱含着惊愕与迷惑。

"回来太晚了……"芳子说完走到客厅与居室的连接处,跪坐下来,闪电般迅速窥了一眼时雄的脸色,随之麻利地打开紫色包袱,取出一件物品默默地推到妻姐面前。

"这是什么……礼物?总这样真过意不去。"

---

① 银杏科树木做成的板子,材质细密美观。

"不是礼物。我也吃这个。"

芳子快活地说道。时雄让她先别回里面的房间，硬让她坐在明亮炫目的客厅一隅。芳子的坐姿优美，梳着流行的蓬松发型，鲜艳的法兰绒和服上系着入时的橄榄色夏装腰带，身子微微倾斜，真个是光艳照人。时雄面对芳子这般美丽的姿态，感受到一种无以言状的满足。此前的烦闷与苦痛忘却了一半。恋爱中人常常处在如下的状态之中，即便面对着强大的敌人，只要此时此刻占有了恋人，就会感觉到心安和满足。

"回来这样晚……"

芳子闷闷不乐，想略做辩解。

"是去中野散步了吗？"

时雄突然问道。

"呜嗯……"芳子又偷偷看了一眼时雄的脸色。

妻姐泡好了茶，打开礼品包装，里面是她最喜欢的奶油馅点心，不由得惊喜出声："哇！太好吃啦！"一时间，她的注意力全在点心上。

过了一会儿，芳子说道："老师，您一直在等我回来吗？"

妻姐忙不迭在一旁插嘴道："是啊是啊，等了一个半小时呢。"

接着这个话头，时雄说道，方便的话今天就想接芳子一起回去——行李以后再来拿。芳子低着头，一面听一面点头。她心里当然会有一种压迫感，但她同时又对时雄怀着绝对的信赖——去老师家里住不会有太大的痛苦，因为老师真心实意地同情自己的此番恋情。何况芳子原本就感到烦闷，不想在这样古旧的房子里栖居。她心想，如果可能的话，倒是可以请求像以前那样到先生家里住。所以若非处在如今这样尴尬的状况下，她倒是会大喜过望……

时雄巴不得立刻追问芳子恋人的情况。他现在在哪里？何时离开京都？这些对于时雄实在是重大问题。然而在一无所知的妻姐面前，他还无法打破沙锅问到底，所以时雄到底没有吐露一个字。屋里的人聊着家常事，直到深夜。

时雄还想等机会说出自己的想法，可是妻姐却提醒道，都十二点了，有话明天再说吧。时雄本想独自返回牛込，却又由衷地感觉放不下心，只好借口天色已晚，当晚寄宿妻姐家，次日早晨再一起离开。

芳子的房间是八铺席大小，时雄的是六铺席，一人挨着妻姐房间的一边。不一会儿，妻姐房间便响起了微微鼾声。时钟敲响了一点。芳子在铺上辗转反侧，难以入眠，不时地长吁短叹。甲武线的货物列车孤独地行进在深夜中，发出轰隆隆的巨大声响。时雄亦久久不能入眠。

五

翌日清晨，时雄带着芳子回自己家。时雄本来急不可耐地想要在两人独处之前了解昨日的来龙去脉。可是，他看见芳子一副可怜巴巴的模样，低着头一声不吭地跟在身后，又委实感觉于心不忍，只能怀着焦急的心情默不作声地走着。

登上佐内坂，路上的行人益发稀少。时雄突然回过头来问道："昨天，干什么去了？"

"嗯？"

芳子脸色阴沉，反问道。

"我说昨天的事情呀。他还没走？"

"今天六点的快车。"

"你得去送他？"

"不用。他自己走。"

对话中断。两人继续默默地往前走。

在矢来町的时雄家中，二楼三铺席和六铺席大小的两间小屋，被打扫得干干净净给芳子住。这里原来长期作为储藏室——也是小孩子玩耍的地方，所以真是尘埃如山。经过扫寻刮抹布擦，再换下雨水浸染的拉门，真可谓焕然一新。屋后的酒井家①墓茔大树繁茂，由芳子的房间望去，是一派怡人的翠绿。邻家的葡萄棚置于废弃后无人打理的庭院杂草中，盛开的美人草开放得异常醒目。时雄选出一幅画家描绘的牵牛花挂于床前，花瓶中则插满了延迟绽放的蔷薇花。中午时分，行李运抵，有中式大行李袋、柳条箱、布提囊、书箱、书桌和寝具。把所有家什搬到二楼，真是累了个半死。时雄只是搭了把手，便累得休假一天。

书桌放在了南窗下，书箱置于书桌左侧，箱上依次摆着镜子和化妆用的瓶瓶罐罐。壁橱的一侧放置了行李袋和柳条

---

① 江户时期的大名（封建时代的富豪人家）酒井氏。

箱，另一侧则是花布棉被之类的寝具。时雄此时产生了一种奇异的感觉，只觉得一股女人的馨香扑鼻而来。

下午两点前后，芳子的房间算是整顿完毕。

"怎么样？这里的感觉不错吧？"时雄得意地笑着说，"待在这里，才可以安心地学习。这样子大费周折也是迫不得已呀。真要遇上什么麻烦事儿，可就后悔莫及了。"

"哦……"芳子低下了头。

"回头我再询问详情。现在，两个人必须专心致志地学习。"

"嗯……"芳子抬起头，"老师，我们也是那样想的，现在两个人都要好好学习，把希望放在将来，希望能获得父母的同意！"

"没错。现在搞得满城风雨，外人、父母都会产生误解的。好端端的希望也会变成水中月。"

"所以，老师，我真的是全部心思放在学习上的。田中也是这样说的。他还说，一定要面见老师，向您致谢呢……他说了好几次呢……"

"不用啦……"

芳子言语中不时运用"我们"之类的复数称谓，俨然已是一对未婚恋人。时雄心中顿时有了不快的感觉。真是怪事！一个十九、二十岁的妙龄处女，竟来来去去说那样的话。时雄更加强烈地感觉到时代的推移。他感觉如今的女学生与自己恋爱时代的女学生，气质上发生了很大的变化。当然事实上，从主义上或趣味上讲，时雄又十分喜爱、欣赏这样的女学生气质。毕竟在昔日的教育环境中孕育出来的女性,如何堪当明治时代的男儿之妻?时雄历来主张,女子当自立,女性亦应具有充分的意志力。他也在芳子面前时常鼓吹自己的主张。然而,真的面对如此新派、时髦的实行者时,他却不由自主地皱起了眉头。

翌日,三番町的妻姐转来了芳子男友寄来的明信片,明信片上盖着国府津①的邮戳,写道自己已在归途之中。芳子在客厅的二楼,一喊便应声下来。一日三餐全家都是并排而坐,会聚一堂。夜幕降临,在明亮的洋灯下,餐桌边的交谈热烈而有趣。时雄如今可以经常面对芳子美丽的笑容了,脚上穿的袜子都是芳子编织的。时雄完全地占有了芳子,充满了心安与满足之感。妻子自打知晓芳子有了恋人,也便远离了戒备与不安的念想。

而芳子却离开了自己的恋人,处在痛苦的煎熬之中。她多么希望恋人也在东京,可以时常见面时常交谈。然而她知道,如今那是不可能的。两年,三年,在他由同志社大学毕业之前,两人只有鸿雁传情,专心致志地努力学习。下午,芳子还像往日一样去麹町的一家英学私塾学习,时雄也去小石川的公司上班。

晚上,时雄常常把芳子唤至自己的房间,与之谈论文学、小说乃至爱情,且对芳子的未来千叮咛万嘱咐。他其时的态度是公平、率直、富于同情心的,无法联想他烂醉如泥睡在厕

---

① 神奈川县小田原市地名。

所，抑或是躺在地面的景象。其实，时雄并非有意采取那般态度。在面对自己心爱女人的一瞬之间，为了讨得她的欢心，任何牺牲皆已不值一提。

芳子信赖自己的老师。她感到，在需要向父母挑明自己的恋情或在旧思想与新思想发生冲突时，只要获得恩师的认可即能心安理得。

九月过去，进入十月。寂寥的寒风刮得屋后森林嗡嗡响。天色碧蓝，阳光射穿了清澈的空气，夕阳为周边的景色勾画出浓郁的阴影。雨水一再降落在残留地里的土豆叶上。菜店则堆放了许多松蘑。寒露令墙垣下的虫鸣变得稀落，庭院的桐树叶也在扑簌凋落。上午九点至十点的一个小时是时雄的授课时间，芳子倚坐在书桌旁，在老师灼灼逼人的目光下，听他讲解屠格涅夫的长篇小说《前夜》。女性主人公叶莲娜独特的性格——感情丰富、意志坚强，加之其可怜、悲壮的结局，都深深地打动了芳子。芳子由叶莲娜的爱情故事联想到自己，将自己置身于小说的情境之中。实际上，小说述及的爱情命运非常符合芳子当时的心境——都是失去了与恋人相恋的机会，而将自己的一生命运托付给自己不爱的人。芳子做梦也没有想到，在须磨之滨意外收到的印着一叶百合花的明信片，竟然使自己面对着如今这般命运。

面对雨中的森林、黑暗中的森林、月光下的森林，芳子心中思绪万千。她联想到京都的夜行列车、嵯峨的月亮及在膳所郊游时夕阳照耀湖水的美丽景色，也联想到旅店庭院中茂密的、风景画一般的芦荻花。说实话，两天的游历宛若梦境。

芳子继而想到与男友恋爱之前,想到须磨的海水浴、故乡的山中月,想到未生病之前的日子,尤其是当时的烦闷。想到这里,芳子不禁感觉到脸红。

空想,全是空想,这空想变为长信到了京都。京都那边,几乎也隔日便寄来厚厚的信札。再多情书都无法表达两人热烈的爱——此时时雄发现了过于频繁的通信,趁芳子不在时,他便不顾良心的谴责,在监护人的名义下,偷偷地搜查了芳子的书桌抽屉和书箱。终于找出两三封男人的书信,急匆匆读了一遍。

信中全是恋人间使用的甜蜜词语。然而,时雄还是不甘心,他还想探寻出更多的秘密。他还想找到接吻的证据或性欲的痕迹。除了神圣的爱情,两人间就没有发生更进一步的状况?看了那些来信,时雄还是无法判断,两人的恋情究竟发展到怎样的程度。

时间过去了一个月。

某日,时雄又收到了一张写给芳子明信片,是用英语写的。时雄若无其事地看了一眼,上面说,他将先去筹集一个月的生活费,再看能否在东京找到一份维持衣食生计的工作,落款是京都田中。时雄心中大乱,平静的心情顿时遭到了破坏。

晚餐后,时雄便跟芳子问及此事。

芳子似乎感觉很为难:"老师,您叫我怎么办呢?田中是想来东京,我也不止两次、三次地阻拦他,可是,这次他非来东京不可,我挡也挡不住呀!他的动机很简单,他打心眼里厌恶他从事的宗教事业和他虚伪的生活。"

"那他来东京，打算做什么呢？"

"想做文学家……"

"文学？什么文学？写小说吗？"

"嗯。没错……"

"愚蠢！"

时雄厉声叱道。

"我真的没有办法嘛。"

"是你劝他这样做的吧。"

"没有。"芳子拼命地摇头，"我怎么会……我现在也是一筹莫展呀。就像上次说的那样，我一直在对他说，至少也得同志社大学毕业后……这完全是他的自作主张呀。现在可真是无药可救了。"

"为什么？"

"因为有一个名叫神津的人，是田中的学费出资人，但受资助者必须是神户的信徒，为神户的教会服务。田中对那个人说，自己不适合搞宗教，将来要去搞文学，还说无论如何都要去东京。神津听了大怒，说没关系，随他的便！就是说，他现在是铁了心了。真不知如何是好。"

"愚蠢！"

时雄骂道。"你再劝他一次。开玩笑！他能写什么小说？完全是空想，彻头彻尾的空想！而且，田中来到东京，我这个监护人就很难发挥作用了。我也便无法安排你的学习和生活。你必须坚决地阻止他！"

芳子显现出益发作难的表情:"我可以阻止他,但信可能到不了他的手里。"

"到不了?那么说他已经来了?"

时雄怒目圆睁。

"刚才的来信已经说了,就是回信也无法收到了。"

"刚才的来信?又有来信?"

芳子点头。

"真是要命。所以,年轻的空想家必然一事无成。"

平静的状态再度被搅乱。

六

隔了一天收到电报——今夜六时抵新桥。芳子拿着电报张皇失措。一个年轻女人怎能深更半夜外出?时雄不准芳子去新桥迎接。

翌日,芳子说要去恋人处,表示见面之后一定要劝其返回京都。田中的住处在停车场前面一家名叫"鹤屋"的旅馆。

时雄由公司回来时,原本以为芳子尚未归来。不料走到门口,芳子已笑吟吟地等在那里。一问,结果田中的答复却是,既然出来了就绝对不再回京都。芳子为此几乎跟他吵了起来,可田中的态度依然坚决。他还说,先生关心此事是可以理解的,因为毕竟是先生将芳子带到了东京。他也承认这样给先生的监护造成了麻烦。然而他又强调自己如今已无法回去,无论发生什么事情,自己都要在这个目的地寻求自己的生活道路。时雄产生了不快之感。

时雄一度心想随他的便吧，放任自流便是。但是作为当事者之一，他却无法真正地做到事不关己。其后的两三天里，芳子好像没有再去田中那里，一放学就按时回到家中。然而说是去学校，谁知道是不是又去了恋人身边？想到这里，时雄心中充满了疑惑和嫉妒。

时雄感觉懊恼，心情也是一日多变。有时真想彻底地做出牺牲成全他俩。有时又想跟芳子老家那边报告详情，彻底破坏弟子的恋情。然而如今，他的心理状况却是左右为难。

发妻突然凑到时雄耳边，小声说道：

"你说，二楼是不是在这样？"她手里拿着针，模仿缝制衣服的模样，"没错……一定是给他送的。那件书生大褂是藏青底碎白花纹的！还有一条白色的长腰带，是木棉材料的。"

"真的吗？"

"是啊。"

妻子笑道。

时雄却委实笑不出来。

芳子红着脸对时雄说，今天会晚点儿回来。

"又去他那里吗？"时雄问。

"不是！是去朋友那里办点事儿。"

当日黄昏，时雄一横心去了芳子恋人的住处。

"的确，对先生我们感到深深的歉意……"田中是个中等身材、略胖、肤色白皙的男子，他的致歉流于形式，雄辩而冗长,像似在演说。他带着祈祷一般的眼神,像在祈求时雄的同情。

时雄的情绪有些激动:"可是,你应当明白我是为你们好呀。我是在为你们的将来考虑。芳子是我的学生。我有责任,我不能眼看着她荒废学业。你如果非要留在东京,那么就只有让芳子回去,或者把你们的关系向父母挑明,征得他们的同意,二者必选其一。你不会自私到为了自己不惜让心爱的女孩埋没深山吧?你说你是因为这件事情,而厌倦了自己从事的宗教事业。然而还有另外一个思路,那就是耐着性子待在京都,那样两人的情感亦有希望圆满解决。"

"我完全明白……"

"可是无法做到吗?"

"非常抱歉……制服、帽子都已经卖掉,我现在的确是无法回去……"

"那好,就让芳子回去吧。"

田中沉默不语。

"我这就跟芳子家人联络。"

仍旧是沉默不语。

"其实我来东京,并未打算涉及那样的关系。我独自住在这里,两人也不会发生什么……"

"那只是你的说法。可我这个监护人却十分作难。谁敢说,你们可以把持住自己的感情?"

"我相信自己不会做出那样的事情。"

"你敢保证吗?"

"我保证安心学习,绝不做非分之事。"

"所以,我还是感觉作难。"

这样不得要领的会话重复、延续了很长时间。时雄从将来希望的角度,从男人牺牲精神的角度以及事情发展的角度,总之从各个方面规劝田中返乡。时雄眼中映现的田中秀夫并非想象中的清秀美男子,也不具有天才的禀赋。当他与田中在这麹町三番町路的廉价旅馆初次相见时,在有三面隔壁的闷热房间里,他首先感觉到的却是来自基督教熏陶的过分的少年老成,一种讨厌的、令人不愉快的态度。时雄不懂,芳子为何会在众多的青年中特别选中了这个男人——虽说他一口京都腔,面容白皙,气质温柔。时雄最觉讨厌的,是田中身上完全看不到天真的诚恳,只有强词夺理的态度,始终以种种理由为自己的罪恶或弱点强辩。尽管如此,说实话,时雄那激动的头脑中还是不由自主地产生了一丝怜悯之情。这种怜悯并非来自明确的直觉,而是来自室内环境给他的间接感受——客厅的角落里放着一个小小的旅行包和令人生怜的、皱巴巴的白色浴衣,这令他联想到自己充满幻想的过去,为了这份爱情,他也承受了许多烦闷和苦恼。

两人在这闷热的客厅里拘谨地相对而坐,谈了至少一个小时,最终也未达成共识。时雄只好说:"你再好好考虑一下吧。"说罢分手回家。

他感觉自己非常愚蠢,仿佛自己做了蠢事一般嘲笑自己。他还联想到,自己曾违心地说了那么多奉承话,为了遮掩自己心底的秘密,还说要为两人的爱情担当温情的保护者,也曾想找人介绍或帮田中谋求廉价的翻译工作。他在心里骂自己不争气,这种好人做不得。

时雄左思右想。索性通知芳子的家人?然而最大的问题在于,自己该以什么态度发出通知呢?时雄感觉责任重大,他坚信两位年轻人爱情的钥匙掌握在自己的手中。他无法忍受为了自己的非分嫉妒,或为了自己不正当的感情,而牺牲自己心爱女孩的热烈爱情。与此同时,他也无法忍受自己的道德家形象——所谓的"温情保护者"。他同时也感觉恐惧,害怕芳子的父母知道后,真的把她带回家乡。

第二天晚上,芳子来到时雄的书房,低着头,小声说出了自己的希望。她说自己无论怎样劝说,田中都不回去,还说自己明白,如果父母知道了肯定会反对,说不定马上就会来接走自己。又说田中来东京也很不容易,而且两人的爱情其实并不像世间男女那样的逢场作戏,所以她发誓绝不会有任何肮脏的行为,也不会为恋情荒废学业。虽说文学的道路十分艰难,田中那样的人写小说成名成家也许是没有可能的,但是她希望两人能有共同的未来,在共同喜好的道路上携手并进。她拜托老师,暂且让他留在东京。时雄无法残酷拒绝芳子迫不得已的请求。他自然怀疑芳子赴嵯峨游历时的行为与节操,同时他又相信芳子做出的辩解,认为两个年轻人或许真的没有发生什么过火的行为。他也对照了自己青年时代的爱情经验,承认在神圣的精神恋爱阶段,未必会轻易地伴随肉体之爱。时雄只好表示,倘无出格行为,就暂且维持现状吧。随后,时雄又不厌其烦地对芳子进行了切实、真挚的说教,他说到精神恋爱、肉体恋爱、恋爱与人生的关系、有文化的新女性应坚守的妇道等。时雄还痛切地解说了古人对于女性节操的训诫，与其说那是社会道德的制裁，毋宁说是为了保护女性的独立，一旦男人占有了女性的肉体，女性的自由便将彻底崩溃，西洋女性在这个方面觉醒较早，因而男女交际比较自然，日本新女性必将经历那样的历程。诸如此类，都是时雄教导的题目，他尤其着重地说到新派女性的相关问题。

芳子低头听着。

时雄乘兴说道：

"你们究竟想过怎样的生活呢？"

"他应该是做了一点儿准备，撑一个月大概还是可以的……"

"如果能找到理想的工作就好了。"

"其实他想来依靠老师，毕竟在这边谁都不认识，所以他现在非常失望。"

"可这也太突发奇想了。前天见到他时就有这种感觉。真是感觉为难。"时雄笑道。

"真不好意思又要让你操心了……给您添了那么多麻烦，真对不起。"芳子一脸恳求的样子，满脸通红。

"不用担心，总会有办法的。"

芳子出门后，时雄的脸一下子变得异常险峻而难看。"我……我能支持他们的爱情吗？"他扪心自问。"幼雏怎会钟情于老鸟？自己已失去美丽的羽翼，无法再去吸引那只幼雏。"想到这里，一股无以言表的强烈寂寞向他心中袭来。"人们总说,妻子与孩子是家庭的快乐,可这有什么意义?妻子当然是有生存意义的,她为孩子而生存。那被孩子夺去妻子,又被妻子夺去孩子的丈夫,又怎能不寂寞呢?"时雄盯着洋灯心想。

书桌上打开的书是莫泊桑的《如死一般强》。

过了两三天之后,时雄像往常一样按时回到家中,刚在火盆前坐下,妻子就小声说道:

"有客人来了。"

"谁啊?"

"二楼的……芳子的朋友呀。"

妻子笑道。

"是吗……"

"中午一点前后,有人站在门口问家里有人吗。我出去一看,一个书生站在门口,圆脸,穿一件碎白点花纹的外套,下身是白条纹的裤裙。我还以为是来拿书稿的学生呢。谁知他却开口问道,横山小姐是不是住在这里。哦,我觉得挺纳闷,一问,说是叫田中……咳,我这才反应过来,原来就是那个人呀。真讨厌!芳子怎么会爱上那样的人,爱上那么一个穷书生呢?芳子眼光挺高的呀,这小子可没有希望。"

"后来怎么样了?"

"芳子好像很高兴呢,不过也有点儿不好意思。我给他们上茶时,芳子就坐在桌子前面,面对那个田中。他们正在说话,我一出现他们便不说了。我觉得奇怪,就赶紧下来了……真是奇怪……如今的年轻人怎么都是这副样子呢？我年轻的时候，男人看我一眼都臊得不行……"

"时代不同了嘛。"

"可不论时代怎样变，新潮过分也不好呀。就跟堕落书生一样，表面上都是学生，内心可是不一样吧。反正我看着不正常。"

"行了行了，别瞎扯了。后来怎么了？"

"阿鹤（女佣）说要去给他们买点东西，他们不干，自己出去买了甜点和烤红薯。给他们上热水的工夫，他们正在那吃红薯，吃得好香……阿鹤看见都忍不住笑了。"

时雄也忍不住笑了。

妻子接着说道："后来，很长时间都在大声说话。好像在争论什么。芳子也很不示弱呢。"

"几点回去的？"

"刚走没多大会儿。"

"芳子在吗？"

"不在，出去了。说是他不识路，送到路口就回来。"

时雄的脸色阴沉下来。

晚饭后，芳子从后门回来了。她好像是急匆匆跑回来的，气喘吁吁。

"送到哪里了呀？"

妻子问道。

"神乐坂。"芳子答道，然后像往常一样转向时雄，"您回来啦。"说完啪嗒啪嗒上了二楼。以为她上去一会儿就下来，可她上去好长时间都不下来。

"芳子，芳子……"妻子喊了三次，她才"嗳"地应了一声，可仍旧迟迟不下来。最后差阿鹤上去请，她才下了二楼。但她并不坐到备好的晚餐旁，却斜坐在了门柱旁。

"不吃饭？"

"不想吃了。肚子饱饱的。"

"烤红薯吃多了吧？"

"嗨呀，夫人您真是的！好了嘛，夫人。"

她装作嗔怪地瞪大了眼睛。

妻子笑道：

"芳子，我怎么觉得你有点怪。"

"怎么了？"她拖着长长的语调。

"没怎么。"

"那就好呀，夫人。"

她又做出瞪大眼睛的样子。

时雄一言不发地眼瞅着芳子的娇态，心中自然充满了躁动，同时感受到强烈的郁闷。芳子窥了一眼时雄的脸色，一眼看出他的郁闷。她立刻改变了态度说道：

"老师，今天田中来了。"

"我听说了。"

"他说了，必须当面谢谢您。说是下次再来……还说让我问候您……"

"是吗？"

时雄说完，站起身进了书斋。

时雄心里明白，只要芳子的恋人还在东京，自己就是把芳子关在二楼，内心也不会有一刻的安宁。阻止两人相见是绝无可能的，也无法阻止二人书信交往。芳子提出今天要去田中那里，晚一个小时回来，时雄同样无法断然地制止。田中的来访给他带来了极大不快，但他也无法谢绝这种来访。不知不觉间，二人也认定时雄正是他们爱情的"温情保护者"。

时雄时常感觉如坐针毡。几份约稿压在身上，书店方面总在催促。他需要钱，但却心绪不宁，实在无力执笔撰文。他曾强迫自己坐在书桌边，可仍旧无法理顺思绪。他想读书，但看了两页便无法继续。每当看见两人温情脉脉，时雄便会怒火中烧，喝了酒对着无辜的妻子大发酒疯，或者将晚饭的餐桌踢翻，说是菜做得不好。他还时不时深更半夜回家，喝得酩酊大醉。芳子看见时雄这样子糟践自己，也感觉十分心痛，她心怀歉意地对夫人说："我真的非常担心。都是我不好！"芳子尽量不让人发现自己的往来信函，三次见面必有一次利用学校的假期悄然进行。但时雄还是发现了，他变得更加懊恼。

秋末季节，原野中寒风凛冽。屋后森林中的银杏树叶黄了，把黄昏的天空装点得异常美丽。墙根小路上卷曲的落叶沙沙打转，伯劳的鸣啭阵阵悠扬。在这样的季节之中，两个年轻人的恋情一天天公开化了。作为监护人，时雄已经无法视若无睹，只好劝说芳子将实情通报给故乡的父母。时雄也写了一封说明此情的长信，寄给了芳子的父亲。事到如今，时雄还是想尽量博得芳子的感谢之情。时雄自欺欺人地充当了"温情的保护者"——所谓悲壮的牺牲。

由备中的山中，寄来了数封信简。

七

翌年一月，时雄为地理书选题的事儿，出差去了上武境内的利根河畔。他是去年年末来到此地的，其间为了家事，尤其是芳子的事绞尽脑汁。说是来出差，却无心料理公务。过年那天，他回到东京待了两天。当时次子患牙疾，妻子和芳子只顾着照料孩子。听妻子说，芳子已在恋情中越陷越深。妻子说，除夕之夜，田中说是生活无着，无法回公寓了，就在通宵电车上过了一夜。还说她看见两人的来往过于频繁，就提醒他们不要这样，却为此和芳子发生了争执。妻子如此这般地述说着。时雄不知如何是好，住了一晚便再度返回了利根河畔。

此时已是初五之夜。辽远夜空中的月亮带着月晕。月光洒在利根川中间，金光闪闪。时雄打开桌上的一封信，陷入了沉思之中。此信是芳子的手笔，方才旅馆的女佣拿来放在桌上的。

老师

  非常抱歉。我一生都不会忘记老师富有同情的恩情，想到这些，我现在也已热泪盈眶。

父母果然如此。老师那样子苦苦说情，他们还是老顽固。他们不能理解我们的心情，我哭着求他们，可还是遭到了拒绝。看了母亲的来信，我哀伤不已，她一点儿都不理解我的心。我现在才深深地明白，爱情竟然那么痛苦。老师，我的决心已定。就像圣经上说的，女人要离开父母追随丈夫，我决心跟田中出走。

田中现在的生活没有着落，预备的费用已经用罄，去年年底便开始过着落魄的悲惨生活。我无法眼睁睁看着不管。即便老家的父母断了生活费，我也要向世人证明，我们有能力靠着自己的力量生活。

让老师这样子为我担忧，真的十分抱歉。作为监护人，您真是操碎了心。更加残酷的是，老师特意为我们去说服家乡的父母，父母却完全不给面子，不由分说地大发雷霆。他们就算不认我这个女儿我也没办法。说什么堕落、堕落，与我们水火不容，我们的爱情真的那么不堪吗？说什么门当户对，我又不是那种在爱情上听从父母之命的旧式女人，想必老师是理解我的。

老师，我的决心已定，昨天看见一则广告，上野图书馆招募女实习生，我想去应募。两个人只要努力工作，就不会饿死。我不想继续住在老师家中，让老师和夫人为我们担忧了。老师，请理解我这样的决心。

芳子谨呈

爱情的力量终于使两人堕入深渊。时雄感觉已没有退路。

时雄反思了自己作为"温情保护者"的态度,那是为了讨得芳子的欢心。在给备中芳子父亲的信中,时雄极力地庇护两人的爱情,希望芳子的父母一定要接纳他们的爱情。时雄知道芳子的父母终究不会赞同这种爱情。进一步说,时雄内心希望的正是芳子父母的极力反对。他们果真表现出极力的反对。他们对芳子说,再不停止这种恋情,就将断绝父女、母女关系。两人终于遭受了爱情的报应。时雄还在为芳子辩解,说两人的爱情本质上并不是肮脏的,希望父母中好歹来一个到东京解决问题。然而芳子的父母却没有来,他们的观点是,既然监护人时雄的态度是明确的,而作为父母无法表达许可的态度,来东京也是没有意义的。

此刻,时雄面对芳子的来信陷入沉思。

两人的状态已不容一刻的犹豫。他感觉芳子的言辞是大胆的,就是想要摆脱时雄的监督,两人一起生活。同时言辞中也包含了许多应当警戒的成分。不,也许两人的关系又向前发展了一步。时雄又感觉到异常的愤怒,自己为他们做出了很大的牺牲,好心却被当作了驴肝肺,芳子那样的决心真是不识好歹,无情无义。既然如此,随他们的便好了。

时雄按捺住心中的愤怒,在月色朦胧的利根川河堤上散步。已是冬季,月晕下的夜晚仍有一丝暖意。堤坝下家家户户的寒窗上静谧地闪耀着和煦的灯光。河面上笼罩着一层薄薄的雾霭,不时听到小船轻微的划桨声,也听见下游呼唤渡船的吆喝声。车马通过舟桥①时发出了很大的声响,一瞬间又安静下来。时雄走在河堤上,思绪万千。与其说在苦想芳子之事,莫如说他想到自己家中的寂寞感觉,心中的郁闷更加痛切。三十五六岁的男人心中体味最深的是生活的苦痛、事业的烦闷以及性欲的无法满足,时雄感觉心中承受的压迫不堪忍受。芳子对他而言,正是平凡生活中的鲜花或食粮。芳子的美无以言表,这种美令时雄荒野般的心灵鲜花盛开,令锈死的时钟再度鸣响。芳子的出现,似乎令周边的一切都在苏醒复活。然而,时雄不敢想象,自己又将再度回归到过去那种寂寞、荒凉的平凡生活中……他感觉到不平和嫉妒,滚热的眼泪流在脸颊上。

时雄冷静地回想了芳子的恋情和自己的一生。对照自己的经验,他猜想着两人同居后必将产生的倦怠、疲劳或冷酷。他又想到女人一旦委身于男人之后的悲惨境遇。这些都是自然深处隐藏最深的黑暗魔力,由此而生的厌世情愫不断袭来,充满他的内心。

时雄意识到这个问题必须有个严肃的解决,他感觉自己以前的行为很不自然也很不认真。当夜,时雄专心致志地给备中山区的芳子父母写了信,同时将芳子的信函卷于其中。他详细说明了两个恋人的近况,最后写道:

看来,我们应当坐在一起认真商量一下这个问题。阁

---

① 许多船连在一起,铺上木板形成的渡桥。

下为父，自然有为父的主张；小生为师，亦当有为师的意见；作为当事者的芳子他们，自然也有他们的自由。总之，小生真诚希望，百忙之际，阁下务请来一趟东京。

搁笔之后，时雄将信装入信封，写上地址姓名"备中国新见町横山兵藏先生收"。他将书信放在一旁，直盯盯地看着。他感觉此信正是命运之手。他终于下定了决心，唤来婢女将书信交给了她。

一天，两天，时雄想象着书信或已寄到备中山区。在他的想象中，那里的乡村小镇四面环山，邮递员将信函送达小镇中央一户有高大白墙的宅邸，店里的伙计把书信拿回屋中。男主人正在读信，他身材高大，蓄有美髯——命运的力量正在一刻一刻地逼近。

八

时雄是十日返回东京的。

翌日，备中有了回信，说是两三天内其父将出发前来东京。

芳子和田中闻讯，并未表现出惊讶，甚至有求之不得的感觉。

芳子的父亲来到东京，暂且下榻于京桥。十六日上午十一点前后，父亲造访了位于牛込的时雄宅邸。适逢周日，时雄在家。芳子父亲身着黑色礼服，头顶中高礼帽，带着长途旅行的疲惫。

芳子当日去看了医生。大约三天之前她患上感冒,说是有点儿低烧,还感觉头疼。时间不长,芳子看医生回来了。她若无其事地从后门走进来。刚一露面,妻子便夸张地喊道:

"哎呀,芳子,怎么才回来呀?你爸爸来了呀!"

"爸爸?"

芳子还是吃了一惊。

说完上了二楼,并不下来。里面问:"芳子呢?"妻子也大呼小叫地在下面嚷,却没有回音。上二楼一看,芳子趴在桌子上。

"芳子。"

仍不回应。

走到身边再唤,芳子这才抬起了苍白的、神经质的脸庞。

"他们在喊你呢。"

"可是,夫人,我哪有脸面见爸爸呀?"

她在哭泣。

"嗨,不是很久没见爸爸了吗?说什么都得去见他呀。别担心。你的担心是多余的。"

"可我……夫人……"

"真的没事的。振作起来!去跟爸爸说点儿心里话。没事没事。"

芳子这才走到父亲身边。见到自己想念的父亲,芳子的眼泪禁不住哗哗地流。父亲的胡子很重,威严中带有几分慈祥。这是一个旧式的顽固老爷子,他无法理解当今年轻人的心理，但他同时又是一位十分慈祥的父亲。母亲操心更多，对父女俩照料得无微不至。但不知何故，芳子还是更加喜欢父亲。芳子想，如果面对父亲袒露自己窘迫的状况，哭诉自己爱情的真挚，父亲应该不会无动于衷的。

"芳子，好久不见啦……身体不要紧吧？"

"爸爸……"芳子喊了一声便语塞。

"这次来的时候……"父亲对坐在一旁的时雄说，"火车在佐野和御殿场①出了故障，停了两个多小时呢。蒸汽机破裂了。"

"是吗……"

"火车全速行驶中，突然发出了刺耳的声响，且严重倾斜着倒退起来。我就知道出事了。蒸汽机破裂，当场烧死了两个司炉……"

"这活儿真够危险的。"

"等了两个钟头呢。是从昭津②调来了新的蒸汽机车。我当时还想……为了你这事儿来东京，路上要是出点差错儿，（转而面对女儿）阿芳你怎么对得起你兄弟？"

芳子低头不语。

"是够危险的。好在没有磕着碰了的。"

"嗯，是啊。"

父亲和时雄就蒸汽机破裂的话题说了半晌。突然，芳子插话道：

---

① 两处皆为静冈县境内东海道沿线的站名。
② 静冈县昭津市。

"爸爸，家里人都好吗？"

"唔，都好着咧。"

"妈妈呢……"

"唔，本来想让你妈来的，我这阵子还忙得不行。可最后想想，还是我来的好……"

"我哥身体也好吗？"

"嗯，那小子最近也让人省点儿心了。"

说话间到了午饭时分。芳子返回自己的房间。午饭后，时雄一面喝茶，一面接着说之前提到的那个话题。

"那么，您是绝对不会赞同的啰？"

"赞同不赞同，都是问题呀。就算我容许他俩在一起，那男孩儿才二十二岁，还是同志社大学的学生……"

"可也是，孩子看着倒不错，是否可约定将来……"

"不行。哪儿能做那样的约定呢？我虽然没见过他，谈不上了解，但人家女学生去东京读书，他却在途中截下她，还在外留宿，像那样的人还会有什么人品？不久前芳子给她母亲来信，说是田中很痛苦，希望我们关照他。还说自己的学费可以少点儿，留给他足够的钱上早稻田大学。那小子太有心计了，芳子一定是被他蒙骗了。"

"我想那倒不会吧……"

"我觉得有些奇怪。一和芳子有了约定，那么快就厌倦了宗教，喜欢上文学。多可笑呀。再说了，还那样急不可待地追到了东京，您怎么劝说都不听，衣食无着，也要这样赖在东京，就像有什么用意似的。"

"或许是痴迷于爱情呀。也可做出善意的解释嘛。"

"不管怎样,现在谈同不同意也还太早。婚姻大事,岂可视同儿戏……此外也必须考虑门当户对,好赖也得了解一下他的出身和血统吧。当然人品是第一位的。在您的眼中,他还算有些才华,可……"

"哦不,我说的不是那个意思。"

"您到底如何评价……"

"这个,听说芳子的母亲反倒更加清楚。"

"什么?她妈怎么会了解?她只是在须磨的礼拜学校见过一两次。芳子说她在上女子学院的时候就有耳闻,说在神户那边都说他小有才华。说是在讲经祈祷时,口若悬河,成年人都无人能及。"

时雄心中亦有同感:"怪不得呢。说话都跟演说似的,充满八股腔。那眼睛上翻的讨厌模样,正是祈祷时的表情。"时雄越想越不是味儿,靠那样讨厌的表情竟然迷倒了年轻姑娘。

"您说到底该怎么办?把芳子带回去吗?"

"这个……我当然觉着最好别带她回去啦。突然这么把女儿带回去,也太扎眼了。我跟妻子担当了名誉职位,在村里从事种种慈善事业。如果突然出了这档子事儿,就会很麻烦……说心里话,我真希望像您说的那样,尽量让那个田中先回京都,好让女儿再待上一两年,还请您继续照顾……"

"要能那样就好了。"时雄说。

他又跟芳子的父亲说起两人的关系。说到两人在京都嵯峨的交往,说到以后的一些经过,同时强调两人的关系仍是神圣的精神恋爱,并未留下任何污点。父亲听了这些话,点了点头,可又接着说道:"但谁又敢说没有那种关系?"

想到女儿,父亲心里更多的是悔恨之情。他的心中浮现出诸多往事,出于乡下的虚荣心,他将女儿送到神户那座新式的女子学院,让她过上了寄宿生活,后则为了满足女儿热望,将她送到东京学习写小说。女儿体弱多病,他也并未对之过多管束。各种往事一时间涌上心头。

过了一个小时,被专门叫来的田中走进房间。芳子在一旁,留着蓬松的新式发型,倾听着父亲与时雄的谈话。父亲眼里的田中,本就不讨他喜欢。田中身着白色条纹裙裤,上身是一件藏青地碎白花纹的外套,整个儿一副书生模样。父亲心中充满了轻蔑和憎恶的感觉。他感觉这个可憎的男人夺走了自己的心头之物。这种感觉,与之前时雄在田中住处与其见面时的感觉非常相似。

时雄捋了捋裙裤,正襟危坐,眼睛盯着二尺开外的榻榻米。显而易见,田中的那种态度并非服从而是反抗。看那架势他还挺顽固,表明的态度似乎是他拥有着某种可以令芳子自由的权利。

谈话是认真而激烈的。芳子父亲并未正面谴责田中目无廉耻,而是不断在言辞中夹杂了辛辣的讽刺。时雄开了个头,后来则主要是芳子父亲与田中的对话。父亲毕竟是县议会议员,言辞抑扬顿挫,妙语连珠,就连擅长演说的田中也时时无言以对。对话中也涉及了是否允许两人恋爱的问题,但却没有作为主要的问题。主要议题仍是田中是否立刻返回京都的问题。

将正在恋爱中的两人分开——尤其对于男方,这种分离是异常痛苦的。田中不断地强调,返回京都实际上是不可能的。因为他已经彻底失去了从事宗教事业的资格,也没有值得留恋的故乡家园。两三个月来,在东京落魄飘零,总算在这里看见了一丝光明的前途,又怎能忍心抛弃一切离去。

芳子的父亲仍在苦苦劝说:

"你说已然无法返回京都,确实也有道理。但如今的情况是,你难道不能为你所爱的女孩做出牺牲吗?如果不能回京都,就回到乡村去。你说的是,回去就无法实现自己的目标。我要说的却是,你难道不能牺牲自己的目标吗?"

田中不语,低头看着地面。看来他不会轻易应承。

时雄半会儿都在默默倾听,见田中如此顽固,忍不住厉声说道:"你怎么这样啊?我听了好半天了。老人那样讲你都没有反应吗?老人并没有对你兴师问罪,也没有怪你寡廉鲜耻,只是说如果将来有缘,你们的恋爱还是有希望的。你还年轻,芳子也在学业的关键时刻。你没有听懂老人的意思吗?他是希望你们暂且将此恋爱问题冷却一下,静观以后的发展。在现在的情况下,你们无论如何都不能在一起的。必须有一个人离开东京。这个人理应是你。因为你是在芳子之后追随而来的呀。"

"我完全明白。"田中答道,"问题都在于我。我自然应首先离开。从先生刚才的话里可以听出,先生并未彻底否定我们的爱情。可父亲刚才说的那些话,我却有点儿难以接受……"

"什么意思?"时雄反问道。

"你感觉不满的,是我没有给你一个真正的承诺吧?"芳子父亲插话道,"可是,刚才我不是说得很清楚了吗?现在我是无法承诺允许还是不允许的。两个人都还没有独立,还在完成学业的过程中,我如何相信你们有能力一起生活呢?所以,我认为在未来的三四年里,两个人还是应该好好学习。你要是有诚心,就应当明白我说的这些话。我如果为了蒙骗你一时,转脸将芳子嫁给别人,那你不满的话还算有道理。可是,我可以当着先生的面对上帝起誓,三年之内我不会让芳子嫁人。人世正如耶和华所言,罪孽深重的人唯有等待自身力量的审判。我不敢说一定会将芳子奉献予你。我想我可以肯定的是,即便你们心情上难以接受,你们现在的恋爱也并不符合上帝的旨意。那么三年以后是否会符合上帝的旨意呢?我现在无法做出预言。但有一点是肯定的,假如你的心是真实、真诚、诚实的,那就一定会符合上帝的旨意。"

"老人多么通达情理。"时雄接着芳子父亲话头说道,"三年,是为你而等待。老人对你真是太好了。他那么信赖你,竟然给你三年的时间。按理说,你诱惑了人家的闺女,人家没必要那么认真地跟你说话。人家就是一声不吭地把芳子带回老家,你也没理由表达一句怨恨之言。在证实你的真心之前不将芳子嫁给他人,这是多大的恩惠呀。你还不明白吗?这比立刻允诺你们的交往,更是情深义重。"

田中低着头,面色阴沉,眼泪不住地在脸颊上流淌。

房间里寂静无声。

田中用手背擦拭着流溢的泪水。时雄认为已是时机。

"如何?给个回答吧。"

"我这样的人无足轻重,就是埋没乡野也没关系!"

他还在擦拭眼泪。

"那怎么行?你这些话是在赌气。我们面谈的目的是要打开心扉,争取皆大欢喜。你要是实在不愿意归乡,就只好让芳子回故乡了。"

"不能两个人都留在东京吗?"

"不行。那样无法监督。从你俩的将来考虑也不可以。"

"那好,让我去埋没乡野!"

"不,我回去。"芳子也声泪俱下地说,"我是女……女人,我回去,只要你的事业成功,我埋没乡野也没关系。"

房间里再度陷入沉默。

沉默片刻,时雄改变了语调说道:

"在这种情况下,你为何不能回京都呢?向神户的恩人一五一十地说明真相,请他原谅你过去的卤莽,最好能返回同志社大学。芳子有志于文学,你便也想成为文学家,这是荒唐的。你应当立志于成为宗教家、神学家和牧师呀。"

"我已经不可能去做宗教家了。因为自己不是那种向人说教的伟人……而且遗憾的是,经过三个月的辛劳,自己总算在亲友的帮助下,有了维持生计的办法……因此我没法再忍受埋没乡村了。"

三人又继续各执一词。谈话总算小小地告一段落。田中暂且返回了住处,他说当晚要和亲友们商量一下,明日或后日给一个确切答复。时钟指向下午四时,冬日已近薄暮,方才照耀着房间一隅的阳光,也不知不觉地消失了。

房间里只剩下芳子的父亲和时雄。

"这小子怎么拐弯抹角的?"芳子的父亲委婉地说。

"装模作样,无法沟通。跟他难以开诚布公地坦率交谈……"

"中国地方①的人都这个德行。小里小气,工于心计,为了达到目的不惜卑躬屈膝。而关东地方和东北地方的人则全然不同。他们爱憎分明,直来直去,这种性格多好,他就不行。工于心计,强词夺理,还那么没出息地哭……"

"的确是那样。"

"你看着,明天之前绝对不会有回话。他不会回去,还会找出种种理由。"

时雄心中突然对两人的关系产生了一种疑惑。而产生这种疑惑的原因,则在于田中那种强烈的主张,以及强调自己有权拥有芳子的态度。

"那么,您现在如何看待他俩的关系呢?"

时雄问芳子的父亲。

"怎么说呢?没准儿真发生了那种关系。"

"这当然是应当确认的问题。我们是否该听听芳子对嵯峨

---

① 日本的地名。

之行的辩解呢？据说，他们的爱情是始于嵯峨之行之后。所以，一定有构成证据的书信。"

"唉，但愿没有真的那样……"

父亲相信他们发生了关系，却又害怕那是现实。

芳子的运气不好，恰在此时来送茶。

时雄叫住芳子，向其索要嵯峨之行前后的信函。目的是为了索取证据，证实芳子身体的清白。

芳子闻听这种要求，顿时脸红起来。在其脸色和态度上，明显地表露出为难之色。

"当时的书信，我都烧掉了。"芳子低声说道。

"烧了？"

"嗯。"

芳子低着头。

"烧了？不可能吧？"

芳子的脸颊越来越红。时雄的心中亦激动不已。事实像一股可怕的力量，直刺时雄的胸膛。

时雄起身如厕，心中焦躁不安，头脑感觉到一阵晕眩。受到欺骗的感觉强烈地涌上心头。走出厕所，只见芳子战战兢兢地站在拉门外面。

"老师——那些信我真的烧了。"

"撒谎！"时雄斥道。随后用力摔上拉门，回到屋子里。

九

芳子的父亲用过晚餐便回了旅宿。当夜，时雄感觉到异常的烦闷。一想到自己受到了欺骗，心中的怒火便不打一处来。不，他气恼的是芳子的灵与肉统统被一介书生所夺走，而且自己曾如此认真地为他们的爱情操心。芳子既已放任了那个男人的行为，其处女节操便无须尊重。他因此觉得，自己也应当大胆出手，追求自己的性欲满足。想到这些，一直以来宛若天上仙女一般美丽的芳子，竟有了声色女郎的感觉，其体态做派开始显得低俗，美丽的神采和表情也给人以卑贱之感。时雄苦闷不已，当晚彻夜难眠。各种各样的感情像黑云一样压迫在他的心上。他将手捂在胸口，苦思冥想。他想，索性听之任之算了。反正已经被男人夺去了纯洁，干脆就这样让田中回京都，自己则可利用芳子的弱点，可以为所欲为了。他的头脑里浮想联翩。他还设想乘芳子在其二楼入寝时，自己悄悄地爬上二楼，吐露自己压抑着的爱意。芳子或许会正襟危坐地忠告自己，或者会大声呼救，或者会体谅自己令人窒息的苦闷，为自己做出牺牲。而即便做出了这种牺牲，翌晨又将如何呢？当明媚的阳光照射进来，两人定会不堪面对。一定会躲在被窝里睡到太阳高照，早饭都不吃。此时，他想起了莫泊桑的短篇小说《父亲》。他又重回忆起当时阅读中的痛切感受，尤其是读到少女委身男人之后痛苦哭泣场面的时候。突然间，他又生出一股相反的力量，与这些阴暗的想象强烈地争斗着。他辗转反侧，沉浸在无尽的烦闷与懊恼之中，听着时钟敲过两点、三点。

芳子一定也烦闷不已,早晨起来时,面色苍白,早饭也只吃了一小碗。她总在回避与时雄见面。芳子烦闷的与其说是自己的秘密被人知晓,不如说是意识到自己不应隐瞒秘密。芳子说下午想出去一趟,而休工在家的时雄却不予准许。就这样过了一天,田中那边没有任何回音。

芳子午饭、晚饭都没吃,说是没有食欲。家里充满了阴郁的气氛。妻子看见丈夫的心绪不佳,芳子亦烦闷不堪,只觉得有点心疼,却不知发生了什么事。想到昨日谈话的情况,仿佛是万事圆满呀……妻子想到芳子早餐只用了一小碗,此刻一定肚子饿了,便爬上二楼劝芳子。时雄在寂寞的薄暮中喝闷酒,拖着一张苦瓜脸。不一会儿,妻子下来了,时雄问道芳子在干嘛。妻子说,芳子在阴暗的房间里没有点灯,只是趴在书桌上,桌上放着写了一半的书信。书信?给谁的书信?时雄又激动起来。他咚咚咚咚上了二楼,要对芳子宣告说,再写那样的信也是白费!

"老师,您放过我吧。"

她的声音像似祈求。她照例趴在桌子上。"老师放过我吧。您等一下,我会给您写一封信。"

时雄由二楼下来。过了一会儿,妻子让婢女上楼点灯。婢女下来时,手里拿着一封信函,递到时雄的手中。

时雄如饥似渴地开始读信。

老师:
  我是一个堕落的女学生。我利用了先生的好意,欺骗了先生。我犯下了大大的罪过，想必无论怎样赔罪都无法获得先生的谅解。老师，请您把我当作一个可怜的弱者吧。老师教导我做一个明治时代的新女性，我却让老师大大地失望。我已经跟田中商量过了，无论发生什么，唯有这件事情，无论如何都不会透露出去。过去的事已过去。我们保证，从今以后一定维持纯洁的恋爱。老师，我的心中异常不安，您的烦闷都是我所造成的。今天，我一直沉浸在痛苦的悔恨之中。请先生怜悯我这可怜的女孩吧。我没有任何办法，唯有仰赖先生的帮助。

芳子

时雄看了信，感觉自己坠入了更深的地底。他手持书信站起身来。他心潮澎湃，顾不上去解释芳子如此忏悔的理由——挑明一切以求谅解的态度。他爬上二楼，楼梯踩得咚咚响。他走到芳子伏身的书桌旁，威严地坐下来。

"既然如此，看来已无可挽回。我已经没有任何办法了。你的信还给你，我保证不对其他人说起。总之，你这样信赖我这个老师，这种态度作为新日本女性来说不必为之羞耻。不过在这种情况下，唯一的办法就是让你回故乡了。今晚——不，你现在就去你父亲那儿，把情况一五一十地告诉他，然后尽快回去吧。"

于是，芳子吃完了饭，收拾一下就出门了。芳子心里充满了种种不服、不平与悲哀，她无法违背时雄威严的命令。他们由市谷乘上电车。两人并排坐着却一言不发。至山下门站下车，径直走向京桥旅馆。正好，父亲没有出门。父亲听说了事情原委后,并未表现出过分的愤怒。他只是希望,最好不要一起返回故乡。可是除此之外又没有其他的办法。芳子不哭也不笑,只是为命运的奇异而惊诧。时雄问道,可否干脆断绝父女关系,将芳子托付给自己。父亲表示虽然不知道芳子怎么想,但一般来说在这个问题上他并非那般好说话。芳子也不会铁石心肠地不惜背叛双亲而拒绝归乡。于是,时雄把芳子托付给父亲便回家了。

十

翌晨,田中造访了时雄。他并不知晓大势已定,他还一再陈述自己不宜返乡的理由。他强调与向自己许以灵肉的恋人,无论如何都是不能分离的。

时雄的脸上浮现出得意的神色。

"这个,其实这个问题已经解决了。芳子已说明了全部情况。我也知道你们欺骗了我。真是神圣的爱情呀!"

田中的脸色骤变,心中充满了羞耻之念、激愤之情和绝望的苦闷。他不知道该说什么。

"这也是迫不得已呀。"时雄继续说道,"我不能再干涉你们的爱情。不,我已经厌倦了。我已将芳子交给她的父亲去管教。"

田中一言不发地坐着。苍白的脸上,肌肉的颤栗清晰可见。突然,他急匆匆起身,似乎感觉自己待不下去了,鞠躬告辞。

上午十点前后，芳子在父亲的陪伴下来到时雄家。他们预定乘当晚六点的快车回家，这是来整理随身携带的行李，剩下多数物品日后托运回去。芳子爬上自己的二楼，简单地收拾行头。

时雄心中虽说还有些愤激，却比之前轻快了许多。山区距此二百余里，从此便无法看见芳子美丽的面容。想到这里，时雄心中充满了无以言表的孤寂感。但至少从竞争者手中夺回了芳子，把她交给了她的父亲，这令时雄感受到一丝愉快。因此，时雄快活地和芳子父亲说东道西。芳子的父亲不愧为一名乡村绅士，家中收藏了无数名家书画，有雪舟①、应举②、容斋③的绘画，也有山阳、竹田、海屋、茶山④等儒雅名流的字幅。两人的话题自然而然地转移到这个方面。原本平淡无奇的书画典故，竟顿时令小屋热闹了起来。

田中来了，说是想面见时雄。时雄关上了八铺席间和六铺席间之间的拉门，在八铺席的房间里会见了田中。芳子的父亲在六铺席的房间，芳子则在二楼房间里。

"要走了吗？"

"嗯？只好回去啰。"

"芳子也一起走吗？"

"是啊。"

"什么时候？我可以跟芳子说两句话吗？"

---

① 雪舟（1420—1506），室町时代的代表性画家。
② 圆山应举（1733—1795），江户时代中期的画家。
③ 菊池容斋（1788—1878），江户末期至明治初期的画家。
④ 赖山阳、田能村竹田、贯名海屋、菅茶山，皆为江户时代书画家。

"现在这种情况下,不方便说话。"

"那……能让我跟芳子见一面吗?"

"那可不行。"

"那么,芳子的父亲住在哪里呢?能告诉我他的住址吗?"

"我不知道那样做是否合适。"

田中无奈,只好默默地坐了片刻便站起身离去了。

在八铺席的房间里已经备好午餐。这是妻子专门预备的酒肴,为了给芳子父女饯行。分别之际,时雄也希望三个人一起吃顿饭。可芳子却说,自己实在没有胃口。妻子劝她也不来,时雄只好自己上了二楼。

阴暗的房间里只有东边的窗子透着光亮。屋里的地上,乱七八糟地堆放着书籍、杂志、衣物、腰带、瓶罐、行李、中式皮箱等等,连落脚的地方都没有。在刺鼻的灰尘气味中,芳子一副哭肿的眼睛,在收拾自己的物什。三年以前,芳子是满怀着青春希望来到东京的,如今却是何等的悲惨,何等的黑暗。芳子连一部杰出的作品亦未写就,就这样可怜巴巴地返回乡村,心中充满了难以抑制的悲哀。

"饭都准备好了,下来吃饭好吗?以后就没有机会一起吃饭了。"

"老师——"

芳子开始哭泣。

时雄感觉到心痛。他深深地反省着,感觉自己没有表现出为师的温情,也没有尽到为师的责任。在这光线阴暗的房间里，行李、书籍散逸遍地，哭泣中的心爱女人即将归乡，自己却不知用何种语言来劝慰她。

下午三点，来了三辆人力车。车夫将放在门口的行李、中式皮箱和布提囊装上车。芳子穿着栗红色的和服，头上扎了一条白色的发带，带着哭肿的眼睛。她紧紧握着出来送行的时雄妻子的手说：

"夫人，我……我一定会回来的。我说什么都会回来的。"

"真的要再来呀。回去一年，一定要出来。"

妻子也紧紧握着芳子的手，眼睛里流出了眼泪。女人心软，弱小的心中充满了同情。

牛込的住宅区笼罩在冬日的微寒中。车子依次出发，先是芳子的父亲，之后是芳子，最后则是时雄。妻子和婢女依依不舍地目送车子远去。隔壁家的夫人看到此情景，不知突然之间发生了什么。而在其后小路的拐角处，站着一个头戴茶色帽子的男人。芳子则一而再、再而三地回头探望。

车子沿麹町大道驶向日比谷时，时雄的心中浮现出当下女学生的清晰形象。前行车上的芳子梳着高耸的二〇三高地发型①，系着白色的发带，腰身前倾。在同样的情状下，由父亲陪伴携带行李回家的女学生想必不在少数。芳子，连那么要强的芳子也落得这般命运。怪不得那些教育家，总在絮絮叨叨地说女性问题。时雄体会着她父亲的痛苦、芳子的眼泪

---

① 中央突起的女性发型。日俄战争攻陷203高地后在日本广为流行。

和自己的荒凉生活。路人中，有人带着诧异的表情，目送着老父和中年男子保护下如花似玉的女学生。

到了京桥的旅馆，他们收拾完行李便结了账。这家旅馆，正是三年前在父亲陪伴下，芳子初次来东京时住过的旅馆。时雄还来此访问过他们父女。三人比较其时和如今的境遇，可谓感慨万千，但都竭力地不加流露。五点时分，他们来到了新桥停车场，进入二等候车室。

停车场人头攒动，杂沓不堪，出行的人和送行的人，心里都是空落落的。响彻天棚的嘈杂声，令旅客的心中更加焦虑。停车场里，处处回旋着悲哀、喜悦和好奇。人群每时每刻都在涌动着，大多是要乘坐六点钟神户快车的乘客，二等室里的人也是摩肩接踵。时雄从二楼的小铺买来两盒三明治，递给了芳子，又买来车票和站台票，领了一张手提行李寄存证，之后便唯有等待。

三人都想，或许在这拥挤的人群中，会出现田中的身影？然而，那身影最终也未出现。

汽笛鸣响了。人们一个挨一个地涌向检票口。大家都焦急地、争先恐后地拥挤，场面混乱不堪。三人好容易才从人群中挤了出来，上了宽大的月台，走进最近的二等车厢。

在他们身后，旅客陆续地进入车厢。有跑长途、坐卧铺的商人，有归来的军人校官，也有不加遮掩地说着大阪方言、嘴里脏话不断的女人。父亲把长长的白色毛毯铺在地上，旁边放上一个小包，和芳子并排坐了下来。电灯光照入车内，芳子白皙的脸庞宛若一尊浮雕。父亲来到车窗边,一再地向时雄表示深切的谢意,且对善后事情千叮咛万嘱咐。时雄呆立于窗前,戴着茶色的礼帽,身上穿着三纹①羽织外套。

眼看着发车的时间到了。时雄想象着父女两人的这次旅途,想象着芳子的将来。他觉得自己和芳子间,仍有着无尽的缘分。如果没有妻子,自己铁定要娶芳子为妻。他相信芳子也乐意做自己的妻子。那将是一种理想的生活,也是文学的生活,自己创作时那难堪的烦闷亦将获得慰藉,如今这般荒凉的心灵也将获得拯救。他想起了芳子对妻子说过的一句话:"为什么我不早点儿出生呢?我要是跟夫人同年出生,该多有趣呀……"看来,自己永远无缘娶芳子为妻的命运,也没有机会将她的父亲称作岳父了?人生漫长,命运拥有奇异的力量。也许,一度丢弃节操而失却处女之身,反而会是一种有利条件——可以毫无顾虑地长期做有了孩子的自己的妻子。命运、人生——时雄想起曾对芳子讲过的屠格涅夫的《普宁与巴布林》。俄国杰出作家笔下描写的人生意义,此刻尤为强烈地震撼着时雄的心。

时雄身后,站着一群送行的人。在人群后的立柱旁,不知何时站着一个男人,戴着一顶破旧的礼帽。芳子认出了他,激动不已。父亲则感到很不愉快。然而沉醉于冥想的时雄,做梦也没有想到那个男人就在身后。

司乘吹响了发车的鸣笛。

---

① 背部和双袖有三处花纹的简式礼服。

火车开动了。

十一

寂寞的生活,荒凉的生活,重新造访了时雄的家。听见妻子厉声斥责孩子的骂声,时雄感觉很不愉快。

生活重又回归三年前旧有的状态之中。

第五天,芳子来信了。来信并非平素给人亲切感觉的白话体,而是运用了十分恭敬的文体。信中写道:

> 昨晚安抵家中,请老师放心。此次赴京,给百忙中的老师增添了许多麻烦,让您操碎了心。学生心中,歉疚不已。本应当面表达歉意并致谢,然内心忐忑,临别之际终未能启齿,万望老师谅解。新桥别离后,每站在玻璃窗前,眼前都会浮现老师头戴茶色便帽的形象。在山北一带开始飘雪的时节,我便想起了湛井的十五里山路,充满了悲哀的回忆。此时,我竟痛切地想到了小林一茶①的著名诗句——"遥处有住家,茫茫天际雪五尺。"父亲也说要写信感谢先生,但今天是镇上的集会日,他忙得不可开交,只好托我代笔致谢。欲说之事尚有许多,然今日心绪不宁,就此搁笔。

---

① 小林一茶(1763—1827),日本江户后期著名的俳句诗人。该句为诗人五十岁返居故乡时的感怀。

时雄想象着积雪深厚的十五里山路，以及埋没雪中的山中乡舍。他走上了分别后原样未动的二楼。怀恋之余，心中朦胧地浮现出芳子的面影。在武藏野寒风凛冽的日子，屋后的古树发出海潮一般隆隆的音响。时雄打开了东边的一扇雨窗，像分别的那日一样，阳光流淌般地照射进来。书桌、书柜、小罐、红皿，这些都依然如旧。恋人仿佛还和往常一样，只是到学校读书去了。时雄打开了书桌的抽屉，里面扔着一条沾染了发油的旧发带。时雄取出来，放在鼻子下嗅了嗅。然后站起身打开壁橱，里面有三个大柳条包，用麻绳捆好了准备寄送回家。再往里面，叠放着芳子常用的棉被——有绿黄色蔓藤图案的垫褥和同样花纹、棉絮厚软的搭被。时雄取出棉被，熟悉的女人的油脂气息与汗味，没缘由地令时雄的心脏通通乱跳。天鹅绒棉被的一角油污斑驳，时雄却把脸贴在上面，尽情嗅着心爱女人的身体气息。

　　性欲、悲哀、绝望突然一股脑儿袭上时雄的心头。时雄铺好了被褥，盖上棉被，把脸埋藏在冰冷汗污的天鹅绒被子里，哭泣不已。

　　屋里光线暗淡，屋外狂风大作。

乡村教师

一

　　四里①路的漫漫途中，在羽生镇有处青缟②集市。紫云英盛开田圃。豪门垣墙内，八重樱花瓣散落。不时有露出红衬裙的村姑走过。

　　清三在羽生搭上了车。他穿着母亲彻夜缝制的棉质三纹羽织外套，系着簇新的绉绸腰带。车夫裙裤大褂上盖着褪色的毛毯，抬一抬车辕出发了。清三有些惶惑的样子。

　　清三即将面对新的生活。他认定，新生活必然是有意义且充满希望的。五年的中学生活，每天一大早穿着小仓制服，走三里路从行田到熊谷上学的日子正成为过去。毕业典礼的宴席上，他初次领略了陪席艺伎的娇媚百态，还听到平日闷脸的教员扯开破铜锣嗓子唱歌走调。过了一两个月，清三渐渐感觉到学校里憧憬的人生与现实人生的些许不同。这般感觉先是父母给他的，而后周围人对自己的评价也与以往不同，平

---
① 日本的距离单位，1里相当于约3.927公里。
② 藏蓝色棉布，用于制作法被（一种和服）、肚兜或袜子。

素往来的朋友也都发生了变化。

他突然想起十几天前,与好友加藤郁治结伴而行,从熊谷步行回家的途中谈文学、谈将来、谈爱情。他们先谈起一位朋友和一位少女之间的关系。

"看来,这家伙很上心呢。"

"岂止是上心。"郁治笑道。

"以前完全不是这个样子,以为不会有事。最近他却说'感慨良多',以为他是死心了,不想为爱情舍弃一切。结果恰恰相反。"

"是啊。"

"真是奇怪。"

"不久前他还来信说'相恋之事,感激卿等相助。余初识爱情,却愿此情长久,余崇尚精神之恋爱'云云。"

这"精神恋爱"一语触动了清三。郁治也一语不发地走着。

突然郁治说:

"我可有个大秘密。"

他说得漫不经心。清三也笑着说：

"我也一样！"

不知道该说什么了，两人继续默默前行。

过了一会儿，郁治又问：

"你知道'尾花'吗？"

"知道啊。"

"你觉得老师会喜欢她吗？"

"嗯。"清三笑了，"说不清。只觉得长得挺漂亮。"

"那你觉得 A 君怎样？"

"没想过。"

郁治踌躇片刻："那 Art 君呢？"

清三心里微微触动。"可也是啊，不知有机会的话会是怎样……不过一直没有考虑过。"话一出口又打趣道：

"你若喜欢 Art……怎么说呢，我会像看待小畑与 N 小姐之间一样去看你们吧。"

"那么，我就朝这方向努力喽。"

郁治向前走了一步。

清三在车上回忆起当时的情景——自己的心脏怦怦跳动。他还记起当晚趴在桌子上写下日记：

"愿他幸福满满。神啊，上帝啊，愿我的朋友获得美好纯洁的浪漫爱情。神啊，我用沾满泪水的双手祈愿，为我的好友祈求满满的幸福。"

约莫十天后的一个晚上，两人从那位女孩儿家出来，走上士族区寂冷漆黑的夜路。那日女孩儿不在家，到浦和参加师范学校的入学考试去了。

"人总说有志者事竟成……我却先天地丧失了那种资格。"

"怎么会呢?"

"怎么不是呢……"

"别尽说些丧气话。"

"我要像你这样就好了……"

"我是什么样?"

"我和你们不同,天生不是谈情说爱的料。"

清三一个劲儿地安慰郁治。他怜悯朋友,也在可怜自己。

许多面孔与往事在他眼前闪现又消隐。路边是稀疏的榛树、庚申冢①、农田和农户家舍。一辆马车从身后追来,绝尘而去。

郁治的父亲是郡督学。家里有两个妹妹。雪子十七岁,繁子十五岁。清三几乎每天去他家玩,雪子总是笑脸相迎。繁子还是个孩子,总在看《少年世界》什么的。

清三逐渐意识到,自己家境贫寒,无望去东京上学,无所事事也不是办法,眼下最好是去小学教书。终于决定,去羽生镇的弥勒小学任教,月薪十一元。这也全是郁治父亲助力的结果。

路边有个小门,却见牌子上写着"井泉村公所"字样。清三下车向门内走去。

"有人吗?"

---

① 村里祭祀青面金刚的坟冢。

话音刚落,里面走出一位五十岁上下的杂役。

"副村长先生在吗?"

"岸野先生吗?"杂役眨巴着惺忪的双眼反问。

"嗯,是的。"

杂役接过名片与督学写的信后退下。稍后,清三被引领到了接待室。说是接待室却没有桌椅,六叠大小的普通榻榻米房间空空荡荡,中间搁着粗糙的濑户火盆。

副村长是位身穿条纹羽织外套的矮胖男人,看着督学的信说:

"哦,你是林君啊。听加藤先生提到过,我给你写封介绍信吧。"他将脏兮兮的砚盒挪近前来,不知思索些什么,沉默良久。信写好了,上方的收信人姓名是三田谷村村长石野荣造先生。

"那么,拿着这封信去弥勒村公所吧。"

二

距离弥勒约莫有十町①。

说是三田谷村,其实看不见成片的房屋。东一家西一家,杉林影下三四家,田野对面有一家,城里来的人看了不禁诧异,这哪里是人们共同生活的村庄?但稍向前行,路两侧便有了连檐的住房,有脏兮兮的理发店、似有娼妓的小餐馆、孩

---

① 町,距离单位,1町约为109米。

子喜欢的点心店等。乍看上去，右边有间低矮的平房式小学，门口一块破牌子上写着"三田谷村弥勒高等寻常小学"几个字。课堂里面不时传来学童的诵读声，还有老师尖细的高声。阳光照耀着布满灰尘的玻璃窗，隐约看见身着制服站成一排的学生，还有黑板和书桌。以往出入时挤满学生的换鞋处，此刻也一派静谧。广场上白色斑点的狗悠然觅食。

风琴声隐约自礼堂传来。

车子经过学校门口。不远有一家油纸伞店，屋内散放着油纸、线绳和柿油碟等工具，五十岁开外的老爷子坐在中间忙碌制伞。许多漆油未干的油纸伞摆在屋子的周围晾晒。清三叫停了车子，跟老爷子打听村公所的位置。

清三打听到村公所不在街边密集的民居中。要走到路尽头像是古城址的河堤与壕沟。河堤里长满了细竹和杂草，壕沟里是肮脏的锈色污水，橡树与椎树的巨大树影笼罩着，色调益发暗寒。沿壕沟转弯，步行约一町就是村公所。他在这儿付了两角钱车费，下车步行。矮竹丛旁，一间茅草屋映入眼帘。陈旧的日式拉门上有"荞麦切面小川屋"字样。周围是旱田，云雀在青色麦苗上低声鸣啭。

他听说过弥勒的这间小川屋料理店，学校的教师常常在那儿吃喝或聚会。听说料理店也提供快餐，还出借寝具。据说那里有个名叫阿种的美人。趁四下无人，清三停步往矮墙内窥望。庭院里有两三棵松树，以及一两棵长出嫩叶的樱树。黑色的拉门显得格外扎眼。

矮墙一隅，山茶树与珊瑚树厚厚的绿叶托着日光。山茶花尚余两三朵，闪现在绿叶之间。

这一带出名的是赤城落山风，但吹到四月就完全停歇。现在田野上绿色黄色红色绚丽夺目。贯穿麦田的小径，通向前方一排细高的榛树林。放眼望去，宛若一幅水彩画，村公所的草茸屋顶就在其中。

这里的接待室比井泉村公所的接待室整洁得多。透过玻璃窗，可以清楚地看到职员办公室。桌上整齐放着户籍册、收税本，还有一摞申请书文件。一个二十四五岁留着分头的清瘦男子与一位五十上下的秃头大爷正奋笔疾书。一个蓄须的中年人像是助理，与貌似土地大户的胖村民笑着聊着，烟袋锅不时敲得咚咚响。

村长四十五岁开外，一脸麻子，头发半白，时不时带着浓重的武州口音，典型的当地人。他看过井泉村助的信后卷好，歪着头说："我没听督学和副村长提起过你的事啊……"清三听了感觉诧异，像是受到了捉弄，心想督学和岸野先生也太不负责任了。

村长想了一想又说："或许已经内部决定了吧。有位叫平田的老师名声不怎么样，倒是有人说过想换掉他。你去学校和校长谈谈吧！"

如此傲慢的言语方式伤害了年轻的自尊。

清三觉得村长不过一介农民，什么也不会做，有俩臭钱就狂妄自大。没想到第一份教师工作，初次走上社会，竟是在如此冷漠的气氛下拉开了序幕。

一小时后，他到学校见校长。没下课，便在教员室等了近三十分钟。教员室墙上有幅挂图,各类物品散乱地堆放着——算盘、书籍、植物标本等。一位女老师在墙角忙乱地查阅什么,见面只是点了点头,没有说话。下课铃声响起,学生纷纷依次列队长廊,行礼后便鸟兽散奔向了广场。一度的安静被打破了,校园里到处是脚步声、号令声和学生们的吵闹声。

校长的西装上沾着白色粉笔灰。长脸,瘦高个儿,一副师范学校特有的架势做派。清三真的摸不着头脑,当时的校长是真的不知还是装作不知……

校长说:"完全不知道你要来啊……不过既然加藤先生说了,岸野先生也知道,不久就会收到调令吧。少安毋躁……"

他说方便的话,会马上派人去落实一下,因此尽管有些不便,当晚也只能留宿村公所了。教员室里,教师们进进出出。年近五十的老朽平田与穿西装的年轻准教员关老师站在廊际柱旁聊了很久,目光频频瞟向这边。

铃声再次响起。校长和教员都出去了。学生们又潮水般涌来。女教师起身外出,盯着清三看了一眼。

兴许是到了唱歌课时间,学生们聚集到礼堂。不一会儿,静谧的校园传来舒缓的风琴声。

三

清三在村公所度过了寂寞的一夜。他睡在杂役的房间。黄昏时分,他由后门出来走到井台边,眺望那环绕田野的远山渐趋昏暗的景色,一种难以自拔的哀愁悄然袭上心头。他陷入对父母的无尽的思念中。儿时兄弟众多,父亲在足利经营布庄,家境丰裕。他朦胧记得七岁时家道没落搬到熊谷。当时不明白母亲为何哭泣。如今哥哥、弟弟皆已死去,只剩下清三,家里的环境便不像其他同学那么自由。他只有一个老好人父亲和软弱、重情的母亲,一出生就注定坎坷。想着想着,他如往常一般不禁落泪,感伤涌上了心头。

近处的森林、道路和田地已变得一片昏暗,只有远山的山顶留有余光。浅间山的青烟像毛刷拂过般散于晚霞中,徐徐洇展向远方。蛙声此起彼伏。

农家亮起点点阑珊灯火。远方传来路人的歌声。

他木然伫立。

突然,有人大步走在榛树林,发出爽朗的笑声。想必是杂役去小川屋取便当和寝具回来。夜幕中浮现出背着庞大寝具的黑影,身后还有一个迈着小步的女子身影紧随。

杂役"砰"的一声把沉重的寝具放在屋里,呼哧呼哧地喘气,尔后点燃了白天清理过的煤油灯。屋内刹那间明亮起来。

"辛苦了。"

清三走进屋里说。

这时,他看到站在一旁的面色白皙的女孩儿。女孩儿放下带来的便当,眼睛扫过突然变亮的房间。

"阿种,玩玩再走吧?"杂役说。

女孩儿微笑。她说不上美貌如花,但眉宇间有种迷人的风情，脸颊与手臂亦显出丰腴之感。

"听说你妈妈有恙，怎么，好了吗？"

"嗯……"

"感冒了吗？"

"反复跟她说天冷了，她还是坐那儿打了个盹儿……就感冒了……"

"你妈妈也太不拿自己当回事儿了。"

"真是没法子。"

"可是，阿种会赚钱，妈妈可以放心喽。"

女孩莞尔一笑。过了一会儿又说：

"客人的便当，明天还送吗？"

"送啊。"

"那么，晚安。"

女孩儿准备回去。

"急啥，再玩一会儿吧。"

"不能再玩啦，还要清理收拾……晚安！"说完出去了。

便当是玉子①烧和腌菜。杂役端来一杯温茶。过了一会儿，老爷子去一旁做副业打稻草。夜晚静寂，房子和人都淹没在蛙声中。清三懒得想象未来，应读的杂志也没带来，于是从背包里拿出横订的西洋纸手帐，用铅笔写日记。

接着前日，他写下"四月二十五日"。

突然又想到什么，他放下铅笔，用橡皮使劲擦掉。今天，

---

① 鸡蛋。

好歹是自己一生中值得纪念的新生活的第一天，在小说中便是翻篇。他把这页的背面留白，从新的一页开始写。

四月二十五日，（在弥勒）……

简单写完一页之后，罗列当日花费。新乡买天狗烟两角，中途车费三角，清心丹五分，在学校吃便当四分五厘，共计四角九分五厘。从随身带的一元两角中扣减，钱包里尚余七角零五厘。接着，清三开始计算来弥勒的费用。

25.0	印章
22.0	名片
3.5	牙刷、牙膏及牙签
8.5	两支笔
14.0	砚台
115.0	帽子
175.0	羽织外套
30.0	和服腰带
14.5	木屐
407.5（四元零七分五厘）	

加上前面的七角零五厘，共计四元七角八分钱。自己的家庭赚一元钱都不容易。想到筹集这笔钱时父母的苦心，清三倍觉凄凉。

被头污秽不堪。旅途中淡淡的忧伤催人泪下。不觉间,他已发出微弱的鼾声。

翌日,学校请他做预算表笔记,他遂在村公所待了一日,然后给父母写信发出。

傍晚,清三被叫到校长家去。

校长家不远。一畦黄油菜花镶嵌在青绿的麦田中。那是一座茅草屋顶的独立式房屋,典型的农家结构。大门宽敞,六叠①房间与四叠房间前都有一个小庭院。不修边幅的夫人、孩子哭泣的脸庞、茶室内的长火盆及肮脏破旧的榻榻米,让外来人一目了然。校长房间里摆着《学校管理法》、《心理学》及红色封面的《教育时论》等。

"你真是运气不佳。其实只是有了想法,还没上议事日程呢……"

夫人端来茶水,斟出一杯。

"你可能听说过,有位老教师平田,老朽不堪了。我正劝他转校或离职呢。刚好岸野君说起加藤先生有此愿望,于是决定一试。但你来得早了点儿……"

校长说着笑起来。

"对不起。完全不知情……"

"是啊是啊,你不可能了解实情。岸野先生提醒一下就好了,他总那样,什么事都漫不经心。"

"那么,那位老师还在吗?"

---

① 叠:日本房间面积单位,一叠为一张榻榻米大小,合 1.6562 平方米。

"嗯。"

"他还不知道吗?"

"私底下可能知道……但还没有公开。打算三两天内在村委会上通过,下周他就会离职了吧……"说完停顿片刻。

"我们学校的老师都很优秀,关系融洽,新来者容易适应。希望你加倍地发奋努力。薪资渐渐还会涨……"

校长抽上一支烟,抖了抖烟灰说:

"你还没有正式的教师证吧?"

"嗯。"

"那么先考证吧,有了证什么都好办。只有中学文凭,实际应用的科目不学也不行……多少看看教学法呀。"

"看过一点儿,总觉得有些枯燥。"

"教学法不结合实际,没有意思。结合上实际,才会越来越有趣。"

热衷于学校教学法实践的人与向往诗歌的青年这样久久地相对而坐。校长夫人送来茶点,托盘里放着五六块咸饼干。她边寒暄边看着这个脸色苍白、鼻梁高挺、印堂稍宽的客人,感觉他是个懦弱的人。谈话间,年内出生的孩子在隔壁房间一个劲儿哭闹,主人却一副若无其事的模样。

尿裤子四处乱放。火盆上的铁壶里水烧开了,咕嘟咕嘟地翻滚着。

校长的话题涉及中学、师范学校、教学经验以及同事们的大事小事。清三忍不住倾诉了自己的理想,以及为家庭做出的牺牲等如此这般,甚至透露出不打算一生从事小学教员的想法。清三发现,校长与昨天在学校见面时不同,也有令人意外的温和一面。

听校长说,三田谷村这个地方,村长和学生家长权力很大,想要掌控这里难度很大。在发户、上村君、下村君等几个靠近利根川的村落,时兴利用织布机和原料收取佣金。青年男女进进出出,风俗败坏,七八岁孩子都会在学校里若无其事地哼唱猥琐的窑曲,影响非常不好。校长说:

"我来此三年。当时的学生真是没教养。刚开始,我觉得来这种地方真没意思。现在的情况好了许多。"

分手时,清三问道:

"明天周六,我想回一趟行田。回来再说好吗?"

"没问题……那么,从下周开始工作……"

这晚,清三仍旧在村公所杂役的房间过夜。

四

晨起后,春雨淅淅沥沥。

田野里五彩斑斓,濡湿的绿色麦苗与黄色菜花,比平日更加美丽。有人撑着蛇目阳伞①,在乡野小径走过。

八点过后,清三借了把油纸伞冒雨出行。伞上有"三田谷村公所"几个黑黑的大字。

小川屋附近的河边草木繁密,雨滴噼里啪啦乱落伞上。

---

① 空心圆形里一个实心圆形图像,状似蛇眼,常见日式伞。

锈黑的水中看得见蝾螈的赤腹。小川屋皮肤皙白的阿种突然从街头的房舍中跑出，头包白手巾，伞也不打，沿着树荫冒着豆大的雨滴跑近前来，距离三两步错身时，与清三打了个照面，微微地颔首一笑。

学校上课时间未到，门口换鞋处放着一溜学生的雨伞。男生女生多是书包背腰间，和服下摆卷在腰带里。有顽童将雨伞当车轮滚动，淋个落汤鸡，也有十二三岁的女生用脖子夹住伞柄，行走间摆弄着织针和毛线。清三路过时心想："这些孩子，下周可就是我的学生了啊。"

雨从黎明时分开始下的，路况还不算太坏。车马经过的地方泥泞不堪，跳着走还能应付。雨水只是刚刚稍微打湿了路沿干燥的泥土。

清三去井泉村公所拜访副村长，副村长还没来上班。沿路长长的脏水沟里，藻类、灯心草、芦苇的新芽及泽泻①胡乱生长，上方覆盖着含带雨珠的淡竹，雨滴吧嗒吧嗒地下落。

路边有斜檐的农户小居，墙上挂着铁铲、锄头、旧蓑衣等。头发凌乱体态肥胖的农家妻子，正靠着柱子给新生儿喂奶。丈夫模样满脸胡须的四十岁男人，因雨天歇工。他百无聊赖地伸开双臂打了一个大呵欠。

从街上看得到土地神八幡宫茅草顶的古旧神殿。华表旁依次记录着神殿修缮资助者的姓名和金额。周围高大的榉树已出新芽。油钱箱前，两个照看孩子的女佣布巾卷起额发，

---

① 泽泻，多年生水生或沼生草本植物。

哼唱着悦耳的摇篮曲。

有店铺店头摆放着昨日卖剩卖相不佳的蒸红薯。雨丝掠过低檐。

田头桑树开始萌芽,黄菜花似亦苏醒,田埂生着紫云英、紫花地丁和杂草。远方的杉树与橡树林中,富裕农家的白墙壁清晰可见。

处处可以耳闻青缟织机声,嘎拉嘎啦,忙碌的声响不绝于耳。有时周围看不到织坊,令人诧异,有时还能听见青春洋溢的歌声。

拐向发户河岸的岔路口有家知名的面馆。清晨店主就烧好一大锅开水,大面板上撒上小麦粉,不停地揉面团。年轻的女侍将衣物绑在身后,正与农家的熟客笑谈。

道路转弯处有块古石——明治维新前的界石,由此过去便是羽生的地界。

一溜细高的榛树在田圃一侧无限延长。树旁细细的小河在流淌,鱼儿在萌出的水草间悠游。从羽生驶向大越的公共马车,溅着泥泞疾驰而去。

来时的路旁有家脏兮兮的木板屋顶的达摩屋[①],和煦的阳光下,二楼屋檐晾着被头留有污垢的棉被,下边还有一个面色苍白的女人在吃力地浆洗衣物。然而今天却拉门紧闭,映入眼帘的是背阴处污秽的青苔。

路越来越难走,跳着走也处处泥泞。即便不抬脚后跟,

[①] 有妓女伺候的饮食店。

泥水也会从磨损的低齿木屐下溅到身上。风骤雨横,衣袖亦被打湿。

羽生镇上十分凄冷。长檐下大街一派寂然,偶有油纸伞或蛇目伞通过。领取汇款的年轻女子立于邮局前;布庄里掌柜与学徒聚集聊天;足袋店里,堆积着青缟与云斋织①布料,工匠们正忙碌地缝制。装上新式玻璃拉门的洋货铺前停着一辆被屋檐雨滴打湿半截的脚踏车。

镇内十字路口,火警钟塔高矗。

通往行田的路由此分开。经过烟铺、面馆、诊所的大门,路边围墙上耸立着姿形怪异的松树,走过有一口喷水井的豪宅门前,眼前是杂草丛生的沟渠,旁边白色油漆剥落的门上,挂着"羽生分局"的牌子。一个巡警带着佩剑,咯嘟咯嘟地走入雨中。

再往前,又是后街一家连一家的陋屋,大多是木板屋顶的贫困人家。马车屋前,一辆公共马车将要出发,又有两三位客人钻进车里。清三停步询问,不巧已经客满。

清三继续在旧屋陋巷间穿梭。

他拉开一扇小户人家的日式拉门。里面有位中年妇女。

"我想借一双木屐……弥勒过来一路下雨,没法穿了。"

"好的,不用客气。"

女人将木屐递过来。这双雨天穿的高齿木屐的齿已磨弯,非常不好走路。虽说比平时穿的低齿木屐好一些,但仍旧会

---

① 一种织物,厚料子棉纺织品。

溅起一些泥巴。

最后他还是花了一角五分钱,在新乡搭乘人力车。

五

陋巷由行田镇大街通往老城的横街。街角有家叫"柳汤"的浴池,对面是有漂亮女侍的料理店的入口。料理店屋檐低垂,像是一栋长屋的隔断,细雨丝线般斜落在拉门上,风吹雨打令日式的拉门变黑。邻家住的是做蚕茧生意的人。每到这个时节,他家从窄小的客厅到厨房,甚至连茶室和大门口,都铺满了白色的蚕茧,从早到晚人进人出。可是此时,那难以开拉的槅扇紧闭着,一片沉寂。

清三哗啦一声推开拉门走进屋。

年约四十岁温文尔雅的母亲挽着椭圆形发髻,正在裁衣板前忙活,旁边零乱放着剪刀、线轴、针线盒等杂物。门后露出儿子的脸。

"啊,清三?"

她站起身。

"唉,雨下得够大吧。"

看到儿子湿透的衣袖和沾有泥水的裙裤,她忍不住接着说:

"真不巧啊。昨天还是好天气,今天就这样……一路走回来的吗?"

"原打算走回来的。新乡有便宜的马车,就坐回来了。"

母亲突然觉得儿子的木屐眼生。

"借来的？这木屐……"

"在峰田借的。"

"是吗？在峰田借的……真是吃苦了。"

说着打算去厨房拿抹布。

"抹布不行哦，妈，帮我打桶水吧。"

"那么脏吗？"

母亲说着，去厨房舀了半桶水，还拿了块干布巾。

清三把脚洗干净，用布巾擦干。母亲拿出结城条纹布棉衣以及自己用捻线绸和服改成的羽织外套，又将清三换下的羽织外套与裙裤挂在竹衣架上。

两人总算坐到了长火盆前。

"事情顺利吗？"

母亲一边往铁壶下扇火，一边关切地问。

清三简单说明了情况。

"这样啊，今天早上收到信了。怎么会那么不顺？"

"什么呀，我去得太早了。"

"后来呢，有什么进展？"

"下周就上班。"

"太好了。"母亲喜形于色。

母子俩继续聊。母亲问了各种问题。校长先生是怎样的人？和善不？弥勒地方如何？有没有好的寄宿处？诸如此类。清三都一一作答。

"爸呢？"

过了一会儿，清三问。

"说是到下忍去一趟，无论如何也要筹点钱回来……下雨，让他明天再去也不听……"

清三陷入沉默。贫困的家庭现实重又萦绕脑际。他为父亲没有收入焦虑。另一方面，父亲是个好人、善人，容易上当，性格懦弱又愚钝，却以贩卖赝品书画维生，这让清三深感不快。正直的他，心里一直认为父亲从事的不是普通人该有的正当职业。

若非被骗，家里仍可量力而行地经营布庄。念及于此，他对懵懵懂懂的母亲充满同情，又对虽说不务正业、但还是要为区区五角一元钱冒雨外出赶路七八里的老父亲心怀怜悯。

不久，铁壶开始嘶鸣。

母亲从陈旧的茶柜中取出茶叶罐和小茶壶。茶叶已碎成粉末。火盆抽屉的纸袋里，剩下两块咸饼干。

直至黄昏临近，清三都伴着做针线活儿的母亲，在昏暗的窗下给熊谷的同窗好友写信或者读报。给好友的信写了两三页格纸，写到恋爱、作诗、明星派①诗歌以及令之感觉青春美妙的事情。

下午四点雨停了。道路依然泥泞。父亲铩羽而归，家中气氛凝重，三人正默默吃晚饭，突然——

"对不起，打扰了。"

外面有人喊道，说罢想要打开滞涩的拉门。

---

① 与谢野铁干 (1873—1935) 创办的以《明星》诗刊为中心的诗歌流派。

母亲起身走了过去。

"啊……请进。"

"不用了,刚从澡堂回来。郁治让我来的,说是今天周六,让问问清三回来了没有……久疏问候,真是过意不去。"

"哎呀,进来坐坐……哟,雪子也来了……快来,雪子,快进屋。"

两个女人寒暄着。郁治的妹妹雪子身材苗条,是乡下少有的美少女。她泡完澡后化着淡妆,嫩白的脸颊在渐趋昏暗的暮色中格外靓丽。雪子伫立门口,手捧着裹有肥皂盒的湿布巾。

"家里简陋……"

"哪里,我们不进屋了。"

"都到门口了,就坐一会儿嘛。"

清三听见会话得知此事,他放下筷子走出来,看了一眼门外正与母亲寒暄的雪子,却马上转移了视线。

郁治的母亲看到清三:

"你回来啦,郁治在等你……"

"本想今晚去找他的。"

"嗯,欢迎你来玩啊。以前每天都来的,突然就不来了。家里顿时冷清了很多……而且,郁治也没有其他要好的朋友……"

好歹送走了郁治的母亲。清三和母亲又坐回矮桌边。三人依旧一声不吭地吃晚饭。

喝汤时,母亲突然说:

"雪子变漂亮了很多啊!"

她情不自禁地感叹道,可是没人理会。父亲稀里呼噜吃着茶泡饭,清三咔嚓咔嚓咬咸菜。夜幕降临,又下起雨来。

六

加藤家相隔不足五町。公园路半道左转,到后街稍向前行,就出现一边墙垣,一边麦田。夏天是红白相间的木槿花,还有黄瓜和南瓜。绿荫重重的暮色里,雪子和繁子追逐翩然飞舞的萤火虫;寒冬月夜,她们玩纸牌,穿着木屐呱嗒呱嗒地回家。窄巷边杉篱深处的大门和瓦顶,让清三追忆无限。

雨后润湿的樱树叶在灯光下闪光发亮。没到郁治家,雪子那白皙娇柔的脸庞,繁子那天真无邪笑呵呵相迎的模样,以及郁治父亲夜晚醉饮、兴致未尽侃侃而谈的神情,似已清晰映入清三的眼帘。朋友家笑声常伴,和睦温馨,时常让清三羡慕不已。

郡督学在乡村人眼中,通常是十分强势的角色,强辩难处。但人们眼中的郁治父亲却善解人意、和蔼可亲,说话也谨慎而稳重。他胡子半白,头发蓬松,心态却显得年轻,不时与青年不厌其烦地谈论教育问题,也去清三和郁治说话的房间与晚辈海阔天空。

推开门,门铃便叮铃一声响。清三沿踏脚石走到拉门前,繁子提着油灯出来迎客,黑暗中浮现出繁子的笑脸。

"林哥?"

她向外窥望，孩子气地大叫道——

"哥，林哥来了。"

郁治的父亲去了熊谷不在家。家里没有小孩子，所以收拾得整洁有序，打扫过的茶室里灯光明亮。母亲坐在长火盆前，气色颇佳。雪子刚好收拾过厨房，用白围裙擦了擦手走进茶室。

正打招呼间，郁治从里屋走了出来，径自将清三领去了书房。

书房四叠半大小。陈旧的桐木书柜装满了书，贴有一张白纸，写着"纲鉴易知录""史记""五经""唐宋八大家"等。油灯远光下，依稀可辨三尺半床上方挂着草云①的兰花挂轴。摆放油灯的朴木大桌上，杂乱放着《明星》《文艺俱乐部》《万叶集》《一叶全集》等书报。

两人就跟一年没见似的，话题不断，天马行空。

"你有什么打算？"

过了一会儿，清三问道。

"来年春天，想参加高等师范的考试。考试之前赋闲也不好，所以想去这边的学校当教员，同时学习准备考试……"

"果然如此。熊谷的小畑信里也这么说。"

"是吗，跟你说了？跟我也有说过这个……"

"还说小岛和杉谷去了东京。"

"信里那样说……"

---

① 田崎草云（1815—1898），日本画家。

"他们打算报哪里呢?"

"小岛好像是第一高等学校。"

"杉谷呢?"

"不清楚……反正那家伙不愁学费,去哪儿都行吧。"

"镇上也有人去东京吗?"

"嗯。"郁治想了想,"佐藤好像说过要去。"

"哪个方面?"

"好像是工业学校。"

没完没了都是关于同学的话题。清三十分羡慕那些朋友,可以自己确定未来的方针计划,选定各自希望的方向。中学时,他也曾预想毕业后的境遇,但此一时彼一时,自己以为说不定会时来运转,便因此心安理得。但那不过是空想。家庭的饥寒交迫,渐渐使他认识了现实生活。

清三继承了母亲温顺的性格。小时候就阅读小波叔叔①的童话,对小说、和歌、俳句倾注了青春的热情。但随着身体的发育,他的心忽冷忽热。他渐渐读懂了镇上女孩儿的眼神,尝过爱情的滋味,也曾在某些欲望的驱使下做过无人知晓的坏事。世间在他面前展现了多彩欢乐的舞台,也展示了丑陋污秽的样貌。他不懂难填的欲壑与美妙如花的世界将如何协调。每当想到自己未知的前程,他总有黯然寂凉之感。

话题从熊谷朋友的恋情转移到 Art 君。

"我真是痛苦至极。"

---

① 岩谷小波(1870—1933),日本小说家、童话作家。

"天无绝人之路。"

两人这般聊着。

"昨天在公园见到她了,说是刚从浦和回来。她现在胖得不像样。"

郁治说完笑起来。

"胖得不像样好啊。"

清三也笑了。

"你妹妹和她是朋友,还有她哥在,总会有办法的。"

"算了,不管这些,越想越烦。"

郁治一副青年暗恋的忧伤表情。正如他之前所言,他自己并非美男子。虽有男性干脆利落的一面,却没有讨喜女性的特点,诸如体格强壮、肩膀宽厚、目光敏锐、颧骨高硬等等。

郁治心里不乏年轻人常有的烦闷。但与清三相比,他的境遇较好,家境也算不错,即使不参加高等师范的考试,父亲也能出学费让他去东京学习一两年。而且身体健康、思想健全,不像清三那么多愁善感。此番去弥勒,清三感到无比绝望,或许这是埋没乡下永无出头之日的第一步。郁治却说:"怎么会呢?人或多或少肯定要受境遇的限制。可是只要你努力摆脱,就会有希望。"郁治的性格,由此可略见端倪。

此时的清三回应道:

"你不懂被境遇束缚的恐惧,才会那样说,毕竟你有幸福的家庭。"

"并非你说的那样……"

"唉，我就是那样想的，我感觉自己的人生将从此埋没。"

"我想退一步讲，即便如此，假定人类就是那样一类动物，也没必要任由自己被消极的思维方式左右啊。"

"那么，你是说无论什么境况，人都可以凭藉一己之念改变境遇？"

"对啊。"

"这不就是人类万能论吗？那无论什么都能解决啰？"

"你一下子又那么极端。当然会有例外呀！"

每聊到这儿，就会陷入单纯的理想论，积极的观点与消极的观点混杂着，最后不得要领地不了了之。

在学校时，他们一群人经常在一起讨论文学与人生，互相推介自己创作的新派和歌、俳句及抒情文。其中一人取号"仙骨"，于是有人提出动议，大家皆取"骨"字名号，便出现了"破骨""洒骨""露骨""天骨""古骨"之类有趣的名号，并很快用在书信和对话之中。"古骨"亦为学友之一，每天一早和郁治、清三一起步行二十余里到熊谷上学。古骨真名机山，镇上屈指可数的青缟商之子，和服总系角带①，白皙的脸上挂副金丝银边近视眼镜。机山是典型的乡村文学青年，只要是杂志来者不拒，最初还热衷于投稿，一经发表便喜不自禁，最近似乎没了投稿的兴趣，开始对每月杂志里发表的小说、诗歌跟同伴们品头论足。机山喜与投稿人交往，与地方文坛小杂志的主笔常有书信往来，在地方文坛的动态栏常可看到武州行田

---

① 和服带子，较宽，面料较硬。

的石川机山。当时文坛的名作家他也识得两三人。

还有一个骨字号学友混迹其中,却对文学一无所知。其兄经营行田镇唯一的印刷厂。厂前经过,能看到玻璃拉门处挂着墨水弄脏的大招牌"行田印刷厂",内设一台老式手摇印刷机,扇形装置在来回翻转。工厂主要印刷广告及名片,有时也破天荒地印制乡政府警察局的简单报告。架子上摆放的活字也没有多少,选字、排字、印刷都是一个人承担。到了星期天,总能看到带着脏套袖的弟弟在手摇印刷机旁翻动纸张帮忙的身影。

兄弟俩并非贪图有钱人家少爷的钱财而怂恿其办刊。而是四月初某日,机山到印刷厂玩耍,与兄弟俩聊了很久,辞别时脸上闪烁着确立新计划的喜悦:"就这么定了,每月贴上七八块钱就可以了。稿费免了,但稿源不愁,每月卖个二三十本想必也没有问题。"于是,这伙人开始商谈创办小杂志《行田文学》的事情。

机山在讨论会上说:

"对了,羽生成愿寺的山形古城是文坛名家,以新体诗著称,他若赞助支持,便有望拉来原杏花①的文稿。"

"古城是本地的士族吧?"

"那么……就是说,他是不会反对的。"

刚好清三要去弥勒,文友们便委托他先行探访成愿寺。

当晚言及《行田文学》,郁治问:

---

① 田山花袋本人。

"去成愿寺了吗？"

"那天不巧下大雨。"

"哦，我都忘了。"

"下次顺便再去吧。"

"听说荻生君今天去了羽生，没遇见吗？"

"荻生君？"清三感觉稀奇。

荻生也是文友之一，在熊谷的邮局做事，是镇上小餐馆家老板的儿子。这次调到羽生邮局，正准备乘车离开，街角处遇上了郁治。

"他会在那里长期任职吗？"

"当然，羽生邮局的老板是荻生君的亲戚。"

"哇，真的吗？"

"你在羽生多个说话的伴儿，我觉得不错。"

"但我跟他不熟……"

"很快就熟了，他很友善……"

繁子端来了茶水和牡丹饼。

"白天做的，这会儿可能不好吃了……"

她在哥哥的身边坐下，用天真的口吻时不时蹦出三言两语。不一会儿，又出现姐姐雪子的高挑身影。

"哥哥，石川来了。"

石川随后进来，看到清三在座。

"刚才去你家了。"

"是吗？"

"你妈说你在这儿。"

石川说完坐下——

"当老师还顺利吧?"

清三笑了。

"什么顺不顺利,还没上任呢。"

郁治在一旁插话。

雪子和繁子见到石川,寒暄两句就离开。郁治和清三聊天时,姐妹俩可以事不关己地在一旁久坐。有了其他人,她俩就会不自在。可见清三和郁治的交情非比寻常,清三与这个家庭的关系格外亲密。郁治和清三说话的方式,随着石川一来而完全改变。

"下月十五日推出第一期。"

"……只欠东风了吗?"

"东京那边的名家丽水、天随等,都会给我们写稿……地方上,也会有很多投稿,想必没有问题。"

说着拿出五六本地方刊行的小杂志和东京的文学杂志,特意抽出冈山地方发行的菊版①二十四页《小文学》。

"大致要做出这种感觉。与泽田(印刷厂)也谈过了,认为没问题。只是里面的版面设计不太理想,排版还需要动一动。"

"嗯,里面的确不够漂亮。"

两人翻阅那本《小文学》。

"这个怎样?"

---

① 版面尺寸,纵218mm×横152mm。

郁治给石川看了一张两段十八行二十四字的版面。

"这个嘛……"

三人埋头翻看各种杂志。郁治也拿来自己的杂志参考。煤油灯闪耀,照亮聚凑一处的三个年轻人的额头,也照亮了旁边散乱的杂志。

最后,初步选定其中之一作为样本。

石川带来的杂志中,有一本《明星》四月号。清三捧读手中,初次领略藤岛武二①和中泽弘光②鲜艳的木版画,又沉醉在晶子③的短歌里。明星派的新风格宛如甘泉,淌入了清三饥渴的心中。

石川见状笑道:

"还在看呀。崇拜者就是不一样。"

"可是,真的写得好呀。"

"好在哪里?语言支离破碎,思想倒是前卫,但文句统统不知所云,这也算是和歌吗?真的受不了明星派。"

三人又在讨论明星派的是与非,这是他们反复讨论的话题。

七

时过夜里十二点。雨仍然淅淅沥沥,时而雨势哗哗地变

---

① 藤岛武二(1867—1943),日本著名油画家。
② 中泽弘光(1874—1964),油画家,日本艺术院会员。
③ 与谢野晶子(1878—1942),明治至昭和时期活跃的诗人、作家、思想家。

大。古城址的池塘边,传来鹇鹇寂寥的鸣叫。

屋里铺了三床被褥。挽着小小椭圆形发髻的母亲与秃头的父亲,并排睡在一旁。母亲睁着眼睛不止一次地劝说:

"早点儿睡吧……煤油灯放在枕边,睡着了可是危险。"

发出忠告后,母亲便入睡了,她平缓的呼吸与父亲的鼾声呼应着。原本的纸灯罩太旧,一不留意灯芯儿挑得高了,玻璃灯罩也熏黑了一半,光线更显昏暗。清三借来《明星》,如痴如醉地挑灯夜读。

> 白花椿梅衬澄洁,
> 色桃逢罪莫问责。

看到莫问罪责的红色桃花……唱这首歌时心生的痛切的感动,令他感觉奇妙和不自然。这奇妙的不自然,却似潺潺的新泉汩汩涌出。再看"色桃"一处,便有了不可言说的蕴含。他每读一首诗,每看一页书,都将书翻扣过来,情不自禁地体味其中涌出的韵味。昨天在村公所过夜的落寞、从弥勒走到羽生被雨淋湿的酸楚,一瞬间抛诸脑后。他突然想起当晚与石川的争论,心想石川那般粗放的心思怎能从事文学呢,相反不禁感谢自己接触了关乎自我感情的、绚丽多彩的新思潮。想象到涉谷寂静处诗人夫妻[①]的闲寂居屋,清三感觉悲从中来,又羡慕不已。他停下和歌的阅读,开始心驰神往杂

[①] 与谢野铁干和与谢野晶子夫妻。

志那充满清新气息的装帧、排版和封面绘图。

两点钟声敲响，清三依然躺在床上睁大双眼，只听见老鼠在天花板上乱窜的骚动声。

雨下下停停。有时哗哗一阵倾盆，仿佛诱导人心至奇妙的异界；有时又细雨绵绵，雨滴顺檐管滴滴答答。

"睡吧。"

他起身提上煤油灯，经过父母的被褥旁去如厕。洗过手，推开一扇雨窗，搁在走廊的油灯顿时照亮了廊沿，雨中湿漉漉的南天竹叶翠光闪烁。

闭门声惊扰了母亲。

"清三吗？"

"嗯。"

"还没睡啊？"

"这就睡。"

"早点儿睡吧……明天会困哦。"

说完翻过身去。

"几点了？"

"刚敲过两点。"

"两点……天都快亮了，睡吧。"

"嗯。"

他钻入被窝，噗一声吹灭了灯。

八

翌日午后一点前后,清三身穿白条纹裙裤,提起借来的木屐,偕同半秃的父亲去了行田镇郊外。父亲身穿新缝的旧式捻线绸条纹羽织。雨后的天空浮云层叠,太阳不时幡然醒悟似的投下淡淡的日影。村镇界河里,芦苇、灯心草和白杨已萌青芽,五六只家鸭嘎嘎聒噪,油纸伞和蛇目伞晾晒岸边。附近来镇上购物的村民坐在一旁吃面。

父子俩的背影安静地缓缓移动,走过低矮的遮檐和烧瓦屋顶,两侧是晾着尿片的屋舍和石匠作坊、铁匠铺、织制女孩青绦的人家和孩童聚集的点心铺。一个糖贩头顶货箱迎面走来,货箱上插满了风中飘扬的五彩小旗,还有声有色地敲着货郎鼓。

两三天前,父亲将五六幅书画寄存在附近新乡一户富豪家,想到今天得去估价,便在午后带上去弥勒的清三出了门。

路途中,父亲遇见两个镇上的熟人,其中一个中年人是可以推心置腹的好友。

"去哪儿?啊,新乡吗?那地方尽是吝啬鬼,抠门儿得不得了。"

中年男人说完大笑。另一个是镇里酷爱书画的豪门。见他走来,父亲伫立着恭敬行礼。

"这阵子真是奇怪,很难遇上好货。"

有钱人说。父亲连忙辩解:

"那怎么可能呢?来路都是可靠的。有鉴定书啊。"

清三在前面约十米处回头，父亲一个劲儿点头哈腰。凄怅的薄日照耀在光溜溜的秃瓢上。

出了小镇，分出两条路，一条路通往加须，一条路通向馆林。眼前是辽阔的原野，遍布着茂密的森林，林间的白墙仓房隐约可见。未经开垦的田地里绽放着美妙的紫云英，仿佛红色毛毡。平坦的路上，商家少爷模样的年轻人熟练地骑着脚踏车。

小路从田野穿入村落，又从村落延向田野。路边既有高大橡树为篱的富豪人家，也有青苔污沟、残垣断壁的穷苦人家。不时可以耳闻家鸡悠闲的鸣叫声。糕点批发商在街上卸货，糕点铺头发蓬松的老板娘顾不上系腰带就跑了出来，嚷嚷着要这要那，选了豆果和糖球。

靠近去往新乡的岔路口，父子俩道别。

"什么时候再回来？"

"下个周末。"

"这几日没有问题吧？"

"不要紧吧。月底了，想必会发点儿工钱。"

"有点儿就好，就能渡过难关。"

清三没有应声。

终于到了分手处。穿过一块田地，便是去往新乡的岔路。

"好吧，路上小心。"

"嗯。"

路边有座青面金刚冢。秃头的父亲驼背走去。只留清三头戴茶色帽子、身穿白条纹裙裤的身影在田野乡间路上久久不去。

九

清三当晚留在村公所。拜访校长，扑了个空。他在日记本上写道：

"唉，不堪忍受。莫非终将一生做个乡村教师。明天！万事将成定局，就在晚上的村委会。唉！寥寥数语以寄后日。"

清三想在日记中详细地描述自己当时的心境，却又感觉词不达意，只好留在记忆中。

翌日晨九时，清三去学校。那位平田老师还在，他便折返回了村公所。一小时后再度出门。

平田已离去。学校已开课。各教室教师的授课声朗朗入耳。听得见女教师清脆入耳的嗓音。清三的心不禁颤抖起来。走到教员室，校长坐在书桌旁，正翻阅图书资料。

"啊，请进。"

清三进屋后，校长请他坐在旁边的椅子上。

"抱歉啊。总算确定下来。真麻烦呀……昨晚又有很多意见。"他笑道，"村子小，加之有个搞事的教务委员，真伤脑筋。"接着又说：

"家里有什么打算？每天从行田来回跑可是够呛。你考虑一下，也可以暂时住在学校……你的想法呢？"

"不知有没有合适的地方寄宿？"

清三借机问道。

"穷乡僻壤的，哪有什么好地方……"

"不是这里，稍远的地方也无妨……"

"这样啊……让我想想。或许会有……"

两小时后，清三被介绍给即将成为同僚的老师们。姓关的老师是准教员，笑眯眯的似乎很好相处。副校长大岛四十五六岁，头发斑白，看似严厉，一笑却也和颜悦色，似乎在初等教育方面得心应手。"哦，林先生吧。在下大岛，请多指教。"言辞举措似通达世故人情。他转身介绍了脸上生有黑痣的训导狩野和师范毕业的胖子杉田。杉田似乎漫不经心，狩野则低着头微笑。

下堂课开始前，校长召集学生到第一教室，他站在桌旁向学生介绍新的任课老师。

"今天，新来的林老师就任，给大家上课。林老师来自行田，中学毕业，能力超凡，大家要听老师的话，好好学习。"

学生们静静地聆听校长训话。新老师却微微俯首，面红耳赤，在学生面前露出困扰、羞愧的模样。

随后，新老师出现在第三教室的讲台前。高等小学一年级十二三岁的孩童们并排端坐，叽叽喳喳说笑喧闹，老师一进教室，便骤然安静下来，全部目光聚集在老师身上。

新老师坐到讲台前的椅子上，满脸通红。他手持一册课本，面孔靠近到讲台上，过了半会儿才翻开了教科书。

教室的后排不时传来窃窃私语。

教室玻璃窗灰蒙蒙布满尘埃，正好将日光遮掩成黄色。

室外麻雀声啾啾。过往的板车声喀哒喀哒。

听得见隔壁教室女老师尖细刺耳的声音。

须臾,新教师像下定了很大决心似的抬起头来。从他长发、阔额、浓眉的脸上,能感受到他的努力。

"从第几课开始?"

他的声音在宽敞的教室里回旋。

"从第几课开始?"他又问了一遍。

"之前上到第几课?"说完,脸上的红晕慢慢消退。

回答声乱哄哄此起彼伏。清三按学生的指示翻开了课本的那一页。此刻,初登讲坛的苦痛渐趋消隐。反正教书生涯已成定局,除拿出自己的看家本领外别无选择。此时此刻,过度在意他人评价和想法于事无补。这样想着,他心里便感觉轻松了。

"那么,开始上课吧。"

新老师从第六课开始讲起。

学生们听到他行云流水的朗读,与之前老教师大相径庭,先前那老朽的朗读死气沉沉似蜂鸣。但因语速过快,学生跟不上,便撇开书本直愣愣地盯着老师的脸。

"怎么样,听得明白吗?"

"请您读得慢一点儿。"

学童们哇啦哇啦表达意见。第二遍,清三尽量放慢了速度。

"这样如何?听得懂吗?"

他面带笑容,亲切地问道。

"老师,这次好多了。"

"可以再快一点儿。"

学生们七嘴八舌。

"以前老师都读几遍呢?两遍?三遍?"

"两遍。"

"就读两遍。"

应答声此起彼伏。

"那就行了对吧?"

学生们天真烂漫的话语使清三精神振奋。

"不过第一次念得太快了,我再读一遍吧。大家认真听哦。"

这一遍念得不快不慢,字正腔圆。

清三让会读的学生举手,前排白皙可爱的孩子试读了一遍,有的地方正确,有的地方读错。清三挑出课本文章中的难读字,写在黑板上让学生一一练习认读。特别难读的字圈点强调,并注上片假名读音。初登讲台的不适感烟消云散,清三的心中充满了快乐,感觉这是唯有自己方能胜任的工作。不一会儿,下课的铃声响了。

午饭订餐由小川屋送了来。午休时间,学生们都在操场嬉戏,有的荡秋千,有的捉迷藏。女生男生自行分组,翻花鼓或扔布袋。操场边有一排白杨,稀疏的绿叶间透显出辽阔的绿色田野。

清三倚在廊柱上,出神地望着学生嬉戏。

关老师走近前来,眼神和善,满脸的笑意。初次见面,他就给清三留下了良好的印象。这个人似乎可以无话不谈。

"怎么样？上完了一节课……"

"嗯……"

"第一次，很难找到状态的啊……我是三个月前来到这里的，刚开始也不知如何是好。"

"实在不习惯对吧？"

对方的善解人意让清三感觉愉快。

"我前任是怎样的人？"

"一把年纪了，早就听说要他辞职。今泉人，听说做了很多年教师……但时至今日是年轻人的天下……不过，即便被辞退，他在生活上也不会有太大的困难。"

"莫非家里给他留有财产？"

"财产倒是没听说。据说儿子开了一家杂货店。"

"原来这样啊。"

这般平常的对话，成为拉近两个年轻人的机会。两人一直站在那里，聊到上课的铃声响起。

下午，清三教的是理科与书法。

夜宿值班室。六叠大小的房间，隔墙是校工室。校工室有个大围炉，炉火正旺，吊钩上总挂着铁壶烧水。对面是水槽，提桶旁置有碗筷。搁板上倒扣着木桶和捣臼。

当晚值班的是大岛，与清三天南地北推心置腹。大岛是栃木县人，长期在宇都宫任教，前年调任埼玉县，在浦和停留一阵后便转到了这里。据说家住大越，有个十五岁的女儿和一个九岁的儿子。大岛与初次见面时大不相同，一壶夜酒下肚面色通红,洋洋自得地从教学经验聊到给予年轻人的忠告。

路边有间澡堂。细长的烟囱冒出青色的黑烟。格子拉门分开男女浴池,入口是柜台。白色的水气弥漫,灯箱暗淡朦胧,高处水管落下的水声哗哗响。浴室的清洁不好,又粘又滑,还飘溢着一股臭味儿。清三泡在浴池里,畅想着自己的新生活。

十

某晨,清三课前站在讲台边,对学生郑重地说:

"今天告诉大家一个好消息。皇太子妃殿下节子姬,二十九日顺利诞下亲王殿下。想必同学们已从报纸上或父母那儿获知。皇室昌盛,乃是我等国民普天同庆的喜事,也是千秋万岁之大业,正如大家每天歌唱的'君之代','直到小石变巨岩,直到巨岩长青苔①'。公告披露,前天举行了亲王殿下命名式,命名为迪宫殿下裕仁亲王。"

说着,他转身拿起粉笔,在黑板上写下"迪宫裕仁亲王"六个大字。

十一

"希望您做我们的名誉赞助人……惠赐力作,长短不限。"

---

① 日本国歌。歌词:我皇御统传千代,一直传到八千代,直到小石变巨岩,直到巨岩长青苔。

清三边说边望着眼前端坐的成愿寺方丈,并没有感觉到耳闻中那般名家风采。方丈的新体诗和小说享誉东京文坛。清三也曾爱读他的诗集,在杂志上读过他的小说。据说他受前任住持委托,前年不得已来此做了住持。虽是羽生町首屈一指的名刹,但毕竟是乡下寺院,令人惋惜。清三做梦也没料到,住持竟如此矮小羸弱。

周六回家,清三顺便探望了羽生邮局的荻生秀之助。秀之助恰好熟悉成愿寺的山形古城,便结伴前去造访。

"这是个好主意……很有趣啊。"

住持反复说道。三人说起《行田文学》的相关发展。

"当然,我会尽力支持……嗯,那就先给你几首诗吧。东京的原杏花,我也会联络一下……"

住持微微颔首说道。

"请多关照……"

清三恳求道。

"荻生君也是成员吗?"

"不,我……对文学一无所知。"

荻生像商家子弟般笑着挠挠头。他与石川、加藤、清三他们不同,中学时就不关心文学、宗教之类的问题,因此不去空想幻想,中学一毕业就走上社会,到之前搭过帮手的邮局任职,从未有过心理不平衡、不满足。

住持的居室是屋顶很高的十叠榻榻米单间。屋前宽阔的庭院点缀了沉香、松树、杜鹃花及桂花等,并有长廊通往正殿。从这里望得见正殿的瓦顶和拉门已变黑的六叠偏房。书柜里尽是外国书。

住持很少有这般兴致说话。他们还论及文坛时弊与党同伐异之风。"即便在东京也是学业荒废，自然有人主张重返田园生活。"他说话并无多少名家风采，但饱含的热情却直击年轻人内心。

从诗歌到小说乃至戏曲，滔滔不绝，也论及明星派诗歌。住持赞赏与谢野晶子的和歌，他赞同清三的观点。

"语言自不必恪守成规，但新思想的确立需要新的文字排列方式……"

话题一下子转到理想上，住持的脸上顿时神采奕奕。他在早稻田学习期间，适逢红[①]露[②]时代，与《文学界》[③]的感情主义[③]派有过来往，与崇奉海涅[④]诗歌的大学生亦关系密切。他从麻布的曹洞宗大学林[⑤]来到早稻田的自由文学社会，仿佛从寒冬枯山来到了绿色的田野。如今他又恢复了内心平和的枯寂生活，可时不时还会迸发出昔日的热情。

"人不能没有理想。宗教也非常重视理想。随波逐流、自甘堕落皆因理想的缺失。祈望美丽爱情也是一种理想……不愿像普通人一样盲从于爱情，这是一种力量。佛教所谓的

---

① 尾崎红叶。
② 幸田露伴（1867—1947），日本著名小说家，代表作有《五重塔》等。
③ 《文学界》，日本文学杂志。1893年1月独立并发行创刊号。"文学界"派作家多为早期受过基督教思想洗礼的进步青年，他们信奉感情主义、在西方文艺复兴文学和浪漫主义文学的刺激下，代表时代的新思潮，开展了一场浪漫主义文学运动。
④ 德国著名抒情诗人。
⑤ 曹洞宗大学林即现在的驹泽大学，位于东京都世田谷区。曹洞宗，禅宗的五个主要流派之一。

'如是一心'主张灵肉一致，必须顺从自然的力量。但人必须有所追求或憧憬，方能体会到人生的意义。"

住持天生驼背，随着日渐衰老更加严重。他苍白的脸上略微泛红。清三觉得这热心住持的举止言谈颇具吸引力。住持的言语在清三心中引起了强烈反响。过去看书读诗时产生的思想与憧憬不过是空想。环顾自己身边，没有一个人谈论过理想。世人多为面包而活，口头禅不过是养蚕、赚钱、月薪多少。一旦说到理想，就被看作不知天高地厚、乳臭未干的稚儿。

住持强调："成功与否对于人格毫无价值。人们多以成败论英雄，我却更看重理想与情趣。或许乞丐也有高尚的人格。"此言对于寂寞的清三，乃非常有力的慰藉。

主客房摆放着两个陶器手炉，点心盒里放着金米糖。住持夫人与住持截然不同，肤黑体壮。夫人斟的茶已凉，呈现出黄浊的颜色。

一小时后，两个朋友走上正殿到山门长长的铺石道。钟楼旁是供奉不动明王的不动堂，大门紧闭。高檐廊下，两三个布巾包着额发，正在看着孩子的女佣在嬉戏。路旁有五六棵高大的银杏树，树干间拴着备用的青缟织线。二十五六岁的少妇正没完没了地用齿梳盘发。

"这人很有趣。"

清三回头对朋友说。

"别看他那样，人真的很好。"

"没想到这样的乡下还有这等人。有人说，他来这样的寺院可惜……还真是说得没错。"

"他曾说十分苦恼，没人聊得来……"

"当然喽，这乡下恐怕只有农民和商人。"

两人穿过山门，通过榛树并立的小路上了大道。大道一侧是污水沟，几只青蛙受到惊吓从草丛跳入水中。水面浮着黑青的青苔与水藻。

透过半掩的大和障子拉门，望见一张肤色白皙的女孩侧脸，女孩正吱呀吱呀地织制青缟布。

经过门口时，清三问道：

"寺院里的正堂还有空房吗？"

"有啊。六叠大小。"

朋友答道。

"哦，你说，能不能住那儿？"

"应该可以……不久前一位巡警住过，还在里面做饭呢。"

"那巡警现在不住了吧？"

"听说调任岩濑了。"

"你和住持熟，帮我问问吧。只要能自己做饭，不用管饭……"

"好主意！"荻生君也赞成。"这里到弥勒不足二里……周六回行田也不会太远……"

"跟住持一起想必受益匪浅，你说呢？比起弥勒一带那么无趣的地方，强得多。"

"没错。我也有了说话的伴儿。"

荻生说好下周一前打听清楚，两个朋友在警察分局的拐角分手。

十二

昨日下午发了半月薪资。银币和铜钱在清三的钱包里格朗作响。就是这个脱了线的脏钱包！今日以前，从未装过这么多钱。更何况是自己的第一笔薪酬，总觉得意义非凡。清三叫住正要去厨房的母亲，从口袋里掏出钱包，摆出三元八角钱的纸币和硬币。母亲喜不自禁地看着儿子的脸，由衷感叹道："你能挣钱了，真是太好了。"儿子说剩下的另一半，过四五天应该会发："乡下就是这样，真是难办啊。有的分三四次发呢，抠门儿……"

母亲把这些钱视作珍宝，恭恭敬敬地双手捧起，起身供在佛龛上。佛龛旁的花瓶里插着杜鹃花和棣棠花。清三凝视着母亲的背影，小小圆形发髻添了许多白发。他对母亲充满了同情，她那温存的心备受生活的狂澜蹂躏。可怜父母心！这点钱也值得欢欣喜悦。他不禁想起，每当闻知中学毕业的学友去了东京自己就会艳羡不已，也想起清贫生活中父母的慈爱和自己的境遇。

那个周六心情愉快。母亲独自出门，给清三买来他爱吃的家乡包子，沏好了茶。母子俩在长火盆前久久地相对而坐。一边是母亲布满皱纹的微笑，一边是儿子苍白羸弱寂然无措的笑脸。

清三告诉母亲，若获允诺，下周将寄宿羽生成愿寺，他也提及年轻且学识渊博的住持以及为人谦和的荻生君。他让母亲将寝具和衣物洗涤备好，再做一件夹袄。两人接着说到父亲不景气的生意，也说到清三幼时富裕的家庭境况。

晚上，清三买了点心去郁治家。雪子笑脸相迎。友情甚笃的清三与郁治在书房里不断重复着同样的话题，永远不会厌倦。只要这样面对面地坐着，两人就感觉无比愉快。他们聊到了《行田文学》，也提到了山形古城。恰巧郁治的父亲郡督学昨日归来，看见清三便问道：

"小林，怎么样……学校那边顺利吗？"接着说，"那所学校还不错，很少勾心斗角。校长是明治二十七年的毕业生，知书达理，村里口碑也好……"

雪子进来斟茶，从袖袂里拿出一张明信片给他们看，说道："浦和的美穗子刚刚寄给我的……"她说的美穗子，就是Art君。雪子并不知道哥哥心中的秘密。

明信片上的图案取自《女学世界》，题为"初夏"，画面的新绿中站着一个漂亮女孩儿，撑着一柄细小的流行阳伞。文句中并没有透露出异样的感觉。

——雪子，你好吗？到浦和已经是二月。寄宿生活也有他人意想不到的难处。我时常想起今春我们一起愉快地玩耍。久疏问候，请鉴谅……

美穗子

清三将明信片放在榻榻米上。

"这回你也要去浦和了吧?"

"我可不行。"雪子笑道。

回家漆黑的夜路上,清三想起了雪子的笑脸。他们只是片刻相对而坐。煤油灯光照亮她的侧脸,美得非同寻常。雪子的小性子常常令清三困窘,但是今晚却迥然相异,反而显得别具品位。美穗子的脸闪现眼前,与雪子的脸庞重叠为一……水田里蛙声一片,町医院的窗子透出二楼的灯光。

镇后有座小寺院。入门可见居屋的草葺屋顶和遮挡风雨的黑拉窗。正殿的如来佛像黑光闪亮,木鱼置于红色的绉绸铺垫上。寺院后一片墓地竹林间隔,墓碑上有蛞蝓爬过的清晰痕迹。林立的墓碑中有一块是清三的弟弟。他病了很久,前年春季十五岁时离世。当时眼见着消瘦衰弱,脸色苍白,医生的诊断是肺结核。父母不信,家族中没人得过这种病。清三时常想起年幼的弟弟,与其说弟弟死亡让自己悲哀,毋宁说他若活着便能让自己有个说话的伴儿,那该多么令人高兴。每当念及于此,他就带上鲜花去给弟弟上坟。

周日凌晨,他带上荞草和棣棠花出门,在僧屋借来提桶舀水,提溜着去寺院后的墓地。弟弟的墓碑尚未立起。坟包上风吹雨打变黑的墓标寂然孑立。父母也像好久不来,破碎的花瓶已无法盛水。

清三久久伫立坟前。五月新绿,生机盎然,竹林传来黄莺的鸣啭。

午后,清三去了印刷厂造访石川。如果当日不回弥勒,次日四点就得出门，否则就误了上课。明知如此，他还是讨厌即刻返回，于是便不知不觉间错过了返回弥勒的时间。说到底，清三舍不得放弃与挚友相聚的快乐时光，不想返回庸碌无趣且连个说话对象都没有的地方。

吃过晚饭，清三去澡堂。回来又去找郁治，在璀璨夕阳下的原野散步。

乍看之下，老城址已失去昔时风采。牛奶店小小的牧场里，五六头奶牛哞哞叫着。临街是青缟机业会社窄长的建筑，里面清晰地传出织机的声音和女工的歌声。年复一年，晚霞透过旧城门洒入田圃，在小溪般的池沼上留下绚丽的图画。明暗斑驳的池水里，铺满了新芽初出的芦荻、芒草和香蒲。走过池沼上的板桥，细长的田圃小路蜿蜒至原野。夕阳下拉车的农民，脸被照得通红。

两人穿针引线般走在麦田与桑田中间，总有聊不完的话题。不知不觉，来到了士族住宅区。

宅屋疏落有致，时至今日已很少士族。从前鳞次栉比的士族区，如今似晨星寥寥，在田圃间此一处彼一处地残留。透过旧式黑壁板、白墙、高大的栗树与柿子树，以及井字形井壁和稀疏的绿篱，可清晰看到旧式的低矮廊檐和糊着文人画的槅扇窗。夏天由此经过，墙边醒目的红色蔷薇绽放，廊檐上垂下新竹帘，风铃摇曳出清凉的声音。秋晨雾深，时闻吊桶汲水声。墙边的黄色荔枝已熟透。依稀有琴声悠扬。

在这个士族区里依然住着士族的后代。他们有的出入官场，有的在小学教书，有的守着财产无为度日，有的家庭养蚕勉强维生，有的则放高利贷。

路旁，住着士族区中的一户有钱人。周围是枝叶繁茂的珊瑚树篱，看不清院内，但白墙土仓和高屋脊证明了这是一家大户。从门外看得见华丽的玄关，小屋旁有家鸡觅食。

两人沿这户人家的树篱前行。

树篱尽头，一条涨潮的小河潺潺流淌。岸边的柳树叶垂落水面泛起涟漪。弯道处有座小板桥。

美穗子的家在这附近。

"去看看吧。北川今天可能在家。"

清三邀郁治一同前往。

乡村大道旁的北川家面向辽阔的原野，陈旧的大门泛着黑色。同样是低檐的稻草葺顶，房基有些扭曲。庭院内松柏茂盛，山茶繁密。今年一至三月，年轻人们常聚到这儿玩歌留多[①]。来客有美穗子的姐姐伊与子、妹妹贞子和一个叫国府的人的妹妹友子，都是美人。与这些少女相聚的有郁治、清三、石川、泽田及美穗子的哥哥北川等。年轻人挤在八叠大小的榻榻米房间玩牌，在竹筒底座上细细灯芯的煤油灯下聚首一处，专心致志地玩歌留多牌。坐在一旁的美穗子的母亲头发半白，戴着眼镜气质优雅，操着桑名地方的口音，不厌其烦地为年轻人高声唱牌。茶点时分，端上来柑橘和姜丝五目饭，大家眼前顿时一亮。收场时常常已经十一点以后。年轻的男女们说说笑笑喧闹着，走在士族住宅区寂静昏暗的竹林中。

---

① 传统日本游戏。纸牌上有和歌。游戏者用的牌上只写和歌下句。听读牌的人读上句，找对应的纸牌。

北川去了澡堂。母亲笑呵呵地招待他俩：

"啊，欢迎欢迎……他应该马上就回来……"

她的笑容，让郁治想起了美穗子的笑颜。连声音都酷似。

两人被引入面向庭院的北川书房。北川的父亲不知去了哪儿。

母亲陪他们聊了一会儿。

"听说林君去了弥勒，真好啊……妈妈一定很高兴吧。"

又说到身在浦和的美穗子。

"她爸说，女孩子读书也没用……可她不听啊……她自己也知道女孩子不会有多大出息……"

"但她在那里还好吧？"

清三问道。

"嗯……听说尽做些离谱的事儿。"

母亲笑道，旋即又问郁治：

"雪子还好吧？"

"还是老样子，无所事事。"

"叫她来玩呀，贞子也闲得无聊……"

闲聊之中，北川从澡堂返回。他是个颧骨突出的高大男人，穿着手织棉衣和碎花纹羽织。他有一个毛病，总是话说半句就哈哈大笑起来。他可不像石川和清三他们，对文学毫无兴趣。北川在学校是有名的运动健将，棒球在班上无人能与之匹敌。他的志愿是参军，毕业后潜心备考，参加了年内四月的士官学校考试，却因数学、英语不好而落榜。他不放弃，言明要做充分的准备，九月秋学期去考东京适合的学校。

三人畅叙。不过话题却与清三、郁治两人之间大相径庭，单纯是学友之间的亲密，而不是披肝沥胆的畅谈。

更多话题还是学校、未来的希望和考试的准备。北川描述了东京士官学校入学考试的情况。

"时间太紧，没时间准备。英语就听写一遍。那么大考场，声音扩散根本听不清。顾此失彼，手忙脚乱。再加上……代数太难了。"

他把代数的二次方程式题目抄在了笔记本上。他将桌子抽屉、壁橱和书架翻了个遍，终于找到了，拿给两人看。考题确实太难了，连擅长数学的郁治都不会解答。

北川的长项是汉学。父亲是藩里屈指可数的汉学家，经常写汉诗，现任职于镇公所。三年前，他还教镇上及士族区的孩子们背诵四书五经。每日下午三点至黄昏，他们家的矮墙内便会传出蜂鸣般的朗读声。那时的美穗子系着红色绉绸腰带扎着辫子，在门前与邻家的孩子玩耍。清三就是那时看到了美穗子那双灵秀美丽的眼睛。

郁治和清三告别北川已过晚上九点。年轻人总有没完没了的话题。两人出门后，默默地走在昏暗的、沙沙作响的竹荫下，心里都在思念着身在浦和学校的美穗子。清三心想："彼时郁治打开心扉时，为何不坦诚说出自己也喜欢她呢？"当然还不确定美穗子是否接受郁治。但在被恋者尚不知情的情况下，朋友抢先向自己剖露了心事，真是让人苦不堪言。不过他也没有过度纠结。有时他也会想："结果怎样尚属未知。走着看吧，谁知道会发生什么……并非完全的希望破灭……"当然他也想为朋友做出牺牲,希望朋友的恋情成真。无论是从他的个性,还是从家庭的环境,抑或现在的感情状态上讲,自己之于热烈的爱情都还有不小的距离,也并不感到急迫。

然而这一夜,两人的心都莫名其妙地失去了平静,即便默默前行,心中也是无限的自言自语。走上原野,昨日的雨水使道路泥泞。低齿木屐高一脚低一脚。

"这破路真难走啊。"

两人异口同声,心思都在美穗子那边。

郁治愿意打开心扉,对好友全无保留地诉说自己的情感烦恼。敞开心扉能使他获得些许平静。可不知为何,今晚他什么也不想说。

两人仍旧不发一语地走着。

旧城址的森林给人黑黢黢的感觉。池沼处处闪烁暗夜星光。风吹动芦苇、香蒲沙沙作响。在这里可以看见小镇的灯火。

从公园进入镇里,两人不再沉默。郁治开始小声吟诵他得意的诗作。听得出他内心荡漾的感动。走到将要分手的街角,总觉得有些依依不舍。

"要不,去我家喝杯茶吧?"

清三一邀,郁治便跟着去了。清三的母亲仍在裁衣板前忙碌。斟上茶,两人继续谈了一个小时。年轻人的想法永无止境。十二点的钟声响起,郁治这才下定决心回家。清三一直将他送到澡堂拐角处。小镇街上已鸦雀无声。

第二天母亲和清三都睡过头了,时间已过七点。清三慌慌张张吃过茶泡饭出了门,心急火燎,毕竟四里路啊。到弥勒已过十点,朝阳高挂,照耀在学校的玻璃窗上,校长的修身课声音洪亮。清三急匆匆走进教室,班上的学生们哇啦哇啦不可开交。

十三

熊谷町也有清三的很多同窗好友,小畑、樱井、小岛——尤其是小畑与他和郁治交情最好。毕业后不能见面,但他们几乎每天书信来往,说笑话或是讨论问题。而且清三每个月定要去熊谷一次或两次。

从行田町到熊谷町约有二里半,沿途有清澈满溢的水渠。田圃中有村落,隔着村落又是开阔的农田。夏天,看得到屋前大片空地用来打麦的农舍、成熟的南瓜田和富裕农户家的白墙土仓。秋高气爽的日子,田圃到村里装满稻子的小车吱嘎吱嘎,金色田野中包头巾的乡村姑娘停下手中镰刀眺望街上成群的旅人。街上熙熙攘攘,有来往熊谷行田间的公共马车,有青缟商收购织布的架子车,有富家公子哥骑的流行脚踏车,还有坐在人力车上的形形色色的乘客——步履蹒跚的老车夫拉着两个到镇里买货的老婆婆,另一辆车的车夫一身黑衣,疾驶的车上威严地坐着一个蓄髯绅士,气度非凡,像似町里的医生。插秧时节,淅淅沥沥总下雨,反复耕作过的泥泞农田中,几个头戴圆顶斗笠的农夫在劳作,有人在唱插秧歌,嗓音甜美。插秧后的田野一片碧绿。田埂和街道两侧的草地上，随意丢弃着余下的秧苗束。五月晴时，看得到村里人家的屋檐下或屋顶上晾着白色的蚕茧。

水渠旁有间清凉的歇脚茶馆，一旁是枝繁叶茂的高大榆树，店里水桶中泡着当地出产的甜瓜，浅桶内放着凉粉。清三还记得走过一段没有绿荫的小路，脱去汗津津的小仓立领夏衣，咬一口甜瓜那种爽凉可口的滋味。他还记得店里老婆婆有个女儿，在东京的赤坂工作。

关东平原环绕的群山景致迷人，也给他留下了难以忘怀的印象。秋末不知何处来的落叶在路面翻卷，春日里二三月的春霞又像薄纱覆盖着山峦，季节变换中的群山分外妖娆。可以看到白雪覆盖下的日光连山，以及浅间山羊毛般轻柔的白烟。赤城近，榛名远。足利附近的连山跌宕险峻，夕阳下流光溢彩，宛若绝美的画卷。从行田到熊谷上学的中学生们，在美景仙境间跑跑跳跳，在笑声嬉戏中回家。

走到空旷田野的尽头，眼前展现出熊谷町的瓦屋顶、烟囱和白壁房屋。熊谷繁华热闹，行田无法比拟。熊谷的房屋很规整，富豪多，人口过万，设有中学、农校、法院、税务管理局等。火车一进站，苦候已久、去往行田地方及妻沼地方的公共马车便吹响喇叭，小镇大街吱哩哇啦、咯哒咯哒一片嘈杂。夜幕下，商店亮起了灯火，杂物店、洋货店、布庄里琳琅满目。料理店传来三味线①清爽明快的琴声，热闹

---

① 日本的一种弦乐器。

非凡。

这个小镇是清三的第二故乡。八岁时离开足利,一家人落魄地搬到街边邮局对面的小巷深处,小巷对他而言充满了回忆。那一带住着邮局的杂役和拿日薪的跑腿儿短工。还有一个特别精神的老婆婆在山形一带出生,颠沛流离却依然不忘乡音。清三从八岁到十七岁,即小学到中学二年,一直住在这三室的榻榻米房子内,三间面积分别为六叠、八叠和三叠。小学在镇里的一条后街上。明神寺华表那儿右转,踏响盖沟板穿过小巷,在点心店的拐角左转稍稍前行,迎面就看到一座两层的大房子。操场上有秋千和木马,听得到学生哇啦哇啦的吵嚷声。

校长一张肥脸,副校长一张哭丧脸,体操老师则是一张笑呵呵的脸。他们的面容历历在目。毕业典礼上,身着和服的女学生花枝招展,其中三四个女孩儿他特别喜欢。更有一个女孩儿身穿紫色箭羽纹和服和绛紫色裙裤,在人群中显得格外耀眼。她住在比较偏僻的镇上,听说是农校校长的女儿。清三读中学一年级的时候,女孩儿一家迁至长野,从此镇上再也看不到那清澈的眼眸,清三却时常在回忆中想起。另一位是艺伎馆的女儿,如今叫小泷,前年已独当一面,成了镇里屈指可数的艺伎。路上遇见盛装打扮、正待陪客的小泷,她总是爽朗地笑着说:"失陪啊,林君。"她参加了中学毕业的庆祝宴,歌声优美,还弹奏了一曲三弦。坐在身边的小畑说:"小泷是我们的艺伎。对吧,小泷?"随即将醉醺醺的脸凑到她面前,小泷做出要打人的样子:"讨厌啦,小畑君总欺负我,我都记着呢。"这时突然有人问："同学中，你最喜欢谁？"当时小学同学几乎都在场。小泷毫不迟疑："要说喜欢哪个……当然是林君喽。"她也醉了。喝彩声狂风骤雨。自此清三与小畑、樱井、小岛他们见面，总会聊到小泷。寄明信片也会在最底下一行写道："小泷怎样了？她还好吗？"于是有了"小泷"这个外号。清三有时又半开玩笑，将小泷改成"白泷"，自己也将之作为别号，写在日记的封面上或用在信里署名。后又创作一首五七调四行五节新体诗——《歌姬白泷之歌》，特地赠予小畑。

清三不时苦思冥想艺伎之事。此时总会将自己和小泷联想到一起，想象中描摹出浪漫的场景。有时想到无法自守节操与肉体的薄命的艺伎生涯，清三也曾动情流泪，尽管当时他还不了解艺伎的世界。

从熊谷搬迁到行田的情景，清三历历在目。父亲从外地回来，突然就说当晚搬家。母亲建议次日再搬，但大白天搬家毕竟不好。八年的熊谷生活，使家里背了一屁股债。父亲穷得叮当响，钱包里的钱仅够叫两三辆板车。母亲和清三只好悄无声息地自己打包。冬天，长长的行田大街上月光普照，两辆板车及一家四口落寞的身影，寂然地印在黑色的大地上，好似一家老小落魄的缩影，念及于此，清三便无比悲伤。是夜辗转行至行田新居，时间将近十二点。清三站在没有灯光、黑黢黢的大和障子拉门前，大滴的眼泪顺着脸颊扑簌簌流淌。

然而日子总得继续。就这样过了四年。行田的家虽说逼仄，不过住惯了也就不会感觉郁闷。清三时常把行田的家，跟熊谷的家和足利的家做比较。

熊谷的家如今也在。一对老夫妇住在那里。常去的松之汤澡堂修葺一新，几乎认不出来。大街上日用品店里，和蔼可亲的老板娘坐着待客。种子店家的姑娘梳着庇发①，面无表情地走过。药材店的老爷子照旧晃着秃头，大声地斥责儿子和学徒。邮局汇款处，站着一个女人等待汇款，她系着黑缎绉绸腰带，不耐烦地把木屐踩得咯咯响。身旁温顺的白狗，头贴着地面闭目安睡。邮递员背着麻布袋进了邮局。

小畑是郡公所官吏之子，小岛是町上有名的大布庄老板之子，樱井则是富家子弟，其父原是行田藩士，明治初期在此购地建房后移居。还有很多同学分别是酿酒屋、米店、纸铺老板或法官的儿子。他们多数是小学时代的同窗，比行田的朋友更亲密。小畑家毗邻停车场一带，那里可看到有名的熊谷堤樱花。樱井家在莲正寺附近，整日传来参拜者摇动鳄嘴铃的声音。清三去熊谷，必定约见他俩。两家的人热情好客，熟不拘礼。吃饭时间，不用言语，肯定备好了饭。夜深留宿，便与朋友一个被窝。

"怎么啦？霜打了似的。"

"到底怎么回事儿啊？"

"你这不是未老先衰嘛！"

"查出点儿什么问题了吗？"

"脸色怎么那么差啊！"

---

① 把前面的头发和两鬓梳得向前突起的发型。

一到熊谷,总能受到朋友们这样那样的激励。他们青春洋溢的脸上保留着中学时代的面影,就像当年的玻璃窗下、操场上和茶水间里,言谈间全是暗语。比如:

"L怎样了?"

"在啊!竟然还在……"

"仙骨迷恋老师,太可笑了。"

"老师最近留胡子了,走路还挂着手杖。"

"杉君整个儿变成了美男子,你知道吗?"

这些话乍听一头雾水,可听着听着也就明白了。

与行田、羽生相比,熊谷市井繁华,商业繁盛,因此这里的同窗学友很少有当小学老师的。他们有的系上角带,当起了老铺少东家,多数则忙于准备高等学校的入学考试。这里的年轻人朝气蓬勃。相比之下,清三时常感到自己暮气沉沉。从熊谷到行田,从行田到羽生,再从羽生到弥勒,自己的活力逐渐消失。每次返乡走在长长的大街上,他都沉浸在无尽的寂寞惆怅中。

人的种类、气质、谈吐也截然不同。同样的赚钱,弥勒一带常言及乡下人的吝啬,提及小学校长就觉得立身扬名,校长本人也满足于此般地位,悠然自得。在熊谷遇见的朋友、在行田畅叙的对象以及在弥勒相处的同事,清三时不时下意识地拿来比较。想到自己当下的境遇,理想在现实面前节节败退,心中生出痛切的凄寂感。

某个周日上午,他与小畑、樱井去了趟中学。中学在城镇一隅。两层的大房子里有木马、单杠和秋千。运动场上,穿小仓制立领制服的寄宿生三三两两漫步，教室里鸦雀无声。茶水间里还是那位苦瓜脸校工，"般若"是大家送给他的绰号。舍监还是那位"内伊将军"①。当班的数学老师也在。二层的楼梯，长长的走廊，教室里的黑板，透过玻璃窗仅能看见树梢的梧桐，无一不让人眷恋。他们边走边聊着陈年旧事。

在值班室聊了约莫一个小时。三人述说着自己了解的同学们的奇闻逸事。去东京的十人，留在故乡的十五人，做小学教员的八人，其他五人去向不明。三人去礼堂弹了风琴，又到操场一起打球。

分别前三人去了町里的荞麦面馆，还是那家过往常去的"青柳庵"。朝里的一间面向简素的小庭院，枫树嫩叶衬得人面色发青。竹筛荞麦面加生鸡蛋，外带一壶酒，三人心满意足。

"前不久，我遇到小泷哦！"小畑看着清三说，"听说她最近很红，是本地的头牌艺伎。我路过澡堂小巷，看她笑吟吟走来，像是有应酬……"

"她没问起林君吗？"

樱井笑着插话。清三也笑了。

"Y怎样了？"

清三接着问。

"照旧痴情呀。"

"已经订婚了吗？"

---

① 米歇尔·内伊（Michel Ney, 1769—1815），法国大革命和拿破仑战争期间的军事指挥官，拿破仑一世手下18名法国元帅之一。文中舍监"内伊将军"是学生取的外号。

"他俩没问题,就是两边家里都反对啊。"

"这可真有意思。"清三若有所思,"说到底,Y 不是 V 的恋人吗?变成如今这样,真是命运弄人。"

"V 怎样了?"樱井问小畑。

"去足利了。"

"在公司工作?"

"嗯,听说是什么机械公司。"

三人又点了天妇罗荞麦面。

"Art 君怎样了?"

小畑问道。

"在浦和啊。"

"我知道啊。我问她情况怎样……"

"哦,这样啊……"清三点点头,"还老样子吧。"

"加藤这个懦夫。"

小畑笑道。

一壶酒下肚,三人脸色通红。小畑埋单,叮铃咣啷地从金属卡口的钱包里掏出银币和铜钱。店家可爱的小姑娘端来零钱、荞麦面汤和牙签。

当日下午四点多,清三返回弥勒。走在行田至羽生的乡间小道上,原野映着夕阳余晖,对面村庄的新叶青翠鲜亮,清三的内心却寂凉黯淡。早先满怀希望走过的熊谷街道,衬托着寂凉心境下回程的弥勒街道。此时此刻,他尤其羡慕充满活力的年轻学友们。

十四

"六月一日搬到成愿寺。"他在日记中写道,"荻生君跟住持说了很多,事情变得容易。住持说人手不够,无法管餐。但寺里物品皆可使用。言毕送来了方桌、火钵、坐垫和茶具等。"

正殿左右皆有六叠大小的房间。右屋采光好,冬季温暖,夏季却闷热难耐。因此清三选定了左屋。和尚四处拆卸,为之装上最为相宜的拉门。住持夫人将水桶放在走廊,进屋擦拭榻榻米。桌子摆在中间,带来的书箱置于桌旁,茶具码在方火盆边,一间舒适雅静的书房便落成了。适逢邮局没事,荻生君跟同事交代过后,便到成愿寺庭院里拔除杂草。清三从学校回来时,庭院已清扫干净,便与住持、荻生君围坐饮茶,有说有笑领略着窗明几净带来的愉悦。

"收拾得如此洁净。宛若换了一间房。"

清三笑呵呵地说。

"荻生君为你拔草了呢。"住持笑道。

"荻生君?那怎么好意思啊。"

"那有什么?拔草呀,打理庭院什么的,我喜欢……"

荻生说完,拿出带来的土产——竹叶饼糕点。

"哇!我喜欢吃这个。"

清三说着一连抓起了三个,狼吞虎咽。他长途跋涉却一路吃便当,早已饥肠辘辘。

当天的晚餐寺院准备了芋头、竹笋煲和土当归高汤。住持让人送来,包括自己的一份,还有两瓶啤酒,三人共进晚餐。聊文学，说人生，张家长李家短，又讲到学校发生的事情，以及住持得意的禅语。暮色苍茫，倚着庭院旁柱子的住持脸色苍白。

一个小和尚沿长廊疾步走近前来。他三步两步地走到了跟前，将一封电报递给住持。

住持连忙撕开封口，阅后大惊失色。

"大岛孤月死了！"

"孤月……？"

两人瞠目结舌。说起大岛孤月，文学爱好者谁人不知。他是某书肆老板的女婿，是作家，更是颇具实力的书肆经理人。去年秋天周游泰西，一个来月前刚刚返回。他的送别会与欢迎会，都会上报轰动一时，杂志上也有种种记载。这儿的住持还在东京时，大岛曾特别关照买下了他的手稿并让其安顿在自家。

"今天去，来不及了吧？"

"是啊，已经没有马车了。板车可受不了……坐火车倒是行，可到了那边也没法安排呀。"住持思忖道，"那就明天再去吧。"

"明天的话，最好一早坐马车到久喜，转乘奥羽线的第二趟火车。"

"从行田去吹上不是更方便吗？"

"哪里，还是久喜更方便。"荻生说。

住持似乎安下心来。过了片刻，感慨道：

"人生无常，死生有命……前不久才听说他生病入院，可做梦也没想到他会死。大岛先生本是幸福美满的，正一步步实现自己的人生理想。"

联想到自己归隐乡间寺院的动机，住持黯然神伤。

"这世道宛若蜗牛角上争斗，在东京我已深深厌倦。利用人性的弱点结党营私、尔虞我诈，急功近利就为出人头地，实则卑劣浅薄。其实世上一切不能以好坏论之，看似幸福者未必幸福。任何人都是平等的，应得到相应的慰藉或幸福。任何人都有特定的价值，一生何苦为了名利惶惶不可终日。相反，美好的人生是拥有理想的人生。拥有理想的人生即便流星般短暂，也是意义非凡的。"

"言之有理！"

住持的话语似乎使清三多有感悟。

"不幸的人！"

住持感慨地喃喃自语。此人优渥的地位和背景，对其而言反倒是悲哀的。他是个风趣幽默的男人，却常常被人冷嘲热讽。三十四五便已饱尝人世辛酸，磨去了棱角，老气横秋得像个年近四十的人。其身为养子的悲戚苦闷亦令人生怜。"无论如何，人终究会死……想到这些，一切皆无意义。"住持深有感怀地说。

这一夜，低沉悲哀的气氛充溢了整个房间。稍后，住持回去了。清三与荻生的交谈也变得刻板无趣，没有了平素的轻松愉快。

两人对着昏暗的煤油灯，沉默了好久。

第二天，住持大早就出了门。

大岛孤月的病死与葬礼每天见之于报端。清三频频心潮澎湃。他读大岛的作品并无太多感触，只是联想到他作为出版商的文坛影响力，同时联想到自己仰慕的明星派诗人的郁郁不得志。偶尔他也想到："即便不是幸福，死后能上报端也是一种光荣。"无数凡人只是无声无息地出生、活着、死去。这些天时而下雨时而刮风。下雨的日子，正殿四周的新绿清爽透亮，雨水经过僧屋的高檐，顺着白铁皮水管哗哗下落。刮风的日子后院树林沙沙响，仿佛居于近海聆听潮汐。马车驿站旁有间米寿司小店，十三四岁系着红色绉绸腰带的女孩儿早晚送来便当。没几天，行田家里寄出的被褥、桌子和书柜等也收到了。

　　清三从寺里出来，径直走上町里的大街，在一间拉门上写着"宽扁面条"的破旧餐馆前转弯进了背街小巷，路过细烟囱冒出白色青烟的碓冰社分厂养蚕车间和悬挂诡异檐灯的料理店，来到时常光顾的水渠桥边。有时前往大越的马车刚好停在那里，他也会讨便宜搭个车。

　　五六天后，住持由东京返回。葬礼的情况虽可由报端知晓，但听他详细描述，葬礼景象更活生生显现在眼前。据说文坛大家小家纷纷冒雨前往。大雨倾盆，新绿下纸花与鲜花色彩纷纭，像绘画一样形成了鲜明的对照。值得一提的是，寺里的正殿窄小，进不去的人撑着蛇目伞和绸绢蝙蝠伞，只能站在雨点急坠的屋檐下。念经的时间好长，然后是拘于形式的焚香，再将棺椁抬到寺后的墓地。墓地路上铺着新草席，女人身着白无垢①，男人穿着羽织袴②，雨中穿梭来往。某知名小说家倚在柱旁一副悲伤的面容。大岛生前最好的画家友人，羽织大褂被雨水浇得湿漉漉，忙前忙后地安排事宜。

"唉！痛惜。千辛万苦渐入佳境，刚要施展却壮志未酬……追逐名利，迷于都会尘世，也是无可奈何……功成名就亦属枉然，面对死亡，任何人都唯有泪湿衣襟。面对死亡，眼泪何用之有！"

住持眉头紧锁着说道。

夜阑人静，清三辗转苦思。"名誉"、"佳境"，曾在他眼前高不可攀。那是他年轻的心之向往。可今宵面对希望和野心时，他期冀找到新的解脱。清三翻出藤村③那本脱了线的《嫩菜集》细读起来。

正殿内，如来佛像寂然正坐。

十五

寺后林中，有芦苇丛生的湿地，早先的池塘变成了水洼，反光呈锈色，红里透黑。六月底，啁啁鸣叫的苇莺不知由何处飞来。

寺内借养蚕消闲。僧屋八叠大小，满是层架与竹席，柱子上挂着温度计。住持夫人头裹白布巾，早晚都去寺后旱田

---

① 白无垢是表里完全纯白色的和服。室町时代末期至江户时代，生产、葬礼、切腹也穿这种和服。

② 羽织袴是和服的正式礼装，即和服外褂和裙裤。

③ 岛崎藤村（1872—1943），日本著名诗人、小说家，代表所有《嫩菜集》《破戒》等。

采桑。碰上雨后放晴，住持也一同帮忙采摘。厨房宽板上，湿淋淋的绿叶堆积如山。小和尚片片擦拭，住持在一旁将叶子仔细切碎。

新茧上市，小镇骤然焕发生机。平常死寂的陋巷，"蚕茧收购点"的告示小旗四处悬挂，随风飘扬。周边的蚕农云集而来。一个络腮胡、系角带、年约四十的蚕茧商用杆秤称好，将白嫩的蚕茧摊上竹席。行情日日在变。巷内铜钱银币叮铃当啷，一派繁荣景象。白天到晚上，都能听到料理店传出的三弦声。

郁治前晚留宿，带来《行田文学》首刊，两人促膝长谈一夜讨论文学。周日上午十点一过，就听到山门外石道上嘎达嘎达的车轮声。这里平常没有车，清三诧异地打开了正殿的拉门，只见一个胖子身穿白色罗纱西装，头戴夏季的意大利草帽，还有一个高个儿男人身穿白色夏装，两人驱车到僧堂入口处正待下车。小和尚入内禀告，门口出现了住持的身影。他的声调、言语和神情，洋溢着久别老友重逢的喜悦。

很快得知来客是东京的知名文学家。一位是原杏花，另一位是著名杂志《太阳》的记者相原健二，皆为住持在东京时候的朋友。

清三的房间隔着中庭的树木，对面便是僧堂客厅，客人与住持畅叙的模样可以清晰地映入眼帘。绿叶之间，白罗纱夏服时隐时现，时闻快活的笑声朗朗。西服与笑声，让年轻人艳羡不已。

"原杏花是那个胖子啊。没想到这模样写出那般细腻的文章。"郁治笑着说。

厨房里,夫人和小僧忙着备饭。住持不时这样那样地指挥。寿司店的年轻伙计用套盒送来鲜鲤片。街上酒铺提来"贫乏德利"①。小僧给土灶和烧洗澡水的炉灶里添了柴禾。空荡荡的厨房里难得的忙碌。

酒宴开始了,说话的音调渐渐高亢起来。住持也与往常不同,愉快地开怀大笑。

时近正午,有了几分醉意,开怀的笑声依旧。穿过沿廊去厕所,客人的脸赤红似火。不一会儿传出住持蹩脚的诗吟,接着又听到琵琶歌②一般朗朗的诗吟。

两个年轻人结伴去了镇里。他们虽说囊中羞涩,却能到月末结账的米寿司店,喝它一两瓶小酒。简陋的小店内深不过六叠大小,满处扔着衣服和小孩儿的尿片,老板娘急忙前来清理。他俩坐在旧衣柜和行李箱旁,面对巴掌大点儿的庭院,叫了鲣鱼煮之类的烧菜喝酒吃饭。

回返时,两人想到邮局见见荻生君。然而面红耳赤不便上街,只好由桑叶繁茂、收割到一半的麦田穿行。不巧荻生君去了熊谷。两人折返走在田野中。小河中青藻浮摇,小杂鱼悠然戏水。

回到寺院,僧堂客厅仍在饮酒,喧声如雷贯耳。高个子拉起住持的手,像要去哪儿。着洋服的原杏花在身后揎掇。不知何时,住持已换上了僧衣。

---

① 束口圆筒型陶器小酒壶。
② 琵琶伴奏的歌曲,特指萨摩琵琶、筑前琵琶等。

"好啦,好啦,那么想听经,就念给你们听,你们可得敲木鱼哦!"

住持醉得不轻。

"行啊,行啊。木鱼我来敲。"

杂志记者应道。

三人挤作一堆,东倒西歪经过走廊走向正殿。僧堂里,夫人和小僧探出头来笑着观望他们的醺醺醉态。三人正要从走廊跨进正殿,却被台阶绊倒了,似骨牌一般四仰八叉地摔作一团。正殿传出哈哈笑声。

杂志记者拿起棒槌敲木鱼,得得得得,很有节奏。住持与姓原的文学家见状,笑着说:"很好啊,像是个敲木鱼的老手啊。"

杂志记者敲着木鱼答道:"那当然,我在寺院当过三年小僧的呀。"

他又呜呀呜呀摆起一副念经的样子。

"和尚嘛,不会念经怎么行?"

说话归说话,仍在敲木鱼。

住持与原杏花在如来佛前停步,伫立于旧牌位前畅叙。历代寺僧大和尚牌位居中,其中一尊中兴本寺的老僧的木刻像面目可惧,瞪着一双可怕的牛眼睛。住持说起了这位老和尚,说到正殿的重建,又说到上代住持时正殿的烧毁以及上代弟子中有人去了越前永平寺。钲鼓放在绉绸垫上,旁边是一尊秃头伏虎罗汉像①。原杏花敲了敲钲鼓,当当作响。

杂志记者执意要住持念经,住持却伺机逃到了僧堂。醉意醺醺的两个客人敲着木鱼和钲鼓傻笑。

哄闹过后,两人沿过廊返回僧屋。六叠房里的年轻人笑了。

"真没想到,文学家竟如此率真放达。"清三说。

"完全不是想象那样啊。"

完全没想到,两位年轻人心目中大名鼎鼎的文学家和杂志记者,竟有这样孩子般的率真。他们无法充分理解名家的心态与生活,却充满了艳羡之情。

东京的客人住了一宿。翌日正午,绵延细雨,他们搭公共马车前往久喜。清三拖着浸湿的裙裤从学校回来,到僧堂要火种时,看见住持孤坐桌旁读书。

苇莺啼鸣。时值梅雨季节,偶有晴日。灰蒙云间露出小块清朗碧空。美丽的光线溢满寺后丛林,绿叶苏醒般焕发出新的色彩。阔大的芭蕉叶随风摇曳。蜥蜴迎光在山门的壁上窜行。前排几栋合住的长屋,栅栏间连着晾衣杆,晾着脏兮兮的褴褛衣衫。栗子花洒落一地,被人踩入烂泥污秽不堪。傍晚,蚊子聚在檐下嗡嗡嘶鸣,夜里家家户户放烟驱蚊。清三花一元五角钱买来单人棉织蚊帐,桌子置入其中,台上油灯置于帐外,每至夜深人静,钻进帐内读书。身旁是朋友隔日寄来的信笺,皆涉及将来求学准备的话题。以挚友郁治为主,

---

① 伏虎罗汉是十八罗汉之一。

三四个朋友有意报考高等师范。近期，据说小岛忙于高等学校的入学考试，北川则备考士官学校，据说九月就要去东京。反正任谁也没有闲着。清三受到激励，博览群书。他请住持教授英文，又从书房借来《逻辑学》和《哲学史》等。桌边有《文艺俱乐部》《明星》《太阳》杂志，又放着《教学法》《通俗心理学》《新地理学》《代数几何》等教学用书，住持就读早稻田时读过的莎士比亚的《罗密欧与朱丽叶》、丁尼生的《伊诺克·阿登》也夹杂其中。

年轻的憧憬没有边际变幻不定。翻阅《明星》，想到涩谷诗人之境遇；看《文艺俱乐部》，想到卷首刊载长篇小说的大作家；友人来信，又促发他报考合适的官立学校的计划。有时，还会请住持讲述柏拉图的"理念"，为柏拉图式的恋爱苦思冥想。他还在逼仄闷热的蚊帐里赶写《行田文学》的新体诗约稿。帐外的油灯昏黄闪烁，照耀出苍茫的身影。

学校的校长常常催他参加教员的资格考试："有了证书还能加薪。考虑一下啊，林君。可以的话，试试吧！"

清三有半个月没回行田了。知道母亲等待，可囊中空空，步行二里半地费时费力，何况他想更多时间用于学习，周六周日便踞在了寺院正殿的一间小屋。话虽如此，却也没有正儿八经地学习。周六小畑从熊谷来过夜，郁治也曾连续三天寄宿于此，荻生君几乎每天必到。有时从学校回来，家里的门窗大开，荻生脸上掩着蒲扇，惬意地午睡。他时常趁邮局得闲，拜托同事照料，自己便找个理由溜到寺里玩。

两个年轻人常买来葛饼、馅饼、素甘饼等喜欢吃的点心，沏茶享用。一发工资，清三必定要到邮局邀请荻生，去街角的点心铺买糕点，且十有八九会去僧堂招呼住持："师父，吃点心吗？"清三没钱时，荻生付账。荻生也没钱，就只好求助住持："师父，真不好意思，能借我五毛钱吗？过两天就还给您。"清三外出时，住持去他房里一看，吃剩的两三个裹着竹叶的糕饼上，爬满了蚂蚁。

梅雨季节的二里路泥泞难行。起风的日子，呼啸过平原的狂风翻卷雨丝，新做的羽织和裙裤湿漉漉的。他一般算好时间，赶上那趟略微便宜的公共马车。某日那个女孩儿也搭乘同一辆马车到发户河岸的转角。约莫一个月前开始，他们常在有座青面金刚冢的十字路口遇见，她似乎也是小学校的教员。女孩蓄着庇发，穿着紫色的裙裤，挎一个绛紫色的绉绸包袱。最近与郁治结伴去弥勒时，他也照样遇到了这个女孩儿。

"真搞不懂她，为何总是那副装扮？"清三笑着打趣说。

"你小子，不加油可是没戏啊。"郁治放声大笑。

清三揣测她在何处工作。一起搭乘马车，才确定她是发户井泉村小学的教师。女孩儿年约十九，皮肤白皙，鼻梁秀挺。

滂沱大雨的时候，他便夜宿学校的值班室。来弥勒的学校任教转眼过了三个月，大致熟悉了教师的工作，郡督学来参观的时候，清三已没有初为人师的脸红心跳，高年级的学生也不再捉弄他。听说行田与熊谷的小学，校长与教员间暗斗严重，弥勒的这种乡村学校倒是相安无事。虽然师范毕业的杉田态度傲慢，看着就让人生气，可转念一想他们非属同类，没必要自寻烦恼。自己又不想与那种人一样终身当个小学教员，且把小学校长当作唯一的人生目标。说到校长，尽管有点小气和神经过敏，却是个为人温和善良的君子，全无害人之心。关老师一向都是老好人，大岛老师爱叨叨却也不难相处。总之对清三而言，这所小学里没有特别令他厌恶的人。

清三常常独自弹奏风琴。那是一部音色欠佳的廉价小风琴，然而并不妨碍他以肤浅的乐理知识即兴地谱曲创作。岛崎藤村诗集中的《海边曲》，谱曲后就非常好听。他还挑选《嫩菜集》中的佳句，谱曲后演奏。在梅雨连绵、夕阳西下的乡间小路，常由静寂校园的小窗传出美妙旋律，却鲜有路人侧耳倾听。

清三上课的教室窗口，可以看见羽生通往大越的街道。公共马车不时鸣着喇叭咕噜咕噜驰过，雨水濡湿的车上四周的布帘污迹斑斑。撑油纸伞的乡村姑娘露出红衬裙的背影，系着绉绸腰带款款而行。天气晴好时，街上看得见头顶货盘的击鼓糖贩，戴草笠、扎绑腿、说唱民谣小调的夫妻，牵着七彩橡皮气球兜售的老叟，偶尔也有附近的富豪家姑娘华丽装扮浓妆艳抹。有时，五六辆县政府官员的马车威风凛凛地通过，老师、学生都会丢了魂儿似的忘了上课。

清三的父亲偶尔经商路过，穿着条纹单衣和夏季的薄绸旧羽织，半秃顶的头上没戴帽子，不声不响地走进校工室。

"清三在吗？"

起初清三觉得，让同事看到父亲这个样子丢人，之后习惯成了自然。有的时候，父亲说在附近有事要办，清三便不回寺院，父子俩睡在值班室，挤一床又薄又硬的被褥。

每逢此时，两人必定带上布巾去对面澡堂。小川屋的那位姑娘照例送来便当。吃过晚饭，父子俩朋友般亲密无间地谈心，有时也言及家里的困难。有时，父亲会从他空空如也的钱包里借取五角零钱。

到了七月，雨依旧下个不停。放晴时便艳阳高照，淡云中不时显露碧空。田里已经长大的芋头叶、宽厚的玉米叶随风摆动沙沙作响。熊谷的小岛去东京参加第一高等学校的入学考试，常寄明信片汇报情况，如英文的考题太难了云云。邮差每天冒雨从山门进入正殿。年轻的心对任何事情都充满好奇，因此他一天能收到三四封明信片或书信。有的只一个"喝！"①字，也有熊谷好友在荞麦面馆小酌时写的联名信。石川一如既往地攻击明星派，特意寄来《文坛照妖镜》这本暴露涉谷诗人夫妻私生活的小册子。其中郁治的来信最多，感情的烦恼令之心绪狂乱不得片刻宁静。郁治心乱如麻，时而看到希望，时而苦闷绝望，时而随自己的心影天马行空，清三难免受其影响情绪波动。为掩藏自己失恋的苦痛，他不得不以夸张的词语对朋友的感情境遇表示同情。他特地以古文体写道：

"烦闷自伤悲，哀愁也凄美。劝君当释怀，汪泪尽徒然。"

末尾写了如下和歌：

---

① 督促、警醒、棒喝之意。

"懵懂雏子心，不知心过网结罪，诱捕迷途鸽。"

在浦和上学的美穗子的相片，放在书桌抽屉深处。那是一张她与雪子还有同学清子三人的四寸照。画面上，美穗子端坐着，手捧鲜花。跟雪子索要相册中的这张相片时，她好赖不肯答应："不行啦，拍得走样了嘛。"相片中的雪子身着皮衣，惊恐异常。美穗子却清眉亮眸，唇边泛着妩媚的微笑。读书疲劳时，清三不时拿出相片端详，将雪子和美穗子进行比较。最近他总在琢磨雪子："何苦那般一本正经的扫兴样子呢，放松些多好。"郁治的来信都被放在小书箱里。

前个周六，他回到久违的行田。小畑来信，要从熊谷过来。不料周日狂风暴雨，清三只好和郁治两人厮守昏暗雨窗下。雨水像瀑布一样从雨檐流下。

上个周六，羽生的小学一早举办讲习会。校长、大岛、关老师及清三四人出席。邻近小学的校长与教师们齐聚大礼堂，听浦和师范系红领带的胖教授讲演儿童心理学入门，同时做普通小学一年级的示范教学。教员们分坐数排，静静地聆听。志多见小学的校长是县教育界有名的老教师，他捋着银白胡须，总在重要的节点上郑重其事地发问。胖教授面带微笑，耐心地逐一回答。将近十一点，讲演结束后，郁治的父亲和难伺候到出了名的郡督学水谷，开始就教学法发表意见并做关于教育心得的演说。两三天前刚刚出梅，夏天的校园里艳阳高照，处处能听见扇子声。女教师额头渗汗，白底紫色的裙裤格外惹眼。成愿寺森林中的芦荻已没肩头，苇莺得势狂啼。

讲习会临近十二点结束。各式装束的教员们经校园走出大门，他们有的身着立领上衣，有的是白条纹裙裤外罩透绫绸羽织。庭院里不时看到志愿者捐赠的用作标本的树木花草，上面挂着写有捐献者姓名的标牌。搭眼望去，红艳似火的石榴花正在绽放。树木有黄杨、米槠、丝柏，花草有石竹、牵牛花、蝴蝶花、胡枝子、苦菜花等。寺院林内，蝉鸣枝头。

"不是说去澡堂玩一天吗，林君？"出校门时，校长问。

"是啊，到处贴着广告。不是说还有浪花曲①吗？"

大岛先生也应和道。

清三也听说上町鹤之汤澡堂的事。夏天开放二楼，泡澡或午睡，可尽情消费一整天。饮食方面有刨冰、糕点、啤酒和面条，亦备有简单的午餐。早晚各有一次浪花曲表演。据说两三天前出梅雨后天气炎热，客人蜂拥而至。住持昨日也曾来此消遣半日，还对面前的地主说：

"反正是乡下，也没什么好玩的去处。到这儿玩半天挺好。贞公可真会赚钱呐。"

"诸位，请林君给我们带路吧。正好中午也饿了……"

校长鼓动在场的同僚，大家表示赞同。

上町鹤之汤十分热闹。腰系红色绉绸带的乡村女孩进进出出。澡堂墙上，挂着各方送来的贺帖，"谨呈贞先生"几个大字随处可见。售冰柜台边站着七八位客人，老板娘大汗淋漓，系起束衣袖带，拼命地搅动冰块。

---

① 三味线伴奏的说唱。内容以故事、军记为主。

老师们去了二楼。所幸此时客人不多。附近一帮老婆婆泡温泉,穿着贴身裙横七竖八躺在隔壁的房间。八叠的大房中间,是浪花曲的表演高台,周围纸质或布质的广告随风轻舞。室内通风好。后面四叠半的房间榻榻米很脏,但能望见绿色的稻田。四人遂落座于此。

泡了一番澡,正要出汗,午饭已备好。店里的女孩儿身着红色衣带束袖,送来小餐桌。菜品有烧鲣鱼干、拌黄瓜、豇豆蛋汤。对他们而言可谓丰盛。校长脱去西装上衣、背心,解下领带,只穿一件看上去脏兮兮的贴身汗衫,放松地盘腿而坐。

"大家随意,坐吧。关君,脱了吧?这衣服穿着多不自在啊。"他笑道,"我请大家喝一瓶啤酒。偶尔这样轻松快活一下真好。"

遂叫来一瓶啤酒。

"姑娘,麻烦加冰。"

女孩应声退下。校长往关老师杯中斟酒,关用手遮住了杯口。

"再喝一杯。多喝一杯怕什么?"

"不喝了,已经高了。喝多了不好受……"

他把杯子移到了一旁。

"关君真没意思。"

大岛说着端起斟满的啤酒一口干了。

"弱卒不可用啊!"

校长说着,又给自己斟满一杯。泡沫山涌像要溢出,他慌忙凑嘴吸了一口。女孩儿送来大碗碎冰,大家一块块捏起来放入酒中。不喝酒的关老师拿起一块送入口中咀嚼。没过多久,校长和大岛先生已满脸通红。

"讲习会什么的,真没有意思啊。"校长开始有些失控。

大岛随声附和。他们说到各小学的评价和按年加薪这些事儿。说到郡督学刻板不知变通的糗事,他们哈哈大笑。然而,清三对此类八卦既不入耳也不上心。年龄差异是一回事,这些人安于现状的心态也令他大惑不解。他认为那是完全不同的两类人。一类是那些朋友们,愉快地生活在未来的希望中;另一类则是眼前的这些人。二者间存有很大鸿沟。

"这样懒散下去,总有一天自己也会那样堕落。"

他脑际反复出现这般想法,感到焦虑痛苦。为小家系累,牺牲年轻人的激情,是他所不堪忍受的。前不久和郁治有过相关的争论。"伟人固然伟大。可世间也有农民、邮差、警察和木屐齿匠人。平凡的人也要生存。人生并不像我们想象的那样令人窒息。人生也可以轻松平和地度过。不信你看看这人世间。世上……"清三这样反驳好友的功名心。然而话语背后,却隐藏着截然相反的内心。所以他才那么激动,那么想哭。

此刻他又回忆起那次争论。"莫非自己也将和世上的芸芸众生一样,浑浑噩噩地过此一生?"他眼望着校长那平凡而通红的脸。

不觉间五六杯啤酒已经下肚。

绿色的田野中,有人打起洋伞经过。那是町里的后街,沿途有涓涓小河，河边的川柳繁茂，丛林中蝉鸣聒噪。

一个时辰后，三人都醉倒了。校长枕着胳膊蜷起腿，鼾声如雷。大岛袒露胸膛仰面朝天叉着腿。清三则面色通红，脸贴着榻榻米。孤零零的关老师，百无聊赖地在隔壁的大房间看贺帖。

三小时后，清三回到了寺院。正殿通风处的地板上，舒舒服服地躺着正在午睡的荻生君。

午后的日影中，苇莺不住地啼鸣。

十六

炎热的午后，清三身着碎花白布衣和裙裤从学校回家，走在羽生长街的庇檐下。今天发了全薪，口袋里的钱包坚挺。方才去了邮局，还荻生君五毛钱。途中顺道买了葛饼，两人愉快地吃糕点品茶。

"拖了好久，谢谢你。"他将两个月前借的鸭舌帽取下递给荻生。

"你拿着用吧。"

"不了，今天去买夏天的帽子。"

"买之前戴着吧，要不多奇怪啊。"

"不用不用，一会儿就去买。"

"别叫人家看出来，开你高价哦。"

"不会啦，没关系的。"

清三不戴帽子走上艳阳高照的大街。路旁是敞开玻璃门的西洋式杂货店，摆放着绒线帽和麦秸帽。

清三试了几顶麦秸帽。十六码正合适。原价一元九角钱，砍价到一元三角钱买下。大街上，崭新的麦秸帽在阳光下格外醒目。

十七

暑假，美穗子回家来。

回家的路上夏草深茂。里川的河水丰盈清澈。阳光洒在芦苇的绿叶上。

家门口的晾衣竿上晾着贴身短衣、围裙和浴衣。郁治与清三结伴而行。

美穗子穿一件白底蓝花纹布衣，系着白茶色与青茶色相间的昼夜腰带，脸微胖，面颊肉乎乎的，仍旧梳着庇发，系着匀称的白色发带。

啤酒空瓶里装着麦茶，用细绳放到井字形老井中冰镇。井旁是丛生的阔叶杂草，水槽里长满了鸢尾草和萱草，吊桶里水花溅落在杂草上。直至两三天前，老母亲都是傍晚在这里淘米。女儿回来后，薄暮中总是能在那里清晰地看到她白皙的脸庞，且时常听到父亲在屋内哼唱小曲儿。

美穗子利索地捯饬细绳，很快就将啤酒瓶拽了上来。解开绳索，提着瓶子到厨房，将麦茶倒入茶壶，再把三个杯子与装砂糖的玻璃器皿放入托盘，端去哥哥会客的客厅。

"没什么吃的……这在井里泡了一天，放点儿砂糖喝吧……"

茶凉似冰。郁治和清三喝了两三杯。美穗子坐在哥哥身旁，毫不拘束地说东道西。

"寄宿生活受得了吗？"清三问。

"嗯啊。挺热闹的。管理严格……比其他女校，可是……"

"女校寄宿，真是要命。我一听就烦。"北川笑道，"与男校寄宿有什么两样？"

"哥哥说什么呢……"

美穗子笑了。

屋里夕阳掩照。松影从庭院移至沿廊。墙外传来板车经过的声响。

跟今年春天一样，两个朋友归家途中并不言语。郁治和清三心里其实有太多想说的话，却又不愿去触及。泛红的夕阳映照着老城址锈迹般污浊的池水，蜻蜓轻落在芦苇梢上，一只，两只，三只……孩童们手持长竹竿，在齐腰深的水田中围追交尾的蜻蜓。

走近石桥，郁治突然问：

"今年暑假怎么安排……去哪里啊？"

"还没打算，也许去日光或妙义，你呢？"

"我没空啊。夏天得学学英语。"

清三突然想到美穗子暑假没准儿也在这里，心中顿生嫉妒不快。

原本打算留宿父母家，次日凌晨返回，方才跟郁治也是这样说的。然而拐角处和郁治分手，他突然感觉不堪忍受，便负气般地直接返回寺院了，惊得母亲左右为难。他走在夕阳下漫长的街路上，想到明晨郁治来家里看不到他会大吃一惊，便产生一种复仇般的快感，仿佛获得了某种摆脱束缚的力量。与此同时，也产生了不可言喻的寂寞和沮丧。

回到寺院，夕阳西沉已过约莫一个小时。僧堂六叠大小的房间内，住持坐在长火盆边饮酒，少见的心情爽快。

"来，喝一杯。"

他递过一个杯子，并将凉拌豆腐分到碟子里。住持说起之前从未提及的儿时往事。九岁即被送到寺里做小僧，含辛茹苦七八年，那般艰难无以言表。住在玄关旁两叠大小的小房间，最大的理想就是成为成愿寺的住持。他至今保留着写有"成愿寺住持实圆"的草书。借着醉意，他给清三吟诵了最近创作的新体诗《众寮之壁》。

"如何？你也作诗一首如何？"住持劝道。

这番话着实打动了清三，他不禁感激这个夜晚。尝试一下何妨？他想起创作《少年维特之烦恼》而忘记了现实苦痛的歌德。自己没有那般才能，也没有那般学问，又无法像朋友那样按部就班地求学深造。与人相比，一无所长。既然看不到光明的前途，做个真情流露的诗人也是别无选择。

"碰碰运气罢。暑假时全力以赴，牛刀小试。"

清三跟住持借了许多诗集和小说。隔天从学校回来，住持又将自己初登东京文坛时的部分藏书借给了他。红色封皮三十二开本的国民小说中，住持认为有趣推荐一读的是《地震》、《浮世之波》和《恶因缘》三篇。藏书中还有一部《武藏野》①，令清三如痴如醉。

临近七月末，酷暑日甚。他仍在青面金刚冢的转角，两三次邂逅久违的发户小学女教师。女教师身穿白色夏衣，头系白发带，一身清凉的打扮，面带微笑擦肩而过。这微笑的意味，清三百思不得其解。学校里的每个人，都在翘首以盼地等待暑假。有人盼望躺在葡萄架下消暑，有人想去浦和的讲习会考取教员资格证书，有人要去旅行，有人计划去东京办事。月初开始，只有上午至正午半天课。课后老师们留在教室，用一两个小时统计前期的日课时。无事的教员亦因正午炎热不回家，在学校里拉拉风琴、聊聊天或去值班室午睡，直等到太阳西斜。清三也是如此，统分厌倦时便从包袱中取出《武藏野》，如饥似渴地沉迷于作品的清新趣味中。《难忘的人们》一文中，作者的感慨，武藏野郊外林中的哗哗阵雨，寄宿于月光流泻的水车桥畔的年轻教师，皆令清三感同身受。清三情不自禁地合起书，频频沉浸于汨汨流淌入脑的感兴之中。

三十日那天，一个小时课就结束了。清三召集学生到讲台下说道：

"大家要过个有意义的暑假，不可一味玩耍，否则好不容易学到的东西就忘光了。每天都要拿出课本复习。还有，不要给父母添麻烦，不能吃太多水果比如桃子、梨和西瓜等。大热天在外面玩，那些东西吃多了就会闹肚子生病。得了可

---

① 日本自然主义文学先驱国木田独步代表作。国木田独步（1871—1908），小说家、诗人，本名国木田哲夫，出生于日本千叶县，代表作有《武藏野》《难忘的人们》《两个少女》等散文名作和短篇小说。

怕的病，假期结束也没法正常上学。好好玩，好好学习，勤勉努力——书上是这样写的对吧？老师现在就开始等着，九月初在这里重聚时，看看谁守住了老师的约定。"

说完，清三跟同学们道别致意。扎小辫儿的女生和流着鼻涕的小男生争先恐后地奔向鞋柜。每个教室都重复着相似的道别语。过廊里女老师的紫色裙裤异常醒目，她领着孩子们"一二、一二"地走近前来便解散。艳阳下的校园里红色的七重草绽放，绣球花也夹杂其间。

十八

暑假过得颠三倒四。清三的小试牛刀一败涂地。纵有灵感亦枉然，怎奈文笔不济。五天后心灰意冷，清三放弃了创作之念。

踞在寺里无聊，回行田狭小的家中又溽热难耐，何况美穗子回了行田，也是别扭。遂决定独自经赤城到妙义旅游。

八月末旅途归来。美穗子已回了浦和宿舍。清三又开始行田到羽生、羽生到弥勒的平凡生活。

十九

学校购入一台新风琴。恰逢周日，校长与大岛先生没来，清三孤零零夜宿值班室。盂兰盆节结束，夜空晴美，银河清晰地横亘苍穹。垣墙处蝈蝈聒鸣，乡村孩童逮蝈蝈的提灯四处闪烁。白日酷暑，夜间却草叶沾凝露。人声啾啾，却未见其踪。

头十天，授课是八点到十点。后十天，延长至十二点。然后又改回下午两点离校。秋意渐浓，雨天身着单衣已有几分寒意。时光从满腹心事的他身边飞快流逝。

听说参加高等学校入学考试的小岛考了第四名，月初便要去金泽。几天后收到明信片，他的得意之情溢于言表。明信片上的图片是当地的兼六公园，大大勾起了清三的好奇心。回信给朋友道贺时，不禁为自己的时运不佳伏案而泣。

正殿桌上放着《乱发》《落梅集》《武藏野》，还有住持早稻田读书时看过的薄册子《伊诺克·阿登》。他爱吟诵倾诉离开故乡之情的和歌《铃声叮铃》，歌中包孕着无以言表的悲哀。僧堂玄关前有春天绽放芍药花的小花坛，但这个季节淡红如画的秋海棠更加美丽。中庭还有绚烂多姿盛开的胡枝子花。

夜复一夜，新月渐盈。墓地、旱田边上的榛树黑黢黢并排矗立在夜空，山芋的阔叶露光闪烁。

晚饭后，清三不时会到墓地游走。新墓的垣墙处红白木槿花绽放，红色的小蜻蜓云集翻飞。许多坟前都有新立的木牌，上面净是住持那杆秃笔的字迹。坟堆上放着盛满水的茶碗，线香燃后的白灰比比皆是。花瓶里供着千曲花和苦菜花。颇多老坟或无主坟。暴死街头者或乞丐，埋在坟场的犄角旮旯。清三也会好奇地去看碑文，有人在石碑上写着："生于仙台，维新时代为国事奔走，明治以后迁居于此创办医院，在当地享有慈父之美誉。"这是缫丝厂最初经营者之墓，用花岗石修建，挺气派，捐助者的姓名金字刻在了高高的墓碑上。此外有个一等兵之墓,是邻村的村民,出征了日清战争①并在旅顺战死。

寺后丛林深处还有许多圆形墓石,不过与这块墓地相隔很远。那是寺院历代住持的墓园。老杉树荫下地面粘湿,华箬竹和橡树枝叶繁茂。晴天夕照斜刺里射入丛林,透现出辽阔原野上方的天空。雨天阴雨连绵,雨滴顺树梢啪嗒啪嗒坠落,生着苔藓的、光头和尚一样的墓石像在哭泣。清三思忖着,将来现任住持也会加入其中。想到胖乎乎高个儿的夫人与埋没乡间寺院、怀才不遇的住持如此孤寂平凡的生活,清三感觉不可思议。他蓦地想起两三天前的事,哑然失笑。他想起来自己曾在日记中轻描淡写地写道:

"傍晚,无意撞见住持与夫人小池共浴。纯属意外,吃惊尴尬。"

浴池通着僧堂入口。两个月前住持请来木工,用正殿堆积用于葬礼的木棍木板,搭建了一个漂亮的圆形浴池。烧水时,青烟从澡间飘向僧堂。那天清三去借火种,茶室空无一人,却听见浴室里传出笑声。清三若无其事地进去一看,住持夫妻俩正挤在小浴池里。住持只是淡然一笑:"哦,泄漏天机啦。"

清三认为,这并非一个单纯的滑稽事件,由此可清晰地窥见住持的生活状态及夫妻关系。清三由此觉得住持的命运和人生是那般无意义——放弃所有年轻时代的梦想,服从于眼前的命运,若干年后进入历代住持的墓园!

---

① 即1894年中日甲午战争。

有时,他想学一叶舟诗人①研究"云朵"。虽看不见信浓高原变幻莫测的云层,却见过辽阔关东平原外围起伏群山上生成的绚丽多彩的云团。走到寺院后边,正面是浅间山喷烟缭绕,左边是妙义山头微露,紧挨着是荒船群山、北甘乐群山、秩父群山似连绵波浪。云海翻涌,夕阳西沉于荒如古城的两神山肩头。右边是环绕赤城到日光②的绵延群山。秩父山的云朵色调明亮,日光的相对黯淡。清三穿过青田绿野走向前方成排的榛树林。荷锄归家的农民,总能邂逅这位住在成愿寺的老师携记事本款款而行,身穿白底夏衣,蓄长发,见人便寒暄两句。有时他伫立田埂,专注地在手账上写些什么。手账中,越来越详细地记录着日期时间,每段时间各式各样云朵的变化与色彩,以及随时变化的晚霞。

他开始写一篇叫《平原云朵研究》的文章。

时至秋分,文稿大致完成。当日正殿如来佛前难得一见地燃起了蜡烛。早晨住持身披紫衣锦襕袈裟诵经一小时。寺院金桂令人流连的花香随风飘入古寺。凌晨参拜者呱嗒呱嗒的木屐声在长长的铺石路上回响。扫墓者先到正殿礼拜如来佛,返回僧堂在那里预备的火盆中焚香,再从杂草丰茂的水井里汲水提桶去墓园。两三天前寺院请来散工清扫,整洁的墓园不似从前比比皆是芒草枯叶与狗屎。扫墓者有镇上富豪家的美少女,也有梳着岛田髻③、脸上白粉脱落了一半的乡村姑

---

① 岛崎藤村。
② 位于日本关东地方北部的日光市。
③ 未婚女孩的发型。

娘。清三用夫人给他的萩饼果腹，在轻拂的凉风里午睡。梦里传来钟声、低齿木屐的呱嗒声以及人们说话的声音。

从法事结束那天起，雨淅淅沥沥下个不停。清寂的秋天已至。

他近期的日记中有如下内容：

十月一日

上月二十八号以后未送的报纸，今天竟一股脑儿送到了。晚上，教善纲氏（小僧）算术。《伊诺克·阿登》读到第二十页。近来日脚益发入西。四点一过即出学校，五点半才到羽生，天已全黑。晚九点泡澡。

秋夜佛堂里，清泪冷落伤怀友。

二日，晴

熟悉的桂花香逐渐消散，寺后栗林中伯劳啼鸣。今日开始九点上课，米寿司店买了灯油。

三日

高粱地里，夕照之下，群集翻飞的红蜻蜓倍加红艳。给熊谷的小畑寄信，画一幅夕照海波附信中。

四日，晴

久违的晴空，入夜又下起雨来。寺后树林中秋雨打叶，四下一片静寂。在梦里回到了故乡。

五日，周六

冒雨返归行田。

六日

在家欢愉的一天。给小畑与小岛寄信。夜晚细雨静无声。

七日

一早出门。稻田泛起金黄色，凌晨雨斜洒原野。夜宿校内。

八日

豪雨井畔柳丝乱。今宵再宿学校内。

九日

早归。秋雨初霁。傍晚风起云涌，夕阳的金色迅疾暗淡。桂花的清香似有若无。晚上看了报纸，包上回行田的行李。星空寥落。银杏树遍地落果。栗林秋风乍起，僧堂后院落叶萧索。风声萧萧，蟋蟀聒鸣亦滋寒。

十日

早上将蚊帐寄往行田，傍晚收到衣物。还收到小畑久违的抚慰信。

"此秋知君心！愈思愈哀。君曾言'忆昔冬逝年，奈何今春！'万千愁情怅无量，感心遥祈成愿寺。"

给小畑的回信写道："夜，星朗气清，双雁南低飞。"又曰："不复埋怨，不言不语，独泣独悲。"

清三无法不去比较去年冬天和今年春天的日记，思考着其中发生的变化。去年冬天的清三不谙世事，前途闪耀着美好的希望。无论玩歌留多纸牌还是玩投球，他都充满兴趣。在他的眼里或心里，从未意识到亲密的朋友心中会有利己自私的阴暗面。毕业的喜悦，初入社会的希望——美妙的幻影瞬间消失。寂寥的秋天来临。后林的熟栗开裂，晴朗的夜里秋风瑟瑟。驻足长廊，脚心冰凉。正殿旁高大的梧桐树上，雨滴似泪水般落下。

二十

男女学生混在一起约莫三十人，一个接一个鱼贯走在田间小路上。走出校门时，他们还在齐唱"龟呀龟先生哟"，这会儿突然厌倦，各人自顾自无所顾忌地走着。有叽里呱啦喋喋不休的小女生，也有转身翻红眼吓人的小男生。有的学生为摘红豆饭花掉队，也有孩子追逐蜻蜓跑入了旱田。小学二、三年级，正是九到十岁间最调皮的年龄。清三喜欢孩子们，将孩子们天真无邪的举动，当作自己烦扰中的慰藉。学生们也喜欢他，一见面就跟在屁股后面"老师……林老师"地叫着。

　　从学校穿过乡村抵达发户。处处可闻青缟织机的呱嗒声。有织机女探头出窗，窥望年轻白净的老师。清三身着裙裤、头戴草帽走在前面，关老师穿着脏兮兮的白色立领夏服走在学生中间。女老师跟在最后，不住地手绢拭汗。已入晚秋，天气依然溽热。到了发户村外的八幡宫，学生们炸了窝似的爬上村后的河堤。最先爬上的人，高举双手大声欢呼。秋高气爽，稀疏的松林间依稀可见孩子们陆续登堤挥手庆祝的模样。这松树为主的平原，眼中尽是利根川宽阔河面宛若画卷的美景。

　　弥勒的教师常领学生在这一带运动。孩子们在沙地上玩相扑，在草丛中追蚂蚱，或在浅滩吧唧吧唧地踩水。老师们则在松原凉荫处，有的优哉畅叙，有的翻阅新闻杂志，也有人四仰八叉躺在草原上歇息。利根川的长堤景色无奇，可这千米河堤的松原却是十分养眼的美景。既有细高的松树，也有低矮的小松。松树下是海边比比皆是的美丽细沙。一处处微隆的土丘间，是青翠草地上如画的松影。夏天，河边盛开色泽浓艳的瞿麦花，眼前有白帆驶过。

　　清三每每来此，总是跟学生们一起游戏。捉迷藏被女学生抓住围裙蒙眼，或跟同学们聚在一处唱歌。这种时刻，他没有丝毫怨艾与不安，也不再感慨自己的时运不佳。此时此刻他跟孩子们一样，怀揣着一颗无邪的童心在游戏。可今日不知为何快乐不起来。眼看着孩子们天真地游戏，他的心情依然沉重。清三感到无地自容，竟要靠年幼的孩子们获取虚无缥缈的慰藉。他坐在松荫下,眼望浩荡河水奔流而去。

某日,清三孤零零从学校回家。万里晴空,夕雾影浓,田野中芒草的白穗随风摇摆。行至拐角,对面路上窜出一个人,背着大包,系破旧的藏青色绑腿,穿着灰蒙蒙发白的草鞋,疲惫不堪的样子。他劈头问道:"去羽生镇还远吗?"

"不远。前面的林子就是……"

路人与清三并肩同行,问东问西。他要经川越去八王子,听口音像是远方来的生意人,东北地方口音浓重。

"知道附近有个村落叫森吗?"

"不知道啊。"

"那么,高木呢?"

"高木倒听说过……"清三依然不甚了解。

路人说今晚留宿羽生镇梅泽旅店。到了镇口,清三为他指明旅舍路径,遂于田圃小路右转告别。说话间,旅人大步流星地朝镇里走去,像似倦鸟觅巢。清三心里,不由得涌出一股异乡情愁。他也是旅人,同为天涯沦落客!念及于此,眼泪扑簌簌滑落清三的脸颊。

二十一

秋意渐浓。寺院境界处有片细细高高的榛树林,对面是金黄的稻田,夕阳下金光明艳。临近薄暮,通往鸿巢的县道,响起空车经过的嘎达嘎达声。紧接着,参加机动演习的步兵队、炮车队和骑兵队陆续通过。步兵在树林一角摆好了散兵线，随即响起噼里啪啦猛烈的手枪声。寺院僧堂与正殿中住下了七八个士兵。寺院后林中，拴着二三十匹马，几只饮马的四斗桶并排放在正殿前的院子里。军刀声、军靴声、马嘶声，周围瞬时喧噪起来。夜晚，昏暗中可见町里富豪家门前挂着写有"第×中队本部"的白粗布，士官进进出出，刺刀叮当响。

这样过去了一两天，小镇恢复了昔日的宁静。两三天前的周六清三照例回了行田，返校后在日记中写道："母亲刻意不提，但每次回行田，我都希望父亲能找份工作，让一家人过安稳日子。"父亲游手好闲，总让母亲独自操劳。这样的父亲叫他心烦。母亲虚弱多病、善解人意，清三对母亲充满了同情。母亲太阳穴敷着镇痛贴做副业至深夜。因而听到母亲的抱怨，清三更感觉无论付出何等牺牲都得忍耐。有时他瞒着父亲掏空钱包，把所有的零钱留在家里。可父亲终究会从母亲那儿把这点钱要回去。

两三天前回家时也听母亲提起，这边欠一元那边欠两元，这样零零碎碎的欠债令之寝食不安。

据说，《行田文学》做了四期停刊了。好不容易起步出版，石川本想坚持一两年，可是费用遽增，即使印刷厂赊账也不敢做。郁治认为撒手也好，说到底是些出于爱好的、不足挂齿的劣作。清三建议，难得出了四期，若积极争取会员的募捐或赞助，续刊的计划或能实现。但没人考虑他的意见。周日他等熊谷来的荻生君，结伴回了羽生镇。荻生无忧无虑的样子，一路上说了好多逸闻趣事。途中还肆无忌惮地擤鼻涕，娴熟得让清三大笑。他羡慕荻生的天真与逍遥。

晨雾弥漫的早晨，临近晚秋的原野，冷不丁还会热上一两天。"柿子红柑橘青。"清三偶尔在日记里这样写道。秋雨渐凉，寺后林中的漆树染红，前方树上不时落下银杏果和树叶。虽一再清扫，银杏黄叶还是飘散遍地。清三想起年幼时在故乡的寺里与小朋友一起玩耍时，就喜欢在起风的早晨捡拾很多银杏果。往昔恍如昨，他竟有种回归少年时与玩伴们一起捡拾银杏果的感觉。光阴荏苒，岁月蹉跎。他诧异连自己都成了追思怀旧之人。近来，他喜欢在学校用风琴演奏新曲，试弹了筝曲《六段》①与长歌②《贱机》，还将铁干的《残照》降调以4/4拍弹奏，听上去珠联璧合。直至夜阑人静，他还在孜孜不倦地谱写新曲。

月初，清三用部分薪水买了一个闹钟，最近，早上一到七点就醒。秒针滴答滴答，竟让他感觉闹钟成了伴侣。孤自一人归来时，闹钟在等待。半夜醒来，闹钟仍在不知疲倦地滴答滴答，仿佛契合着他的遐思与心的节奏。他在给小畑的明信片上画了个闹钟写道："这闹钟亦妻亦友，乃我今秋蛰居寺中寂寞之友。"

从学校返回的途中，淡淡斜阳挥洒在路旁的狗尾草上，彩云映在遍布着白色蓼草花的小河上。清三不由地想起独步在《武藏野》中的描写，从中有了颇多新感触。寺前不动堂的高沿廊边，簇拥着三四个看孩子的婆婆，正拍手唱着摇篮

---

① 六段即六段调，筝之曲种之一。
② 长歌是用三味线演奏的歌曲。

曲。寺后林中，夕阳的余辉明晃晃照在山门后的白墙上。

荻生常来，有时一起去街上吃年糕小豆汤。荻生见清三时时消沉，便说："其实我也并非无忧无虑。可是有些事情，多想无益。顺其自然的好。"看到清三总是一副怏怏不乐的面容，荻生为之担忧。

寺后月光皎洁。清三与住持在僧堂八叠大小房间的廊檐饮酒，耳闻寺后林中萧瑟风声。秋夜乍寒。纺织娘①声哑，蟋蟀鸣声凄切。

秋末天气渐渐凉了。行田寄来了夹袄与布袜。

二十二

小畑来信之一

今有传言（恕不提名），君与加藤妹多少有意。当真？望示知。

不日前偶遇加藤，随意问及，答曰不知。又笑道："为兄不知，却不敢断言全无事实根据。"我说隐瞒非君之行事风格。确有其事与否姑且不论，吾当助一臂之力。盼赐复。

加藤的反应不言而喻，格外热情。说是收到浦和来信将誊写片段示知。

秋末天寒，近况可好？

---

① 一种鸣虫。

来信之二

多谢回复。

"有没有那回事儿你自己考量。"这样的反问咄咄逼人。你的想法我已心知肚明。然而如下所言略显苛刻:"我讨厌那样的涂脂抹粉之人!"有人喜欢她那样高挑的背影。假如那个讨厌高个儿的人恰巧是你,又该如何是好?

虽言"厌恶",我却并不认为自己发现了什么新的事实,我不相信你真的讨厌她。你兴许觉得又是误会。可事实上并非简单的误会,传话于我者的确是可信之人。

下周六,请直接由行田乘车来此。数日前遇见白泷,又在那家荞麦面馆喝啤酒畅叙,她还问道:"林君可好?"小岛最近有信,杉山似乎又将启程前往东京的早稻田。

感谢你的赠诗:"茫然渺思武藏野,七里北向下野山。"所言向北七里,就是足利吧,正是你的故乡、不是吗?记得你曾回忆在那儿的初恋。

来信之三

君仿佛心事重重。至少近期的书信给我留下了此般印象。说是理解有误也无妨。加藤近期取别号"未央生",尚未及惊动阁下。"未央",如君所知,与"美穗"①的读音相近。

"若加藤姐妹任选其一,当选繁子——性格温顺、柔

---

① 美穗(Miho),未央(Mio)。

情似水的繁子。"这番话令人发笑,让我想起把学生当恋人的小学教师,又想起你那一如既往的小小矜持。

来信之四

不禁想起去年冬天久违的一日畅叙。

为时晚矣。莫如说,吾仅能解君心一半。恋爱非全部人生。所言极是。然又深察君之苦衷。君踌躇满志,却在涉世之初的秋日沉浸于愁寂之中。我等还有何理由怨艾满腹呢?

来信之五(明信片)

命运让你暂且妥协,但你不会永远妥协。吾深信不疑,君必有奋起之时。

茕然意气孤夜秋,丹桂香绕解心愁。

信件统统放在桌上。清三苦思。他对比后仔细分析了自己的回信以及读过回信后朋友的心理变化,更觉得自己的真心与信中呈现的状态差之甚远。他脑际依次浮现出美穗子、雪子与繁子的面容。他明白,仅以表面现象无法简单地解释世界。除非敞开心扉——不,哪怕是敞开心扉,外人也无法轻易地了解真相。即便是亲密的朋友也无济于事。他痛切地感到孤独,他痛切地感受到那种无人能懂的内心的孤寂。

寺后林中,秋风呼啸。

二十三

天长节^①学校举行了庆祝仪式。教务委员、村长、当地的志愿者及学生家长纷纷前来。敕语盒摆在桌上，旁边是插有白黄两色菊花的花瓶。依稀可见几个女学生穿着绉绸华服新衣和绛紫色裙裤，男学生穿着印家徽的和服。风琴伴奏的《君之代》与《美好今朝》，从礼堂破损的玻璃窗传出。而后，老师们站在出口把纸包的点心分发给每一个学生，学生们笑嘻嘻行礼收下。他们有的如获至宝似的放入怀中，有的拆开纸包确认，也有不懂规矩的孩子一出门就大口开吃。随后，教师与村长、教务委员在宽敞的礼堂中将桌子拼到一起，铺上从村公所带来的漂白布，按人数在桌边摆好椅子。糕点与薄脆摆在了菊花瓶中间。校工用大水壶沏了茶，来回往大家的杯里斟水。

吉庆的天皇诞辰，区区茶话会不能收场。有人提议去小川屋喝啤酒，于是教员们成群结队去了田圃环绕的小川屋。校长走在最后。小川屋的女儿挽着漂亮的发髻，美得不敢相认，手里端着现成的玉子烧之类的菜肴。每人五角钱会费，也有人自愿出五六块钱。这里可以开怀畅饮。村长与校长欢愉地谈论当年的丰收，年轻人的话题是教员资格考试与讲习会。大岛老师正要往女教师杯里倒啤酒，女教师用手遮挡，将杯子推到旁边。"就喝一杯嘛！女人不喝酒败兴！"大岛老师放声

---

① 天长节是庆祝日本天皇诞辰的节日。当时是明治天皇。

大笑。

夕阳暖暖地照在沿廊上,狭小的庭院里大朵白色与黄色的菊花盛开。旱田水田大抵已收割完毕。对面是稀疏的林荫,多处看得见枯草燃烟。路旁的喇叭呜哩哇啦,是大越往返的公共马车驶过。

清三当晚留宿学校。翌日午后开始下雨。原野中是渐渐泛黄的橡树林,雨水从树上啪嗒啪嗒地滴落。回到寺院一看,重新糊过的拉门使房间变得明亮。听说天长节下午荻生来过,花半天时间糊好了拉门匆匆离去。这样的友情令人感动,后来清三当面致谢,荻生却不以为然地说:"那有什么,屋里光线太差了啊……"

清三笑道:"我不在家,你给我打扫房间,还买好吃的,又糊拉门。你简直就像我妻子一样嘛。"住持亦表示赞同:"荻生君真的太勤快了。还那么温柔体贴,若是女人,绝对是贤妻哦。真是可惜了。"言罢,也笑了起来。

晴日里,农舍广场的打谷机风车飞转。原野上过来几辆满载的割稻车。趁天未凉,须抓紧收割晚稻、收获荞麦、播种小麦。农民心怀此念,勤勤恳恳地耕作着。十月末至十一月初,关东平原特有的寒风将至。每日清晨,草葺屋顶都覆盖上一层白霜。

租米被陆续运送到僧堂入口的广场。即使丰年,佃农们也要找点儿理由少交租米,他们已习惯这样的精打细算。他们总挑傍晚最忙的时段,马驮车载送来租米。住持在入口处打着哈哈,用粮探子从草袋中抽米到室外的明亮处查看。"这米真是不能收呀。你们那边的米,不应该这么差呀。"住持抱怨着提出类似异议。但毕竟是佃农,总能找出这样那样的理由,硬让对面收下不良租米。豆农送来豆子,种荞麦的送来荞麦粉,大家众口一词:"来年一定好好耕种,今年请多多包涵。"

"这些佃农啊,真拿他们没办法。"住持对清三说。

秋收一结束,镇里村里便热闹起来。深夜还能听到料理店三味线的琴声。赶集日农民带着闺女逛布庄和洋货铺,闺女穿着红色的衬裙。有人听说老师留宿学校值班室,便送来一盒点心,里面装满了馅饼,也有人送来一只烧好的整鸡。寺中祭财神那天,住持夫人亲自做了新荞麦面,还拿来一瓶酒。

狂风肆虐一夜,清早正殿门前,橡树与栗树的落叶成堆。银杏叶已经落光了,凄寂的钟楼形单影只。十一月末的石制洗手盆内结了一层薄冰。

清三最近发现了行田的朋友们的巨大变化。石川不做杂志后渐渐疏远了文学,有时去找他竟托病不见,又听说他最近常去料理店找女人喝酒。上周六,郁治、石川和泽田邀请清三去看最近东京当红戏角的演出。朋友间竟变得异常世故,春日里说不出口的笑谈,已可若无其事地脱口而出。郁治看似也有些沮丧。清三坐在闹哄哄的朋友中难免心情孤寂,不发一语地注视着舞台。

第二幕刚刚结束。

"我回去了。"清三说完,站起身来。

"回去?"大家吃惊地望着清三的脸。以为是玩笑,可他却一脸认真。

"怎么了?"郁治问道。

"嗯,有点儿不舒服。"

朋友们讶异地望着清三仓促离开的背影。石川却在身后发笑。清三感觉极不愉快,到了户外,才松了一口气。

此后他与郁治仍有来往,可关系已不似从前。

某夜,清三给石川写信。起初想严肃认真地写,却感到力不从心,便特意改成了韵文书写。

热血丹心犹在,豪气先泯。
霜打枯野岁寒,匿音卿等。
一妇何故痴醉,俗馨狂巷。
风发前日意气,今日何存?
无语愚痴样态,哀哉呜呼。

最后写了一个"咄"①字,再装入信封。可他又觉得以此方式警告朋友不妥,考虑良久,最终得出结论:"无聊,说了没用。"遂撕毁弃之。

初冬暖日渐少。田野刮起凛冽西风。学校向阳的玻璃窗边,前不久还有苍蝇嗡嗡乱飞,现已不知其踪。收割后稻田里的冰,有时直到下午都未融化。黄里泛红的橡树、榛树和

---

① 表达叱呵悲叹之情。

栗树林，枯叶被连日的西风刮得七零八落。常有附近的孩童在田野中拢起落叶点燃篝火。经由大越马路入羽生町的入口处望去，日光群山为主峰的野州山峦清晰到触手可及。每次走到这里，他都会驻足观赏。他的故乡足利町，就位于这波涛起伏、层峦叠嶂的群山山麓。某天，他看见故乡的山峦已有白雪覆盖。

长夜难挨，住持常来正殿闲聊。有时晚上沏好了茶，遣小僧来迎清三过去。僧堂靠里是一间六叠大小的房间，长火盆上的铁壶烧着开水，在竹筒底座的油灯光亮下，夫人在做裁缝活儿。住持则将小桌摆在一旁，阅读新出的杂志。这一屋明亮，令人忘了寺院的清寂。茶点是咸饼干或做法事得来的盐饼。文坛动向、当下作家的气质风格乃至杂志记者的大事小事，都是他们谈话的内容。一天晚上，话题突然转到了旅行方面。住持得意地说起从前的伊势之行。住持刚从早稻田毕业仅半年，就在伊势一身田那儿的专修寺中学，做了两年的英语和国语教师。住持从伊势神宫说到二见浦，又说到在宇治桥下拉网接参拜者桥上投下的香钱，还说到从前在间山①唱伊势民谣的女人用小铲收钱的故事。聊到朝熊山上的景致，尤其是月濑村的溪水整个儿因落梅变成白色的故事时，清三便被深深吸引。随之提到的京都、奈良也令之神往。住持是四月假期去的，正是祇园岚山樱花盛放的季节。

"比肩舞女颜，乍现朦胧月。"住持引用红叶山人②的俳句，

---

① 间山，三重县伊势市的地名。伊势神宫内宫和外宫之间的丘陵。近世曾为游里（红灯区）。
② 红叶山人即尾崎红叶。

津津乐道地说起新京极到三条的桥上夜市的繁华。住持说他当时买来竹皮雪屐，趿啦趿啦忘我地走在春天灯火辉煌、繁华热闹的街上。他游遍奈良名胜，看了大佛、若草山、世界罕见的青铜佛像和两千年前的寺院古刹。清三的心孤寂怅然，聆听了住持的那般观感后，对这些未曾见过的地方、未曾谋面的山水和不曾领略的风俗人情产生了异常的憧憬。他暗暗地下定决心——今生必去领略一番。此时他仿佛又看到了自己茫然的前途。

岁末渐趋临近。行田的母亲来信说，这个年底各处欠债颇多，希望他心中有数，莫乱花钱。清三的棉被单薄，寝时屈身似虾，冻得整夜脚都是凉的。清三知道跟家里说了也是白搭，现成的棉被根本买不起。本想硬着头皮熬过冬天，晚上睡觉将上衣、羽织和裙裤搭在脚上，却也难抵日甚一日的夜寒。无奈跟米寿司店借了一床四幅棉被。当天的日记中清三写道："今晚终于能暖和地睡上一觉。"

行田到羽生的路上，平原特有的寒风凛冽，狂烈的西风使人无法睁眼。周日黄昏，从行田回到家，秩父群山上富士山清晰的淡墨色姿影跃入眼帘，残阳冷冷掠过平原。途中天完全黑了下来。他孤寂地匆匆走在乡野小径，突然有人错身而过。

"赤城山呐，起火啦！"那人说了离去。

转身回望，黑夜中循着记忆的位置，果然看到熊熊的火光。山火！赤城的山火！这是关东平原寒冬将至的征兆。

清三边走边想——又是一个孤寂蛰居的寒冬。

二十四

"林哥,知道家兄和美穗子的事吗?"

雪子笑着问道。

"知道一点儿。"

清三有点儿脸红,看着雪子的脸。

"最近的事也知道吗?"

"最近……寒假以后吗?"

"嗯。"

雪子笑了。

"不知道。"

"这样啊……"

她仍在笑,却封口不再言语。

昨天放寒假,清三从羽生返回行田家中过新年。听说美穗子三四天前从浦和返回。今晨造访加藤家,郁治不在。正欲离开,却被郁治的母亲和雪子留住,说是"马上就会回来"。

清三想细问却又没勇气,心里怦怦跳。

看着雪子笑盈盈的样子,便问:

"到底发生了什么?"

"没发生什么呀……"

雪子依旧一副笑盈盈的样子。过了一会儿,她问道:

"问一个奇怪的问题……哥哥和北川的事,你怎么看呢?"

"没啥啊。"

"那你没在他俩之间掺和?"

"我掺和什么呀……"

"哦。"

雪子再度沉默。旋即又说:

"我听小畑说了些莫名其妙的事……"

"莫名其妙?说什么了?"

"其实也没什么啦。"

她的话扑朔迷离不得要领。

下午,他想索性先去北川家,便沿池沼走去。却见郁治迎面走来。

"哦!"

"去哪儿了?"

"北川家坐了坐……"

"我也正要去。"清三故作快活,"Art 君回来了吧?"

"嗯。"

两人一语不发地走了一会儿。

"到底出了什么事?"

清三打破沉寂问。

"什么?"

"假装不知道?我都听说了。"

"听说什么?"

"大有进展啊。"

"谁说的?"

"你心里明白!"

"应该没人知道啊。"郁治思量片刻,"究竟谁说的?"

"证据确凿哦。"

"谁啊?"

"猜一下。"

郁治又想了想。

"猜不出来。"

"小畑跟你妹妹说了些什么?关于我……"

"噢,是我妹妹说的呀。那个傻瓜!"

"好啦,不说那些。回答我的问题。"

"什么?"

"小畑对你妹妹说了什么啊?"

"我怎么知道呀。"

"怎会不知道?说我在你与Art之间搅和什么的。"

"哦,像有这么回事。"郁治恍然大悟似的,"说你常去北川家,会不会有所企图……"

"关于令妹,这家伙没说什么?"

"可能说了句玩笑话。具体我不知道。"

两人默默地继续前行。

二十五

清三听说了郁治与美穗子"新进展"的各种细节。约莫一个月前,郁治在雪子给美穗子的信中夹了一封长信。不久,郁治收到一封长长的回信。那晚在一家料理店喝酒,他让清三看了那封回信。信中处处是甜言蜜语,字里行间充满爱意。她说在宿舍的昏暗油灯下反复阅读了郁治的来信,还说两人尚在求学,正如郁治所言,在取得社会成功之前宜以友情相待。想必郁治也说了同样的话。清三无心细读长信,跳行浏览,在他凄寂孤独的眼前闪烁着花环般色彩斑斓的蜜语柔情。郁治却酒醉忘形,不知朋友内心凄怅,若无其事地说着得意的话。清三只好嗯嗯啊啊地应付着,心里不知是恨是气还是怜悯。

"谢谢。我会尽全力帮你的!"这话郁治重复了好几次。

"小畑都说过,还是我懂你心思。"他还说道。

郁治还说到石川最近迷恋加须的艺伎。

"这家伙最近非常痴情。你大概也知道他买了自行车,说要骑车远行,差不多每天都出去。那个东京来的女孩叫小蝶。这家伙拿着女孩的照片,视若珍宝。到底是财主家的公子,心里想的跟咱们截然不同。不学习,照样活得人模狗样。"

清三心知肚明,所谓"尽全力"那番话指的是雪子。可他并不开心。雪子那任性孤傲的神态在他的眼前闪过。不曾料想美穗子的姿影却更加深刻地烙印在心。早就料到事情会有进展,当时也曾为朋友祈愿。然而,想象与事实给他的感受却大相径庭。

清三的心充满孤寂。无论现实生活、恋爱还是学业,自己的境遇总是每况愈下。仿佛挤在了两根柱子之间般难受。开始怎么也喝不醉,后来酒劲儿上来却不可小觑。回家时,他又是唱歌又是吟诗,把郁治吓坏了。

他心里也觉得，此事当告一段落。失恋虽痛苦，却也值得庆幸，毕竟未被恋爱剥夺自由。与昔日好友心里有了一点隔阂，反而更清楚地认识了自己。

他口袋里有七元钱。计划拿出一部分补贴父母，也曾有外出旅行的计划，因此特意留了出来。岁暮将至。关东平原的小镇上每日西风凛冽。干货店内干青鱼子①堆积如山，鱼铺的台板上摆放着许多鲑鱼。这一带习惯过农历新年，所以这会儿的小镇沉寂如常，连穿红色贴身裙的乡村姑娘都不见了踪影。只有郡公所、警察局、小学以及有权有势的富豪家门前挂着醒目的稻草绳装饰。

六叠大的房间里有个暖炉，清三多数时间靠在暖炉旁。看杂志、读小说、有时还翻翻《心理学》。母亲在一旁做副业，余暇中给清三缝制棉衣，有时下午上街买来点心，并给儿子沏茶。寒风呼啸一夜，雨雪交加。父亲母亲和清三围在暖炉桌旁，倾听屋外凄厉的呼啸声。每逢此时，唠叨的母亲便会提起家里即将陷入困境的经济，反复提及家里的大笔欠款。

"这可如何是好呢？"清三长叹一声。

"买卖顺利点就好了。实在不景气，什么都不好做。"父亲说。

"真对不起你啊。每月都得靠儿子搭帮手……"母亲看着儿子的脸。

---

① 过年或办喜事时吃的。

"我已经极度节俭……连烟都不敢抽……"清三说。

"真是难为儿子了……"

"我爸得想法儿多挣点儿……"

清三转向父亲。父亲一声不吭。

家里经济的话题一出,母亲就絮絮叨叨。清三对母亲充满了同情。他反复强调借钱非良策,穷日子得穷过。最后交出了私存的三元钱。

朋友相聚,也少了从前的那般情趣。郁治常来,清三却很少出门。见面势必出现美穗子的话题,听得清三如坐针毡。时不时想去北川家坐坐,却又觉得太窝囊。想去散步,外面又冷得要命,且没有什么值得看的景色。百无聊赖,他便去隔着一户的邻家,在向阳的沿廊边与七八岁的小姑娘弹螺嬉戏。

其中一个长发、眉毛好看的小女孩,据说是调来的警部①之女,未上小学却已学会平假名和算术,《百人一首》②也零散背诵了一些,还会用她那未识风月的可爱嗓音唱情歌。清三试问一到十六的加减运算,大致都能准确作答。他不由得多愁善感起来,想象着女孩不久之后的将来。

"希望她找到幸福,有个好归宿哦。"

如此想来,顿时胸中充满了无限的哀愁。

去熊谷那天是三十号,西风强劲。小岛和樱井都从东京回来了。小畑格外热情地迎接招待。但他的心却已不再像以

---

① 警部指日本警察职级之一,位于警视之下。
② 日本镰仓时代歌人藤原定家的私撰和歌集。

前那样轻松快活。老友们不解地望着脸色苍白、语调低沉、话语消极的清三。在变得更加爽朗快活的朋友们面前,清三不禁产生了低人一等的感觉。

熊谷的街区热闹非凡。户户门前挂着稻草绳装饰。街道拐角有年货市场。橙子、稻草绳、海带、海虾,各色各样的商品醒目地映入过往行人的眼帘。每间店铺挂着灯笼。鱼铺有鲑鱼、沙丁鱼干、干青鱼子。洋货铺有堆积如山的毛线、衬衣、底裤等等。太阳下山,讨价还价的游人涌动着。

除夕早上,还是那条漫长的大路,清三揣着落寞的心,迎着西风急匆匆踏上回行田的归途。此时他感受至深的是随境遇变化的人情。去年此时,他做梦没想到会是这样,没有想到亲密的朋友关系会变得如此疏离。他最近在书上看到的一句话——人是环境的动物。当时的他觉得事不关己置诸脑后,心想怎么可能呢?然而那却是事实。

刚进家门,就看到各处来的债主。母亲一个一个鞠躬道歉。那情景真是不忍目睹。父亲无法还债,日暮才精疲力竭可怜兮兮地回家。"唉,没办法!"他长吁短叹,将不到预算一半的钱包递给母亲。清三看不下去又交出两元钱。

天黑以后,母亲将剩余的钱哗啦哗啦拢进荷包,上街买年货走个形式。一会儿就回来了,不住地说好沉、好沉。包袱里装着三块年糕、一袋沙丁鱼、五片鲑鱼,还有次日做炖菜的一公斤左右的芋头。此时,父亲已在神龛、厨房和厕所都点上明灯,火盆里的火烧得正旺。不一会儿工夫,过年的晚饭做好了。

父亲在神龛前低下秃头叩拜后坐到桌前。"我说，啊，像这样子一家三口吃年夜饭，是最大的福气。"他说完提起筷子。屋子亮堂堂的。每人的饭菜，都有鲑鱼豆腐汤和两条生沙丁鱼干。

母亲当晚还有必须赶做的裁缝活儿，夜阑人静仍在飞针走线。清三在旁边写了十五个贺年卡，最后拿出每天记录的日记本，用钢笔开始书写。

三十一日

今岁又至年关。

思绪万千，三十四年①荒度。

忧思重重不得纾解，而岁暮终至。

不得已，下定最后决心。

无言、沉默、实行。

我必须顺应天命。世道如此，无须多言。

《明星》和《新声》来了。

唉，三十四年终于过去。这或许是我一生中最难忘的一年。

打住不再多言，世事如此。唯有自言自语，兀自思量。唉。

他合上日记本搁置一旁，拿起新到的《明星》杂志读

---

① 明治三十四年，即1901年。

起来。

二十六

一月一日（三十五年[①]）

这是三年前与小畑筹划的"优美歌记"册子。至今闲置，现在拿出来废物利用，撰写今年的日记。

□ 去年，也就是昨日，认命世事如此，今日却又心乱如麻、怨艾满腹、愤懑难平。莫如独栖深草僻处自命清高。如此或被友人讥笑懦弱。可我命运注定如此。纵有反抗的勇气，但听二十余年予我抚育恩情的母亲叹息，痛感接下来两三年若任性反抗，必将留恨遗悔。如此，今年的日记就这么写下去，不再多言，只愿于世聪慧，但求世事气和。最终沉默下去。

□ 情恋最终是苦字，吾今弃之不觉悔。加藤所述心事种种，口蜜腹剑，我早就心知肚明。然与之相争必留悔恨。况且他也是世俗之人，何必与之计较。

□ 今天才给熊谷的小畑寄信。

二日

昨天与铃木彻夜细聊幼年往事。

□ 啊，让我去爱那些少男少女吧。世道如此，祈神赐

[①] 明治三十五年，即1906年。

幸福予幼童。啊，让我去爱那些幼小的生灵吧。

□ Art！如何是好？不该为浅薄的爱情相争。却又有人言，不意中也会失去冷静，意乱神迷，徒增烦恼。虚幻无常。唉！终究是徒劳。

□ 夕阳西下，细长条状的红霞升腾，淡紫终成淡墨。下方是黑森森壮美的秩父山沐浴天光。冬云寒寂，宛如恋爱失败被世间遗弃后终于变冷的心。

三日

白昼风起，梢上鸟儿鸣啭。冬野酷寒，凄风凉雨狂骤。伫立原野，观望人间冷暖。何去何从？我心唯有迷惘。夕暮迷途，祈向神明"呼救"。

四日

傍晚，泽田来访。加藤约我们去北川家玩歌留多纸牌。他不懂什么友情，就知道为一己私利出卖朋友。他还常说："君想要的，尽管说。我会尽全力帮忙。"

"没有。"我一口回绝。

那真是他的心里话吗？

五日

意外受邀去学友大会。"敬请准时出席集会。"遂起身前往。初次参加此类聚会，登上讲演台，真有点儿惶恐不安。然而最后，却出乎意料地淡定自若。余兴节目是小燕林讲谈①。

六日

与加藤、雪子、铃木君的妹妹玩歌留多纸牌。

□ 夜，户外寒冷的西风凛冽。唉，靠一己薄力进取不易，更何况还要为父母分担压力。却也无奈。命运冷酷，只好任凭狂风暴雨的侵袭。我自有考量，不会乱入你的漩涡。

> 劲松似男儿挺立，
> 志刚便不负风暴；
> 枝断勇毅根不折。
>
> —— 正直正太夫

□ 秋末冬初寒风瑟，不知南森林荫处，弟弟羸弱的尸骨可还好？今日徒有忧思却未能探访。明日又将东行。

七日

归返羽生寺。

心意已决。好一个孤寂的枯冬荒野。

□ ××子啊，御身②今安否？别笑话我。我依然钟情于御身。啊，然世道如此，唯有单相思恋孤泣寂，怎可烦扰御身。

---

① 类似于说书的文艺形式。
② 第二人称。

与住持一起吃山芋饭,促膝长谈。夜,酷寒难耐。

九日

早晨下了今冬第一场雪。

晚上,荻生君来访,给我带来了木炭和点心。人情冷漠世态炎凉,而朋友的心是温暖的。希望自己也能对朋友坦诚地敞开心扉。(是夜十点半记)

十日至二十日

近期,每十天就有一天,心绪烦乱不回寺院。非未老先衰,也并非灵悟过人有着非同凡人的困惑。从未祈求神灵,与人无多言语。抑郁。近期倦怠了给挚友写信,去行田也心生倦怠。抑郁。不作画不写诗。孤自一人过了十天。

□ 荻生君周六来访彻夜畅叙。真是个深情细心的朋友!

□ 加藤沉醉于恋爱。小畑自甘落俗。前不久他来信称:"切莫自命不凡做诗人,切莫自甘堕落为俗物。"

唉!所以我未能如愿做诗人,也未能堕落为俗人。结果,发现自己的烦闷和热情尽皆消隐。从失意到沉默,从沉默到冷静。苦笑应之。不欲言说。念及光阴荏苒,莫徒伤悲。然夜里寒风吹动着枯树,念及好运连连的友人,更觉穷乡僻壤之寂寥。罢了,万事随缘。也曾想过奋翅高飞,但静思己身命运……暂且不动或为好事。

抚平悸动乱心者是幼童、绘画、诗歌与音乐。

近期数日来，沉默寡言，独自一人苦思冥想。

他这样续写着自己的日记。自己也觉得，比之去年春天，心境与笔调都明显变得消极起来。偶尔翻阅去年的日记，有谐谑也有笑谈，欢笑的影像字里行间比比皆是。由今看来，不过是当初不谙世事罢了。

如今的他伤心欲绝，消极地想远离一切——恋爱、社会、友情乃至家庭。独守寺院正殿的这间小屋，对他来说孤寂难耐。而且，虽说不足二里路，早去晚归也让他感觉麻烦。他像个流浪汉，不时夜宿值班室，有时栖身村里酒铺，有时则返回寺里。他懒得自己做饭，只得处处吃便当，有时午饭吃些点心了事。荻生去正殿的房里探望，主人总是不在，桌上厚厚的尘土，旧刊《新声》和《明星》东一本西一本散置。住持问："林君怎么了？很久都不回来……学校什么事很忙吗？"

荻生担心，邮局事务中忙里偷闲，特意到弥勒探望。

清三看似无甚变化，平日里懒得打理的头发也修剪得十分得体。他笑呵呵地走过来说："天寒地冻的，大清早赶了来多辛苦啊。在这里和校工一起睡多好。一直可以睡到孩子们一个一个来上学。"

在那间八叠大小的小屋里，门框横木钉子上挂着旧裙裤和三尺腰带。桌上是红笔批改的学生作文，还有他才开始练习试笔的水彩写生画。下课后，校长和同僚都离去了。清三出门买来点心，两人一起享用。他一边喝茶，一边拿出两三幅拙劣的水彩写生画给朋友看。一幅是夕阳残照的学校门墙处，一幅是暮霭中若隐若现的富士山，还有一幅是学生的肖像。荻生捧在手中凝神细看，感叹道："你真是多才多艺啊。"清三还用风琴给荻生演奏了近期收集的新歌谱。

入冬后的天气越来越冷。白天下雨，入夜后雨雪交加。翌晨的校园，白雪皑皑。早到的学生堆雪人、打雪仗，喧闹非凡。美丽晴日的屋檐，麻雀聒鸣不休。雪后的道路连续数日泥泞不堪。脚上的高齿木屐也常常陷入泥泞难以挣脱。公共马车疾驰而过，车篷都溅上了泥点。

桌前拉门上的残冬日影，给清三的心带来些许沉静，终于从极端消极的心态转变为"尽人事听天命"。伴随叹息与眼泪的是静寂与恬然。雨雪交加的夜半，他想起慈祥的母亲。"霏霏雨雪寒梦醒。（妈妈你好吗？）"又在日记本上写了如下语句聊以自慰："冷寂夜半床，心静自然消苦愁。""溯往昔虚度，不幸有幸尽消弭。"某日日记中又写道："昨夜网罗一只老鼠。可怜的家伙。莫非也是难逃宿命的不幸儿？或有人悄悄救汝于劫难，我或许就是那个冥冥之中的有缘者。可怜的老鼠啊。与其夜夜迷途觅饵，不如就此落网而终。呜呼哀哉！"他星期天不回羽生寺院也不回行田家中，在值班室过夜。如此留笔："今儿周日。再度于此夜宿。一觉睡到大天亮。"

据说郁治、樱井和小畑都去浦和参加了高等师范的入学考试。适逢孝明天皇祭日，回到久违的行田，竟连一个说话的朋友都没有。雪子出迎，还是那副败人兴致的样子。清三觉得，开朗天真的繁子让人更舒坦。返回时，母亲让他将前日精心炖制的鲫鱼甘露煮①装入盒内带上。

近日，他孤独过活，宛若隔世。连报纸都没人送。第五师团的掠夺问题、青森第三连队的雪中行军冻死问题乃至矿毒事件，每天以二号字见于头版、二版新闻。平日里他是忠实的读报者，会把各种报道当作聊资或记入日记，如今却觉得一切都无关紧要。从别人那里听说了什么，也只是不加评论地应一句"是吗"。那本爱不释手的泪香的《岩窟王》②，也是看过一半就弃置一旁。学校庭院后有片约五十坪的竹林，夕阳时时透过竹叶射入值班室。某夜，对面农舍传来老爷子的喊声"福进来，鬼出去"。

"啊，今天过节……"③

清三这才拿出正月报纸附赠的绘图日历。他就这样疏离世事地活着。

每天下午四点一过，前面澡堂的板木声，就在这僻静寒冷、颇多草葺屋顶的乡间街道上响起。

清三陪羽生的住持饮酒。他想说——

"如何？要不做一件风靡社会的大事？做什么再商量……无论自己干什么事业，改良社会也好，救济思想界也好，无论做什么，都必须有活下去的物质条件。毫无疑问，需要靠尽力贡献社会获取相应的报酬。那么，自己是通过自己的努力，

---

① 甘露煮是日本传统的一种煮鱼料理。
② 泪香：日本翻译家黑岩泪香（1862—1920）。《岩窟王》即大仲马著《基督山伯爵》。
③ 在日本是指各季节的分际，即立春、立夏、立秋、立冬的前一天。在此特指立春的前一天。"节分"时一边喊"鬼出去，福进来"，一边撒豆，驱除邪气。

逐渐由小学教员成长为中学教员呢？还是应当满足于高尚美好的小学教员生涯？"

他一方面希望自己也像多数的朋友那样轰轰烈烈地走向社会，另一方面又想把小学教师作为崇高神圣的职业，认为与天真纯洁的孩子们为伴一生一世也是理想的生活。他还产生过一些叛逆的念头，想要脱离朋友，脱离爱情，脱离社会，刻意孤独地了此一生。

某日，校长跟他说："怎么样？既然每天都睡值班室，不如从寺院把行李搬来，到这儿还能自己做饭呢……这样，我不用特意安排校工值班了，你也省下房租钱。更重要的，你不用每天两里多地来回奔波了呀。"最近羽生的住持也说："到底如何打算？这样空着还收你房租，过意不去啊……而且，冬天来回跑实在太辛苦啦。"清三深感，当初寄宿寺院时的心境和如今的心境差异太大。比之当时，期望、目的和感情都已大相径庭。《行田文学》停刊，文学群友鸟兽散，自己也很少再读文学书籍，更多时间用在了绘画写生、收集乐谱和风琴练习上。他也不想频繁地常回行田。当月中旬，他把棉被与书箱从羽生的寺院搬到了学校。

二十七

"想不到是喜平先生，怎么会有这种事啊……"

"是啊，今天早上我还见过他呢，带着网，我还跟他搭话了呢。我说：'辛苦啊！这么冷还去捕鱼吗？真是不可思议啊！'"

"怎么会发生那种事呢？"

"对啊，那儿就一条水沟，什么都没有。"

"到底在哪个位置啊？"

"哎呀，就死在西边勘三家田里的水沟嘛。半身戳在深泥里，垂着头，早都冻硬了。"

"真没想到。就这么死了啊。"

"今天啊，不是赛日①嘛。许是命中注定。"

"我也觉得啊，今春是不能去捕鱼的……"

小澡堂子雾气氤氲。村民们扯着此等八卦。所说的喜平，是住在村头小屋里五十岁上下的老爷子，靠捕小鱼和泥鳅卖了糊口度日。他每天身上脏兮兮的，背个旧罗网去小河或水沟捕捞，路上遇见学校的老师或村公所的人，总是毕恭毕敬地行礼致意。听说今天冻死在水沟里。清三泡在浴池中，听村民们说东道西，不禁产生了反感。干嘛对已经死去的人品头论足，议论人家的出生、经历乃至死亡，还活灵活现地描绘着老人拉扯旧网、僵直于泥潭的死相。白茫茫的热气中，听得见水滴落入水槽的声音。

二十八

一天的课结了，同僚也大抵回了家。清三与校长在值班

---

① 正月十七日和七月十六日，日本参拜阎魔的日子。

室说话。这时,卖杂鱼的小贩来了。

"先生,鲫鱼便宜,不买点吗?"

推开拉门,满脸堆笑的老爷子站在门口,竹筐放在一旁。

"鲫鱼?不要。"

"便宜点卖您,买点儿吧。"

校长回头看了看清三说:"你要吗?便宜的话少买点儿,做甘露煮倒也不错。"说完,两人走到沿廊看鱼。

两个竹筐里横七竖八的鲫鱼三五寸长,金色的鱼腹闪着光亮。

"有点儿太小了。"校长说。

"小吗?这样大小做甘露煮最合适。而且是板仓产,鱼骨很软。"

校长认定这种鲫鱼质量好。渡过利根川再走一里地有个池塘叫板仓沼,池塘边有祭雷电的神社。那一带沼泽地比利根川的河床还低,小池塘比比皆是。这一带的住民都知道,上州游来的鲫鱼和小杂鱼鲜美可口。

"几折?"

"七折不贵吧?"

"七折贵啦!"

"就七折吧。分量给足您……"

"五折的话就买一点儿。"

"五折?哪有那个价?互相让点儿吧。"

清三忍不住笑了。这校长太会讨价还价。最终以六折成交,校工拿来了木桶和研钵。秤杆上翘,鲫鱼鳃一张一合。

老爷子接过钱，挑起变轻的竹篮离去。

"便宜，便宜！这些炖了够你吃十天呢。"

校长说着抓起一条最大的给清三看。

"上州的鲫鱼真好！鱼鳞和这边的都完全不同。"

校工分出一半装入小桶，提到校长家去。

那天，清三的时间都放在了鲫鱼料理上。在菜板上去鳞，铁扦子串好，再放到地炉里烤。校工在一旁利落地编织草鞋。有两三条鱼特别大，一根铁扦子只能串一条。烤到薄薄起皮，便放在草垫上。

"真不少啊。"清三数了数，"总共十九串。"

"值了。校长真是还价高手。这么好的鲫鱼六折啊！"

校工在一旁插话道。清三说要试试炖煮，小锅放入五串，再放到气炉上。睡前尝了尝，骨头还很硬。

对清三而言，自己做饭的确轻松实惠。多数时候，他是吃豆腐、油炸菜和咸鲑鱼。鲫鱼甘露煮是第二次做才成功。糖放多了，分到品尝的校工说："吃林老师的甘露煮像吃点心似的。"

学生常带给他来萩饼和盐饼，有的则带玉米面或糯米粉馅饼。他一心向学，认为乡下也好，东京也罢，这一点上并无差别。他认定自己的求学心不亚于那些让父母出学费的朋友。他孜孜不倦地研习心理学、伦理学。然而因为难以推脱的请求，清三开始给高小学生教英文。许多学生便带上国家通用课本一、二册登门求教。以致后来必须节省时间，晚上将学生叫到值班室集中授课。

二月末梅花初绽。打开拉门，花开竹丛，春风送香。

一日坐向案几前，
穷乡僻壤故里念。
心中惆怅何人诉，
白梅枝头竞芳柔。
孑然一身孤寂有，
春歌低吟向天求。

他低吟着将这首歌记在了日记上。一股寂寞的思绪盈满心头。乍瞥见身旁过期的《中学世界》里，有张梅花背景的乡村少女明信片，即拿来抄上了前述歌谣并题名"未识都市的乡间少女"，想要寄给浦和的美穗子，却想到那里的女生宿舍监管严苛又作罢。忽想起美穗子的姐姐伊与子喜爱音乐，与他有过两三次书信往来，遂谱曲寄送给了她。

傍晚在校园散步，轻声哼唱自己作曲的歌，每回哼到"春歌低吟"时，便不禁落泪，眼前浮现出自己孤寂无常的境遇。

最近，朋友的来信也少了。不久前去找熊谷的小畑，两人的处世理念亦大相径庭，因而也变得疏远起来。郁治来信必提美穗子，因此同样懒得回复。相反与弥勒的人们却有了信赖感。无论去谁家，都"老师、老师"地叫着他，亲密无间。而且同僚中那位师范毕业、自命不凡的教员调去了加须，没了讨厌的人，学校的气氛融洽，令之身心合意。

无论节假日还是星期日，他几乎都在值班室。过了利根川再走一里多地，就到了高取天满宫。三月初大祭，附近的人都去参拜，院内挤得几无立锥之地。清三以前去过一次，有杂耍的和摆摊的，神社的鳄嘴铃回响不绝。父母带着孩子祈求学业有成。每逢大祭，学校都放假。下午，清三在值班室写信，参拜返回的学生三五成群顺路来看他。

二十九

发户村里织工颇多。每逢集市，持布百反①以上的织户至少七八家。当然这里的织户并非比屋连檐聚成部落，乍看与普通的农家并无太大的区别。织坊周围是蚕豆田和豌豆田，夏天则种满茄子与黄瓜，宽大的玉米叶子随风沙沙摇曳。

走进织坊一瞧，与想象的大相径庭。若干蓝色的染缸搁置入口，染匠在忙碌地染线。白线堆积如山，一旁雇工在利索地分选。看得到放置布匹的大柜橱。

屋前庭阔，高晾竿整齐地排列数行。清早，蓝色染线晾晒成排。缫丝机响声骤如雨，耳旁闻处尽皆噪声。

织坊周边，此起彼伏织布机杼声。

比之邻近村落的荒寂，这里相反活力充溢。有钱人多，从外乡来的年轻男女自然也多。

附近的人都说发户村风气不好。《埼玉新报》第三版，每

---

① 布匹的长度单位。一反约宽34厘米，长10米。

月必有发户村一两件新闻，或是织坊的老板强奸女工入狱，或是越后女子与上州男子利根川断崖跳河殉情。临街的地方，还有几家达摩屋①。

八月，每晚都有热闹的盂兰盆舞会。在学校值宿，舞会的喧闹声震得附近礼堂的玻璃窗嘎啦嘎啦响，闹腾到夜里十一点都不消停。去年九月清三值班，适逢月光皎洁的夜晚，垣墙边耳闻雨丝般虫鸣。

"发户的盂兰盆舞会很热闹。林老师去过吗？得去体验一次呀……不过林老师这样的靓仔要小心哦，袖子都会被拽掉的。"杉田老师打趣道。然而清三并没有那般欲求，耳朵里充溢的只是那半夜三更都不消停的奇怪的喧闹声。

此外，清三还听说过一些关于发户的故事。说是一两年前曾有一个帅气的男老师值班，发户的女人竟三五结伴来学校觍着脸找那位老师聊天。发户的学生也让人感觉风气不正。那里的学生特立独行，不懂礼仪。有的在教室里哼唱低俗的歌曲，被责令端着一碗水罚站。

春天原野上紫花地丁盛开，清三开始散步。他戴着茶色破帽子的清癯身影时常可见。农民们不时看见学校的这位年轻老师驻足野川桥，呆呆地凝神仰望落日云霞，有时一大早遇见他走在村公所对面的路上，有时见他与村公所的杂役站着说话，有时见他与田里的农人寒暄，也有时见他带着学校的两三个女学生林中采花捆扎成束。

---

① 私娼旅馆。

一次在弥勒原野的丛林一隅写生,描绘夕暮时的天空,近旁的学生一个接一个地聚拢过来。

"啊,是老师是老师!"

"老师在写什么呢?"

"啊,原来在画画儿!"

"在画那片云彩呢。"

"画得真好啊!老师。"

"那当然喽。老师嘛。"

"啊,画的就是那朵云。"

"下面是那栋房子。"

清三默不作声地运笔作画,学生们自顾自说个不停,也有孩子不解地盯着老师的脸,不知道老师为何画得那么好。翌日到学校,这些学生就对其他的学生炫耀,仿佛发现了什么新鲜事。于是有学生缠着说:"老师,把昨天的画给我们看看吧。"

清三渐渐熟悉了附近的一切,知道了丛林深处竟然有户人家。富农家的橡树篱对面,有条岸边栽有杨柳的小河,高小二年级成绩最好的女学生,家就住在那里。她家的水井边杂草茂密,井上架有汲水的吊杆。有一次恰好这家的女孩儿从里面出来。"你家在这里啊。"清三说着正欲离开。女学生喊道:"妈,老师路过咱家哎!"母亲正背身在小河边忙着洗什么东西。

通往加须的路旁有农田、森林以及沿街的榛树。他不时在橡树林发现深色的紫花地丁,便连根取出植于书桌的花盆中。走到村头，街道穿过平坦的田地，看得见微风中扬起的白色尘埃。不时有收购织布的大车和疲劳的旅客经过。

一天夜里，学校前方拉响了急骤的火警。到竹林前看，天空通红一片。不久便知是手古林起火。翌日散步，清三突然发觉自己正站在烧毁的废墟前，是一处起火的家屋。这家屋临街，屋旁搭建了稻草小屋。废墟中散落着灰烬和烧残的柱子。井畔多半烧毁的水槽边，衣带束袖的女人正手脚利落地清洗餐具。棚内有村民进进出出。他边走边想，这是宁静乡村的突发事件，一夜大意即令全家命运受到重挫，真是令人揪心。在金钱至上的乡村，要盖一户新房必须艰苦劳动一辈子。他把只懂得追求功名热衷学问的熊谷和行田的朋友与这些艰苦度日的凡人比较，接着联想起每日见报的名流的生活。谁都想成为名流，谁都想过上好日子，可平凡过活的人毕竟大多数。他并不想牺牲全家，尤其是羸弱母亲的幸福去追逐什么功名。他宁愿过自己平凡的生活。他这样想着，继续往前走。

寒日里，人们想挖出冻死水沟淤泥的老爷子。那里芦苇和茅草发出新芽，青蛙扑通扑通地跳进水里。森林有座荒庙，林子一角还能清晰望见富士山，盛开的紫云英铺满一地。清三兀自住着并不打听，村里的大事小事也会传入耳中。谁家的女人苦于家事投渠自尽，路人诱骗女佣拽入林中强奸，一伙三人强盗持刀闯入上村富农家捆绑主人与夫人抢走财物，蚕茧捐客与女招待殉情等诸如此类。越听越发现，原本以为和平幸福的乡村，也有人活得辛酸悲哀。他逐渐认识到地主与佃农的关系，意识到富人与穷人的巨大差距，原本以为大自然恬静怀抱中的乡村生活是纯洁理想的，没想到竟然同样是明争暗斗的名利场。

另外他还发现，乡村是个出乎他意料的淫靡不洁之处。人们说长论短间多是此类事件。谁家女儿怎么啦，谁家老板娘与谁谁私通啦，谁谁在某处纳了小妾啦，为小三夫妇争吵不休闹翻天啦，不绝于耳。而且证据就在眼前，可以证明并非谎言。

有一天，他又带学生去利根川河畔，当晚在日记上写了这首新体诗。

> 松原辽远日暮时，
> 利根渌波流去缓。
> 幽寂遥望乡村苦，
> 栖居庵寺有一年。
> 舍弃幻情与尘世，
> 无怨无悔孤一人。
> 惆怅好歌谁人唱，
> 憔悴哀愁不生怜。

他常常悲天悯人，心中却少有幽怨。村里年轻人深夜赶路四余里到栗桥河对面的中田寻花问柳的故事，他听得饶有兴味。住在大越的老训导，酒后总会带着潇洒的口吻说起附近的妓院。群马和埼玉两县曾大力鼓吹废娼，因此辖内达摩屋发达而无妓院。足利的福井太远，佐野的荒町又不方便，因而此地的年轻人寻乐，只能去茨城县的古河或中田。到中田可搭乘前往大越的公共马车，沿大越河堤步行二里余地，渡过利根川即是中田。老训导笑道："统共也就五六家店吧。从前奥州街道繁荣时，那里可是热闹非凡。如今不行喽。我年轻的时候常去呢。总在傍晚渡船过利根川，水面上晚霞掩映，情趣超凡呢！"

老训导有时还说："现在的年轻人真不会玩儿。许是一做学问，就没兴趣做那种蠢事儿了。扯上了绛紫衣裳庇发的女学生，弄不好进退两难身败名裂。可是只会读书，对年轻人也是有利有弊啊。弄不好也会神经衰竭，不是有人跳了华严瀑布嘛。培养一堆青葫芦脸似的青年，有学问，思想也高尚，屁用！焕发年轻人浩然之气的活力，却早已丧失殆尽呀。"

清三只顾读书面色苍白，时不时孤苦伶仃踞在值班室。老训导笑道："过度用功会得肺病哦。出去玩玩才好。学校老师同样是人。被道德伦理绑架，会失去生命力的。"老训导还告诉他，校长刚从师范学校毕业，没与现在的妻子认识时，与川越一个厉害的陪酒女扯上了，眼看就要败露才转了学校。另外不久前还在这里的师范毕业教员看上了小川屋的姑娘，每晚都神采奕奕地外出。住到值班室，清三有了形形色色的耳闻目睹。他渐渐了解到一些在中学校园、在家里、在朋友圈乃至在远离世俗的寺院正殿无从知晓的事情。

清三是在田野可以耳闻插秧歌的时候开始到发户一带散步的。樱花散落，新叶的明艳色调装点了乡村。路口处，村里的年轻人站在织机女面前说着什么，女孩儿却不以为然地只顾运梭。织户门前停着一两辆收购青缟的大车。晾竿上成排挂着的蓝线沐在初夏和煦的日光中。扑面而来的是蓝靛花的气息。竹林深处，似有若无地传来悦耳的歌声。

清三觉得，这里与加须街道方面的感觉截然不同。加须那边僻静没人气，半天见不到一个姑娘身影，总之缺乏活力。发户这边却不同，有家家户户此起彼落的缠线声与织布声。离村子不远的田野里有间饮食店，傍晚路过，总有两三个年轻人在那里喝酒。店主无精打采地跟食客闲扯，老板娘在斥责脏兮兮流着鼻涕的孩童。

发户招牌右边还有下村君、堤、名村等几个闾巷。茅草屋顶散布各处寥若晨星。利根川流经此地稍向北偏，因此离河堤较远。河堤上与发户河岸一样，红松居多，矮竹繁茂。朝露浸湿的草原，蓟花和瞿麦花绽放。

附近的人常看见清三在堤坝上悠闲散步的身影。进入松树丛生的平原，他坐在草地上，失神落魄，望着眼前的白帆徐徐移动。河堤下精气神十足的婆婆搭话说："学校的老师吧，脸色怎么这样苍白？想女人了吧！"

织女们也纷纷议论清三的俊秀，还有人特意出门等着遇见他。下村君闾巷入口处，大和障子拉门半开，屋内有位女孩终日织布。她十八九岁，圆脸，水灵灵的大眼睛，黛眉秀整。清三总是特意从她门前绕道，女孩也会回头去看清三。

有一次，清三正要从原上返回发户，迎面过来三个织女。清三若无其事地走过去，女孩们咯咯直笑。一个女孩用手戳了戳旁边的女孩，被戳的女孩又戳了戳另一个女孩。清三只是觉得奇怪，依然挥着手杖不急不慢地往前走。坡道两旁是繁茂的橡树嫩叶，在美丽的夕阳下闪闪发亮。擦肩而过时女孩们侧身让路，强忍住笑望着清三。清三这才意识到，她们是在挑逗自己，没有恶意。他没有受到侮辱的感觉，也不觉得尴尬，反而感到轻松愉快，甚至想索性与她们打趣逗乐。走走两三米远，女孩们哄然大笑。清三回过头去，最年长的女孩笑着向他招手。他回以微笑，女孩儿竟觍着脸凑近了两三步。

"学校的老师！"其中一人说。

"林老师！"

"林老师好帅！"

其他女孩接着说。连姓名都知道，清三很讶异。

尤其是"林老师好帅"这句话，让他深感意外。走到转角回头一看，女孩们正凑在坡道上朝这边张望。

他想起曾有耳闻，河对面上州赤岩一带的女人风骚没教养，单身的学校教师在那里不宜久留。若有老师单独寄宿，夏夜里会被五六个女人硬拽出门。没法子天一黑就得锁门。这是曾在上州就职者所言。他一边走一边暗自发笑。

那里也有一两间达摩屋。白天，脸色苍白的女人衣冠不整地从店里出来，到晚上又梳妆打扮成标致女人，换了人似的与客人打情骂俏。夏天将至，店前棚下放置着长板凳，牵牛花在薄暮中显得尤其醒目。

"你怎么啦？最近……"

"没怎么，忙得要命啊。"

"都抓住把柄了，还抵赖……"

"什么把柄啊？你说呗。"

"可恶，真是个负心汉！"

女人啪地拍了一巴掌男人肩膀。

"哇，好疼！蠢货！"

男人想回手，女人躲过。男人的手与女人的手腕缠扭在了一起。女人身子一歪，在板凳外叉开了腿，露出红色的衬裙和白嫩的大腿。

清三旁边经过，佯装没有看见。

夜晚更是惊人。路旁几对年轻男女站着说话。黑暗中随处可见白色浴衣，笑声此起彼伏。

今年暑假将至。小畑和郁治通过了高等师范入学考试，九月将去东京。樱井考上了浅草的工业学校，录取通知五月就到了。清三不想流露内心的烦闷，给他们三人写了贺信，平静自然地表达了祝贺。六月回行田，见过郁治几面，却没了从前的亲密。见面依然你好我好，推心置腹，可分别后思念不多。渐渐地，来往也就变少了。

与美穗子也曾见过一次。她两颊变胖了，眼睛里带着和善的表情。可清三的心已经不再为之触动，只像遇见一般相识的女孩那样打了个招呼而已。转眼到了八月中旬，郁治去了东京，石川因近期患病去了镰仓。留在熊谷的，都是在校时也不太熟悉的学友。清三百无聊赖，想到出门旅行，却又不忍看着母亲苦于家计，便递给了母亲五元钱。钱包里所剩无几，连附近爬山都无法实现。八月二十日回了弥勒，心想与其躺在狭窄溽热的家里，不如去学校的值班室。那里通风良好。途中去了久违的成愿寺，住持正在午睡。

他们在通风好的十叠大的房间说话。住持拿出啤酒招待他。突然一个梳庇发，穿紫色绢绸箭羽纹和服与白布袜，年约十六的白肤美女走出来。

归途遇见荻生便问起，荻生笑道：

"啊，那是住持的侄女，从东京来过暑假的。与乡下的土姑娘不同吧。显得摩登洋气。"

荻生还是从前的荻生，在街上点心铺买了糕饼请清三吃。天气热，邮局的事情又忙，没有暑假，荻生竟毫无怨言。朋友们纷纷远赴他乡，他也不羡慕。清三觉得自己比不上荻生那般顺其自然，毕竟心有不甘。无乐趣，无嗜好，心平气和度日，他是无法接受的。那天荻生说："无聊啊。到酒馆找个女人喝酒，怎样？"

"喝酒也没意思。"清三回绝了。

清三心怀不满，顶着酷暑，走上没有树荫的土路回学校。

三十

盂兰盆舞会热闹非凡。连续几天都是皎洁似水的晴空月夜。鼓声伴着歌声响彻耳畔，那股热闹劲儿，让人无法继续待在空落落的值班室。清三抵不住诱惑出了门。

舞会的场所是村子正中央的广场。远近村民纷至沓来。

鼓声敲响后,头戴白布巾的男女手拉手围成圈,踩着节奏跳起舞来。跟着轻车熟路的领唱,所有人包括清三都在专注地舞动。

九点过后,聚集的人越来越多。有人累了退下,便有新的舞者前仆后继地加入。舞圈渐渐扩大,鼓声愈发响亮。高挂的月亮,照亮了广阔的田野,继而照亮了整个广场。黑黢黢的树影掩映地面,树影斑驳,舞者在树影间晃动。

村里人头攒动。清三不意间想到《万叶集》[①]中的烟花柳巷。男人各带一个女伴行走,若无其事地说着猥亵的话题,忘却了俗世羁绊,充满了一夜狂欢的气氛。垣内亮起灯光,传出笑声。迎面走来三四个女孩儿。说时迟那时快,有人扯住了清三的衣袖。

"学校的老师!"

"林老师!"

"美男子!"

"林先生!"

瞬间就被暴风雨般的声浪包围。有人抓住他的双手,有人在身后推搡。女孩们白净的纤手牵在一起,将他团团围住。他想挣脱,却被她们生拉硬拽扯出四五米。

"干什么啊?蠢货!"

发火无用。月光照亮这群你争我夺的女人。女孩儿的狂笑声及吵闹声不绝于耳。

---

① 日本现存最早的诗歌总集。

"啊，小妮子们捉弄学校的老师呢！"有过路人笑道。鼓声伴着歌声，气氛愈发高涨。

三十一

秋季皇灵祭①翌日是星期日，遂两日连休。大祭日，清早就是好天气。清三去大越的老训导家里玩，主人用啤酒招待。返回时四点已过。

大越的街区与老旧污秽、窗檐低矮的弥勒雷同。夕阳之下，去往羽生的公共马车驶入连檐街，车站正在下客。陈列着柠檬汽水的肮脏的茶馆边，有间老字号大店出售马具、铁铲等。田野中红蜻蜓成群飞舞。

利根川河堤距此不远，仅两三百米距离。清三突然想起什么，小径右转走向河堤。翌日是周日，回不回行田两可。他早就跟老训导和校长说过，今明两天因故外出。口袋里还有昨天刚发的半月薪资。好机会！念及于此，不禁心头一颤，仿佛出现了某种新的希望。

登上河堤，利根川美丽的夕阳掩照。或许是内心希望的触发，清三感到波光的闪烁、河面的色调、浓郁的氛围等，皆与自己跃动的心情合拍。风帆半鼓，伴着落日徐徐下行。澹澹水波，大河上飘浮着初秋才能见到的大朵白云，对岸的人家、白壁的土仓、森林与河堤，浮漂似的呈现在苍茫的空气之

---

① 天皇秋季祭祖的日子。

中。河堤草丛内蝈蝈鸣叫。

　　堤上处处是松林、渡船小屋、橡树林和草葺屋顶的农家。渡船上有两辆附近常见的收购青缟的大车、一辆自行车、两把洋伞，还有一个年约四十、商人模样的男子。耀眼夕照下，男子用手遮掩阳光。船行至下游，有一处浅滩闪闪发光。

　　路途遥远。每当河上云团突变，每逢水流悠悠曲转，河流的形象都会随之变幻。夕阳渐低，水色渐变灰蓝，空气沁人心脾。清三不时回望自己拖在草地上的长长身影，心中有反思也有自责。他还不时停下脚步，怒斥自己甘于堕落的心态。他想起行田的家和东京的朋友，掏出兜里汗污的钱包，确认装有半月薪资后微笑出来。两元钱足够。之前他略有耳闻，青阳楼是中田最大的一家妓馆。他知道那里美女如云。止步的力量强大，诱惑的力量更强。在心与心的战斗、情与意的相争、理想与欲望的纠葛牵扯中，清三的身体像被某种强大的力量驱使，一步一步朝前走去。

　　渡良濑川与利根川交汇处，水面平阔，尤显大河气势，不负"坂东太郎"①之盛名。夕阳西沉，对岸河堤尚余微弱残照，方才的晚霞留下了几片边缘泛红的碎云不安地飘移。白帆惆怅，滑行在深碧河面。

　　清三穿着透绫羽织，外罩一件碎花白布衣，头戴廉价麦秆草帽，匆忙走在河堤的草路上。草丛里蝈蝈鸣叫，金钟虫鸣啭，蝗虫飞蹿。夜幕将至，行人稀少，他清瘦的身影

---

① 利根川别名。坂东是关东的旧名，太郎是长子之义。

浮现在浩瀚大河为前景的画面中。堤坝与河床之间是常被河水冲刷的平地，这里生长着红豆、黄豆和高粱。突然一声轰鸣从河面传来，只见前方长长的栗桥铁桥上火车吐着白烟通过。

下了河堤，来到一个叫旗井的村落。天黑了，灯亮着。一位农家的年轻村妇将面盆端到墙根，嘟囔道："好久没这么热了，像是到了夏天。"她在墙根哗哗地开始冲澡，黑暗中依稀可见洁白丰腴的乳房。走到铁路的道口，值班人打出了白旗。刚穿过铁道，就有上行列车风驰电掣呼啸而过。他途中几次打听前往中田的渡口位置。入夜后，胆子更大了，后悔之念已没有踪影。赫然发现路旁有间脏兮兮的小餐馆，便入内喝了一瓶啤酒，吃了三碗面。老板娘特地出来为他指明前往渡口的路。

初十前后的月亮，挂在河对岸森林的天空。皎洁斑驳的月光，照亮了渡口的船舷。不时吹来飕飕凉风，舒缓的摇橹声阵阵传来。岸边一排二层楼房，月光中黑黢黢的屋顶轮廓分明。

越过河水传来的弦歌声，在清三的心中激起涟漪。

船上乘客的脸在月光的映衬下显得苍白。船夫弯腰摇橹，嘴上叼着的烟袋闪烁着点点红光。

十分钟后，清三出现在格子窗前。窗内站着一溜清一色红服的女人，浓妆艳抹。清三从这家走到那家。穿过狭小的格子拉门，羽织袖子险些被扯破。这些夜夜接客的不幸女人面对的是为解身心饥渴、可耻可怜的自己。他不由得耸了耸肩。烟花巷里熙熙攘攘。看到熟客，女人们就招呼道："喂，是您呀！"有人凑在格子门边窃窃私语，有人威严地步入店内咚咚咚上楼。二楼传来喧闹的三弦声与鼓声。

五六家妓院并不多，一览无余。最后边略靠里的一家，格子窗前放了一盆金钱蒲。两三个村姑模样滚圆肥的女子并排坐着，满脸拙劣的浓妆艳抹。店后有五六家低檐的草葺屋顶民舍，不远处便是暗色调的旱田。清三至此往回走。路上见到的形形色色的女人浮现眼前，心想进了店就会选定其中的某个女人。可他终究下不了决心入内。没有经验的他多次下定决心，也诅咒自己的怯懦，可终究无法横下心入店。最后只能装成并非寻花问柳客，大步流星地离去。即便如此，也会留意心仪女子所在的格子橱窗。

他来到河岸渡口处伫立片刻。皎洁的月光泻在码头，码头上是停靠的渡轮和依次上岸的旅客。他想过索性乘船返回，又觉得未能实现目的打道回府太过窝囊。耐着酷暑步行二里多地白跑一趟让人憋屈。就这样返回，真的心有不甘。等待渡船返回的当口儿，他站起又蹲下焦躁不安。

终于一咬牙下定了决心。他看到那家店里走出两个揽客的伙计。晃眼的大灯照亮了清三的身影，格子窗里的女郎一齐将目光转向了这边。店内的接客声和相关的一切都令他着迷。稍后他被领入了一间空房，问及"熟悉的姑娘"时，好歹说出了"右数第二个"。

右数第二个名叫做静枝。她娇小白净、发型时髦，是这家店的当红女伶。眉毛的间距稍远，让人不禁感觉暗藏着美穗子的些许风韵。

　　清三对这里的一切感到新奇。拉客这件事便很有趣，客人来了女人立刻贴坐身旁也十分怪异，更稀奇的是送来一份主菜，竟是装在大盘里的一丁点儿小寿司。他担心被女人看出是新手，违心地打趣说些俏皮话，装出一副风俗街老手的模样儿。然而二楼晃悠的中年女人，一眼就看出他是个新瓜蛋子，因为他闷着头只顾饮酒。

　　厕所在楼梯口，同样摆着金钱蒲盆景，还挂有钓葱草。玻璃灯箱内亮着五分芯的油灯，红鞋带草屦并未见水，却总让人感觉湿唧唧的。厕所设有濑户青花瓷品质的高雅大便器。消毒剂的浓烈气味掺杂着臭气扑鼻刺目。

　　女人的房间六叠大小，在二楼走廊顶头。屋里有个旧衣柜。长火盆炉内铺有镀锡铁皮薄板，火盆上挂着附近一带生产的廉价水壶。旁边近处，搁着一本《女学世界》。清三拿起来翻看，是去年六月发行的旧刊。"你还看这个呀，真不错！"女人莞尔一笑。清三觉着笑容很美。房间后面是晒台，微倾的下弦月照在那里。隔壁太鼓与三弦的声音，听着十分热闹。

三十二

　　翌日午后待要离开，女人临别私语："记住我哦。过两天，可一定要来啊。"昨夜，女人床边诉说不幸，那倾诉流入了他的心扉。

　　他总觉得过渡口出栗桥，按昨日的原路返回有些不安。

他担心在河堤上没准儿遇见熟人，说去行田却走相反的方向，难免被人起疑。因此他选择昨晚打听到的鸟喰路线。那女人把他当作熟客，跟他推心置腹地说了很多话，告诉他自己的父母住在古河附近。她回乡下都要经过鸟喰。鸟喰河岸，有去上州本乡的渡良濑川渡口。从那儿去大高岛约莫二里地，比走栗桥或许反而近些。年年大水都会淹没的没有树影的低洼地带有块叶子半红的桑田，清三的草帽在桑田里若隐若现。前方有水田也有旱田。河滩草丛里蝈蝈鸣叫。

站在河岸的渡口处，可以看见红色的云团在河面上静静移动。对岸河堤上，有个行商模样的男人背着大包精疲力竭地行走。他身披蓑衣，藏蓝绑腿上沾满了白色尘埃。利根川与渡良濑两条大河交汇此处，水势浩荡清晰可见。从这里也可以看见栗桥的铁桥对面中田烟花场所的屋顶。他停下脚步，想起了刚刚告别的女人。

穿过本乡的村落，沿路又上了河堤。昨日在对岸是顺流而下，今日在此岸则是逆流而上。清三不禁对比起昨日与今日不同的心情——雀跃涌动的心与沉静疲惫的心！时隔一日，河水色调相同、形态相同地流淌，在他眼里却像似一条从未经过的鸿沟。他对自己的堕落心存悔意。

麦仓河岸有间凉茶店。高大的枥树下一片绿荫，凉水中浸泡着柠檬。他喝过柠檬水，削了两个梨食用，又在树荫下的长板凳铺上花凉席仰面大睡。昨天彻夜未眠，困劲儿一出，脑袋昏昏沉沉。河面吹来舒爽凉风，蓝天在树叶间隐现。他看着看着，朦朦胧胧地睡着了。

睡着的那会儿，渡口发生了许多事。猫咪伺机欲扑向小鸡雏，被茶店婆婆慌忙驱赶，猫咪窜入桑田喵喵地叫。每有渡船靠岸，总有各色人等下船，又有各色人等上船。人流中有骑着脚踏车的小镇少爷，也有拉来满车布匹的脚夫。两三条溯流而上的小船目的地是上游的赤岩，船上装满了砌砖，撑竿如弓。附近几条帆船扬起风帆通过，响起咿呀咿呀的摇橹声。约莫过了一个小时，婆婆到后边倒垃圾，才发现长板凳上躺着的客人耷拉腿在地，仰面微微张嘴睡得正酣。村里的年轻人钓鱼提着鱼篓回来时，看见客人双腿蜷在长板凳上，枕着手臂打响鼾昏睡。夕阳仿佛照耀着他的侧脸，额头渗出了汗珠，钱包从袒开的胸前露出来。

睁开眼时，已过五点。河水已呈暮色。清三掏出银壳怀表，惊奇地发现自己睡了那么久。他打开差点落地的钱包结账。原先的六元钱只剩下两元五角。他算了算，拿出二角钱银币，买了两瓶柠檬水七分钱，两个梨三分钱。他从婆婆手里取回找零，再放一枚镍币作茶钱。

船过大高岛渡口，太阳已快落山。他不走大越正道，绕来绕去走了一些乡间小路，为的是避人耳目。终于回到了弥勒的学校。

校工一见他就说："荻生君来过，见了吗？"

"没有……"

"他觉得奇怪，你去行田一定会去羽生的呀。回来路上也没遇见？"

"没有啊……"

"他等了一会儿,说你许是在羽生等他,三点左右就回去了……"

"是吗?——可我没去羽生啊。"

他边说边脱下羽织。

三十三

一个星期后的周六,他又出了门。那天荻生来,仍旧扑了个空。行田的母亲也总说有事让他回家。他却始终不露面。父亲来加须,顺便过来看他。清三没什么特别变化,只说最近忙着统分,还说上月买了些书没钱给家里。他顺手从桌上拿了本书给父亲看。父亲把过去常客委托变卖的谷文晁[①]山水画挂在横木上,漫不经心地看着说:"的确有一点儿可疑之处……不过,这点瑕疵也不算什么,毕竟还是值得收藏的物件。"

母亲写信说,家里异常困难。可从父亲身上一点儿看不出来。回去时,父亲要借五角钱,而清三的钱包里只有六角钱。若是到月底连澡堂子都去不了可就难办了。他留下两角钱,其余的如数给了父亲。父亲背着包,半秃的脑袋在夕阳照射下出了校门。

没钱的日子生活煎熬,心里却充实。从早到晚乃至到深夜,他心里都是那个女人的身影——身披红罩衫,眉距稍宽的白净脸庞。每每想起,心中便充满了温柔的话语与表情。

---

① 谷文晁(1763—1841),日本江户时代的画家和诗人。

初次见面,那女人就喜欢清三的俊秀面容与温良恭谨,对他表现出非比寻常的柔情。一两次后,这柔情渐渐炽烈如火。

清三总在等待月末。令他痛苦的是吃不到好吃的点心。平时书桌抽屉里总放着糕点、饼干和羊羹,如今只有残留的红蓝色点心渣。不得已花一两分钱买来南京豆①,或去附近的同僚那里蹭吃点心。最后说服点心店的阿婆赊账到月末给钱。

他仍旧喜欢音乐。收集了很多歌谱。所有课目中,唱歌课是他感觉最为快乐的时间。清三让学生们学唱新谱的歌曲,自己则像大音乐家似的在风琴前站着指挥。一个人在房间,也总是练习哼唱。清三忆起最近一次在女人的房间醉酒,唱《叮铃声响》。女人不发一语凝神细听。过后问:"是琵琶歌吗?"这首信浓诗人抒发青春悲哀的诗歌,他在青年聚会时唱,在田野独自散步时唱,在天真无邪的孩童面前和着风琴唱,也在那种女人的狭小房间里唱。清三把诗歌的含义告诉女人,又低声吟诵了一遍。清三意识到,那正是两人产生微妙有力爱情的一个契机。

秋天再次来到了弥勒田野。前方竹林筛下索寞的日光。校工花了一整天时间清洗教员室的玻璃窗,空气似乎变得更清新细密。装载割稻的车子驶过晴朗的田野发出阵阵声响。

东京的朋友每月仍有五六封来信,还寄来思慕故乡秋日的诗歌:"夕阳西下,凝望红霞,想念朋友,想象弥勒田野,

---

① 花生。

静静与孩童相伴的落寞。"然而从弥勒田野祈望都市的心更为迫切。他回信说:"学校里看到的晚霞与连街闪烁的夜灯,更加迷人。"

他在羽生的原野、往返行田的街道和熊谷镇的新荞麦面馆,送走了去年的秋天,今年则在弥勒田野通向利根川河岸的路上领略秋时的静谧。羽生寺院正殿后面望见的秩父群山、浅间岳的喷烟、赤城榛名的翠绿已那么遥远,他在利根川的河堤上观望夕阳映照,观望以日光山为主峰的两毛群山。

某日荻生来访。翌日是周六。

"你身上有钱吗?"

荻生只有三元钱。

"不好意思,家里需要点钱,明天必须带回去……可工资还发不下来,正发愁呢。方便吗?能借我一点钱吗?发了工资,马上还你。"

"你需要多少?"荻生貌似有些为难。

"三元钱就够了。"

"我刚好只有三元,自己还得留点儿……"

"那,两元就好。"

荻生只好借他一元五角钱。

翌晨,清三又以相同的方式跟老训导借一元五角钱。老训导笑着晃了晃只有铜币的钱包说:"我和你一样穷呐。"关老师也没钱。他犹豫再三,终于决定跟校长借钱。校长借给了他。谁也不知道,昨天行田送来的报纸里夹着一封陌生男人笔迹、盖着中田邮戳的信件。

下午,他以返回行田老家为由出了门,进入今泉的前一个路口右转,穿过森林步入田圃,没走多远就上了利根川河堤。松林中能看见他戴着那顶旧礼帽。他出现在开往大高岛的渡船上。

三十四

每个月,他至少两次出现在渡良濑川的渡口。秋色渐浓,橡林的叶子纷扬飘坠。曾经秋虫聒鸣的苇丛枯萎了,白芒穗阳光下闪着银光。白鹭停歇在露出沙洲的河滩,寒风吹过灰蓝色的水面。

麦仓婆婆茶店的长凳早已收了起来。不断散落的七叶树黄叶几乎盖住了小店的屋顶。农家院忙碌的风车声不绝于耳,掠过河堤的风已经寒冷。

那条长路走得越多,与那个女人的爱情就越复杂。回忆渐渐多起来。归途碰上下雨,他曾躲到本乡进村第一间农居等待天晴。也曾深夜出栗桥,又连夜赶回学校。他常常纠结懊恼于捉摸不透的女人心。身为嫖客,他初次产生嫉妒和不愉快的感觉,无法接受女人没完没了地接客且要等很长时间才结束。自己心爱的女人任由他人玩弄。女人声称她已全身心奉献出来,自己却充满了怀疑,渐渐意识到自己对男女间的一切都充满疑虑。女人毕竟是女人。男人猜疑,她们便会不时透露潜藏内心的深情,巧妙摄取男人的心魄。

"以后不去了。这猎取男人爱心的买卖。女人的心千变万化。那般殷勤、笑脸和柔情，转眼就在隔壁献给了别的男人。忘了拉倒！再也不去了！白扔了那些钱财！"他也曾愤然离去。然而那不过是用一时的简单道理解释复杂的心态。他渐渐明白了更为真诚、更具魅力的女人心。在愤怒、哭泣、欢笑之间，两人的关系增添了许多色彩与回忆。

　　清三知道，那女人至少有三位常客。一位是白净瘦高的帅哥，栗桥船宿旅馆的少爷，家境优渥，总是系着角带，戴着眼镜，头戴鸭舌帽。一位是古河法院书记官，年约三十四五，家有妻儿，可生性嗜酒好嫖，三天必来一次。女人厌烦这男人的纠缠，撒娇说："他是客人，没有办法。但想到侍候那种烂人就烦不胜烦。你啊，快把我从这地方赎出去吧。"此时，清三却装作事不关己："那就与栗桥的那位谈谈，让他带你走吧。"听到这话，女人势必"啪"的一掌拍到男人膝盖上，一副"我这样苦心用心待你，你却这般……"的表情。还有一位是塚崎富农家的少爷。因是乡村妓院，房屋设计粗陋，不期而遇便能一目了然。那孩子是个可爱的圆脸少爷。女人总说："那可是个可爱的老实人哦。总觉得像弟弟似的。"

　　似乎还有其他男人，不太了解。好像还有一个留胡子的中年男人常来。清三经常琢磨这女人究竟对哪个男人更加上心，却徒劳无功。有时觉得她对自己用心最深，有时又觉得她在肆意地捉弄自己。一次她痛切地哭诉自己可怜的境遇，黑眼睛里扑簌簌滚落泪水。清三认真考量了自身的处境和自己与女人的关系。自己是小学教员，这种事如果别人知道些蛛丝马迹，铁定就会失去工作。而且家里生活贫困，一开始他就知道，自己与这女人不可能终成眷属，反倒祈愿她能被别人赎身或是期满可以重返故乡。由于机缘巧合才与女人牵扯出这段关系与感情，他也感觉不可思议且意味深长，也曾设想放弃眼前的生计与贫苦的父母，尤其是抛弃把自己当作唯一依靠的母亲，与这个女人结为夫妻。但正如无法为功名、为青云之志舍弃母亲一样，他同样也下不了这样的决心。

返回的下午时而阵雨时而放晴。经过常去的渡良濑川渡口上河堤，恰好一艘涂了白漆的旧轮渡往河下游驶去，烟筒吐着煤烟，螺旋桨划开水面卷起白浪。甲板上两三个身穿白色脏制服在劳作的工人显得十分渺小。清三止步凝神观看。细细的白烟一冒，尖锐的汽笛声便响彻灰蒙蒙的水面。利根川滚滚流去，逝者如斯的情怀袭上清三的心头。

三十五

清三去中田的事无人知晓。就这样到了冬天，又是岁暮时分。其间有过三次惊险经历。一次是村里青年熟人的侧脸在妓院门前闪过，一次是村里的教务委员也上了大高岛渡船，还有一次是走在大越河堤时，偶然遇见了同事关老师。当时他的心怦怦直跳，以为露了馅儿。可了解清三平日有散步习惯的关老师，言语中并没有流露出任何怀疑。

但在点心店、酒铺、小川屋和米店的欠款越来越多。

"林老师怎么了？最近总赊账，不要紧吧？"小川屋的主妇对女儿说。

点心店的阿婆则让校工带来口信："请一定把话带到——这个月总得还点儿钱了……"

校工则有校工的难处。

"到底是怎么回事呢？林老师本来不差钱啊。近来买菜都见不着他，只是吃咸菜和茶泡饭应付，很久不见他烧肉了。"

清三很长时间不给校工留剩菜了。他似乎在发牢骚。同事关老师和羽生的荻生君等人造访，清三也不像从前那样啤酒招待。

最先发觉清三反常的还是行田的母亲。特地跋涉三里多地回到家，清三却总是坐立不安，魂不守舍。朋友从东京回来，也不想去拜访走动走动，当跟他像从前一样商量些什么的时候，他只是"唔、唔"地点头附和，不当一回事儿。而且总找理由中止每月的家用。那么喜欢的杂志时买时停，也不去镇上熟悉的书店赊账买书。母亲隐隐感到儿子近来有些异常，有时直勾勾盯着清三的脸，想要读懂儿子内心。

有一次，母亲说道：

"前不久，有人想给你做媒，说有个不错的女孩……你工作也有着落了，怎么样，不想娶媳妇吗？"

清三直视母亲的脸，说：

"可我连自己都没法养活，不是吗？"

"话虽如此，可拿你那点工资养老婆的人也很多，婚后搬到学校附近，节俭一些，普通人的生活不会有问题的。"

"不过，为时尚早。"

"可你离我们这么远，你在干些什么也不知道……"母亲笑说，"你要是觉得不自由，一直想住在学校，我也没办法。"

"老妈，话虽如此，我觉得我还是有希望的。想要再加把劲，考个中学教员证书……现在就娶老婆的话，一切都没戏了。"

"你若有那么大的抱负，老妈也没有话说。"

"我不想孤苦伶仃埋没乡下啊。这一两年我是没有办法，可心里总想着有机会去东京上学。音乐方面最近也在提升，明年参加考试。现在结婚，无异于自己把自己窝死在乡下……"

"可就算能去，学费怎么办呢？"

"音乐学校是公费……"

"那家里怎么办？"

"只好老爸老妈自己想办法呀。只有请你们将就三年。"

"倒也不是不行。可你爹那个样子，不就只苦了老妈一个人嘛。"

清三沉默不发一语。

又有一次，有这么一段对话：

"你啊，想娶加藤家的雪子吗？"

"雪子？为啥娶雪子？"

"听她妈的口气，嫁你也行。"

"什么？"

"没有明说，看样子如果你执意要娶，就没有问题。"

"我讨厌她。总一副装模作样、花枝招展的样子。"

"可郁治和你像兄弟一样。他家姑娘能嫁过来，咱家也是求之不得啊。"

"不要!"

"你最近怎么了?怎么连加藤家也很少去了?"

"我讨厌利益交换!"

说完,清三腾地站起身。母亲有点儿发蒙。

一月,郁治和美穗子都返乡了。清三和郁治见面聊天两三次,却闭口不谈美穗子。郁治反而消极地说恋爱没有意义:"不知当时为何那般执著,或许是青春期的缘故吧。"说完他笑了起来。即便如此,郁治与美穗子还是经常携手散步。男的戴着高等师范的制帽,女的梳着时髦的庞发,系着时髦的宽飘带。小畑来信说,两人交往似已超过了一般的恋爱关系。清三感到厌恶。

适逢报纸刊出了熊谷小泷的消息,标题正是"小泷赎身",以半戏谑的口吻描述了伊势崎的豪商为其赎身的经过。报上说小泷有个情人是深谷的阔少,今年上大学。小泷对那个男人一往情深,可那家与在东京迹见女校的一个姑娘已有婚约,因此小泷无望与其终成眷属,只好洒泪从良。富商四十五六岁,已有妻室。报上调侃说:"反正辛苦一两年交上租税就能复出。据说熟客们十分期待呢,还想听到她道晚安时的悦耳嗓音。"

事实如何不得而知。清三不禁联想到如此社会中女人们的命运。在这不遂人愿的世界,身处不随人意的环境中,她们的命运就像浮萍一样沉浮不定。清三感同身受。小泷没走之时,即使朋友离散,幼年的回忆已然淡漠,熊谷町对他而言依然是令人眷恋的、难忘的小镇，如今小泷却成了他乡之人。那美妙的身姿与美艳的嗓音已不复存在。神灯光影下景色怡人的小径上，再也无法看到笑容可掬、朝气蓬勃、不忘幼年同窗情谊的"我们的小泷"。清三滞留了三天，不顾母亲反对，带着从未有过的孤寂，踏上了西风狂啸的三里街道返回弥勒。

即便如此，他怀里还是揣上了为去中田留下的三元钱。

三十六

三月寒冷的一天。

清三搭乘渡良濑川的渡船去中田，傍晚寒风呼啸刺骨。天空阴云密布，时有帆船的暗影经过。

夜灯初上，他来到中田，像往常一样爬上楼去，有个陌生侍女板着脸过来，领他去二楼的一个房间。每次即使有客也会在他来时出现的女人这次没有出现。正诧异时，一位熟悉的侍女上来说：

"花魁啊，大喜啦，这月十五日脱身了。"

清三感觉脑袋被锤子之类的重物敲击了一下。

"她说走之前一定要见您一面，可您恰好没来，匆忙中顾不上给您写信。花魁很遗憾，要我等您来了好好解释，并把这个交给您。"说着把一个包袱递给清三，里面有一封信和用日本纸四四方方裹着的什么。信里歪歪斜斜的字体像似一堆铁钉，尽是些含糊其辞的老套的告别。"遗憾"一词反复出现，但没有写明赎身去了何处。

日本纸裹着的是一张照片。

老板娘拿过去,笑道:"花魁这不是作孽吗……"

她也不说赎身去了哪里。招呼他的是之前熟识的静枝的妹妹,一个圆脸的丰腴女人。清三一言不发喝着闷酒,又一声不吭地和静枝的妹妹上床。妹妹对他说了很多故事,清三默默地听着。

翌晨早早踏上归途,他内心格外平静。

"反正是命中注定。"他自言自语,"没什么,命该如此。"

但越是平静,所受的打击也就越深。上了河堤,他忍不住喊道:"可恶的家伙!一定要报仇!报仇!报仇!"可内心却并没有太大的激动。在麦仓的茶店,他边喝茶边想:"在此歇息,也该是最后一次了。"

过了大高岛渡口,正要像以前那样迂回绕行,转念又想:"干吗呀。被发现也没什么大不了的。"遂前往大越,特意拜访了老训导家。

老训导感到奇怪,清三一反往常地异常亢奋,咕噜咕噜大口喝下老训导拿出的啤酒。

"真想干件大事啊!什么都行,干一件震惊世人的大事。"

他想起去年在羽生寺院也跟住持说过同样的话,心中不胜凄凉。

三十七

那年九月,晚秋午后的酷暑,参加上野公园音乐学院考试的考生迎着太阳陆续走出了校门。他们有的身穿羽织罩衫,有的穿西装,也有梳庇发、穿深紫色裙裤的女学生。校内传出悠扬的钢琴声。

人群中有个穿立领西服、戴旧草帽的男人,步履不停地沿墙根走去。他的鞋上沾满了白灰,棉缎料洋伞的颜色已褪成羊羹色。他就是从乡下赶来参加考试的清三。

一进入高顶篷房间就令人发怵,监考员体格肥壮,蓄须。大钢琴旁,有个背对清三穿裙裤的中年女人,不停地弹奏出美妙的音乐。清三很快就知道,自己在乡下小学研究的风琴作曲毫无用处,拼命收集的曲谱也全属徒劳。他初试就被刷了下来。自己滑稽的模样引考官发笑。那面红耳赤、卑微可怜的模样,日后不时地浮现眼前。他摇着头自言自语:"完了!完了!"

公园长凳树影清凉。微风徐徐轻拂。他躺在长凳上平复心情。面前几排铺着红毯的板凳边,有一位红背带挽衣袖、系着绉绸腰带的年轻女孩儿,还有一位显然是中年妇女的身姿。绣着白色"冰"字的红旗哗哗飘动。

动物园门前有一辆马车。穿白法被①的车夫来回踱步。售票处,两个乡下佬正从大钱包里掏钱买票。

---

① 宽袖或筒袖,侍奉武家的仆人、匠人或车夫常穿的一种和服上衣。

来东京是第一次。他早就在心里做了种种计划。考试结束后要去动物园，要去博物馆，要去市区逛逛，还要去御茶水①的宿舍拜访小畑和郁治——想到将要逃离被乡村气污染的生活，开始崭新的都市生活，他便再度焕发了中学毕业时的蓬勃朝气。昨天离开吹上车站，内心充满了久违的种种希望。躺在长凳上，他回想着来时希望与眼前失望间的一幕幕光景。

等他从长凳上起来，时间至少过了一个时辰。马车已没了踪影。有位称作某某子爵夫人的漂亮贵妇，领着三四个穿西服的可爱孩子走出来，高高兴兴上了马车。车夫甩了一鞭，车后扬起白尘，噶啦啦地奔驰而去。他还记得当时自己盯着白尘。"至少要去动物园看看。"想到此，遂起了身。

丹顶鹤、卷鼻子大象、来自遥远国度的袋鼠，还有骆驼、驴、鹿、羊从眼前掠过。一路走来，他并不觉得多么稀奇。但在狮子前他驻足很久。养鱼室的昏暗隧道内，亮光穿透了池水，金鱼、鲷鱼等游来游去，色彩绚丽。水泡处处冒腾而起。

他在海鸥、鸳鸯等水鸟馆前的长凳上坐下。各色人等眼前走过，聊着形形色色的话题。小孩抓住栏杆，着迷地看着鸟类喧噪飞舞。一会儿，他起身走开，经过山鹰、狐狸和貉子馆区，穿过猴子龇牙咧嘴摇摆红屁股的猴山，又来到北极熊

---

① 御茶水是日本东京都区部的一个地区，主要位于东京都文京区汤岛至千代田区神田一带，明治大学、东京医科牙科大学、顺天堂大学及专业学校、预备校都位于此地，构成日本最大的学生街。

与北海道大熊区。孔雀美丽的羽毛并没有引起他的兴趣。他像来时那样原路返回了。

东照宫前,女学生撑着花洋伞漫步。全景馆内挂着日清战争①的老画。检票员百无聊赖地打呵欠。

来到竹台,他第三次坐在了长凳上。

横在眼前的大都市,房屋鳞次栉比,烟囱喷出滚滚黑烟。各类声响汇聚,兴许是大都市惊人的呼喊。这里,有罪恶有事业,有功名有富贵,有饥饿也有绝望。他想起天天见诸报端的社会新闻事件。

从竹台下来,前面是一条熙来攘往的大街。有轨马车穿梭不断。洒水夫在街上若无其事地洒水。车夫奔跑,吆喝声不绝于耳。

不一会儿,清三的身影出现在大街上一家小面馆前。

"请进!"年轻的女招待嗓音尖细。

"来碗竹筛荞麦面。"他进门就说。

清三坐在西晒房客席的一隅等待,看见一个大块头男子把锅盖开开合合。掀锅盖时,白汽腾腾往上冒。男人的长竹筷子来回搅动,哗哗水洗,再用手将面捞入竹筛。

"让您久等了。"女招待把面放在食案上端来。脚板黑黑的。

清三吃了两碗竹筛荞麦面、一碗天妇罗,喝了一瓶啤酒。酒劲儿一上来,似乎恢复了元气。

---

① 即中日甲午战争。

"回去吧。去找小畑和加藤也没用。"

清三掏出钱包结账。不久，杂沓人潮中又出现他匆忙赶往车站的身影。

三十八

荻生拜访了住持，两人畅叙。

"真麻烦啊。"

荻生仍是一贯的平静语气，显得很担心。

"确实麻烦啊。"住持也说。

"总也不顺心。不知不觉就到了这步田地……"

"听校长说的吗？"

"不，不是直接听校长说的……好像欠了债，据说只要清三在值班室，女人们就纷纷找上门来。"

"那里的风气本来就不好啊。"

"据说很有趣……清三独自一人时，女人就从学校后边的围墙搭讪，或是故意丢土块。确定没人再从院子绕进去。"

"那么，他看上其中的女人了吗？"

"听说有……不太清楚。"

"都是那些织女吧？"

"嗯。"

"真难办呐。与这种女人扯上关系……"住持感叹道。过了一会儿又说："让他早点成家怎么样？"

"前阵子回行田顺便去了他家，他母亲也这么说。"

"不能娶加藤的妹妹吗？"

"先生说了，不愿意……"

"可是，两人之前不是谈过吗？"

"谁知道怎么回事儿，清三君没有细说。似乎与加藤关系疏远了。"

"不会有那样的事吧。"

"不，好像是这样的。"

荻生顿了顿又说："前不久他说的啦，他说要是这种命也没办法，哪怕一辈子打光棍，和孩子们在一起，也没有遗憾。"

"打光棍也行——可也不该做那种事啊。"

"就是啊。"荻生为朋友担忧，"校长喜欢他，倒是好事。要是传到郡督学耳朵里，可不得了。乡下这个小地方，一下子就传遍了……下次他来，请你委婉地跟他说说……"

"好吧。我跟他说说吧。"住持应答。

"还有，清三的身体很虚弱呢……"

过了一会儿，荻生又接着说。

"还是胃病吗？"

"嗯，老吃甜食。他以前说：'甜食、音乐与绘画写生，这三项是我寂寞生活的慰藉。'可是最近，自从夏天落榜，他把收集的乐谱都放进了柜底。除了唱歌课，也不弹风琴了。"

"心灰意冷啊。"

"嗯……也是因为过于执著。考前两个月，所有的话题都是音乐。"

"就是说，考试后碰上了这些烂事。"住持思忖着说，"真是可怜呐。孤苦伶仃的生活。个性……又那么较真,自然更加痛苦。"

"像我这么看得开就好了……"

"确实与你不一样啊。"住持笑了。

三十九

清三的欠款非常多。三个月来无心做饭,一日三餐都让小川屋送便当,赊账已达七八元钱,还欠酒铺三元、点心店三元、杂货铺五元,米店的三元是很久以前欠下的。此外一元两元的跟同事借,也是不小的数目。借荻生的四元一直欠到了现在。往返中田跟住持借的两元也尚未归还。

在金钱至上的乡下,他从此也就失去了信用。

四十

然而不知出于什么动机,清三突然变得一本正经起来。当然,校长曾经恳切地劝说,住持也委婉地忠告。可原因并非仅此。

他感觉头脑突然焕发一新,仿佛第一次意识到自己的玩世不恭。他希望尽快从无尽的深渊爬上来。

失望、空虚与寂寞的生活使他的健康受损,近来做什么都打不起精神,不散步,不看杂志,也不与同事说话,每天上课,只是和尚撞钟般不得已而为之。他脸色苍白,一副不健康的模样。说不上什么原因，总觉得身体倦怠，有时怀疑自己在发烧。常犯的胃病愈发严重，老是口干——玩世不恭的生活通过这不健康的肉身带给他痛切的悔恨。眼前浮现出一两年前虽说身体虚弱，却无比单纯的生活。

"真诚的生活经得起绝望、悲哀与寂寞。"

"真正的勇士经得起绝望、悲哀与寂寞。"

"勇者是顺应命运者。"

"丢掉软弱、散漫、幼稚与空想。从今日起做勇者、强者。从今日起，我要回归往日的生活。"

"第一，须身体健康。"

"第二，须看重责任。"

"第三，我尚有母亲。"

写到"我尚有母亲"，他停笔扬起脸，心中充满了沉重的感觉，泪水从苍白的脸颊扑簌簌流下。

自打去中田，他就不再写日记。担心轻率的行为写到日记里，难免会被别人看到。他打开柳条箱，翻看当时的日记。"九月二十四日秋季皇灵祭"，几个字打了红圈。其后星期六那篇，写了从大高岛渡河去对岸河堤。日记断断续续，坚持写到了那年十月尾，还描写了利根川的暮秋景色、落叶与寒风。十月二十三日那篇写着"是日雨寒……"，此后便是空白。还记得当时停笔时的想法："日记什么的真无聊。总有写给别人看的倾向。倘不能真实描写自己的行为、心情或心理，不如不写。占据自己内心的心爱的女人，一行都不能写，这种日记写它做什么？不如停歇最好。"清三不禁想起这一年零两三个月里发生的事情。对他而言，那是一个黑暗的时期，也是接触复杂世态的时期。不能真实、充分地描述事件与心情的日记不写也罢。相反他又想到，日记的真正的意义，或许在于不做影响日记写作的事情，且在这种条件下坚持写日记。

他要重新开始写日记，他亲自装订了五六十页格纸，在第一页醒目地记下前面提过的三条。

明治三十六年十一月十五日。

他这样开始写道。

四十一

"死了的过去就把它埋葬吧。"

"让我去爱日常生活里的少男少女朋友吧。"

"生活的资本是健康与金钱。"

"让我去过清纯清朗的生活吧。"

他常在日记中写下诸如此类的短句。

有一天这样写道：

"若能抛弃野心，安心地赡养父母，不也是我的成功吗？母亲一直盼望与我生活在一起。"

有一天，又这样写道：

"主动舍弃昔日好友是愚昧而薄情的。让我复活昔日温暖的友情吧。环境归环境，命运归命运，因艳羡嫉妒疏离朋友太小气。恢复友情令人愉悦！前天收到小畑敞开心扉的来信，今天又收到加藤充满友情的邮件。小畑说，近期将寄来自己读过的植物学图书。真高兴！"

校长与同事都看到了清三态度的突然变化。清三开始整理前年收集的动植物标本，将从原野采集的标本贴到纸上，用便于理解的形式——分类。年内暑假，他与关老师去秩父三峰游玩，三天里采集的标本中，有些可称是弥足珍贵。关老师在准备文部省的中学教员资格考试，为此专注地进行动植物研究。那次旅行中，关老师也结合实际向清三反复强调着动植物学研究的乐趣。

小畑寄来的教科书很快就到了。入秋前那颗痴迷音乐的心，渐渐开始往动植物学方面转移。不解之处，清三便求教于关老师。

村里的乡亲们，又看到这位年轻老师在乡野小径散步的身影。写生时，身边常常围了一堆孩子。他将初冬的弥勒原野与树林做成明信片寄给小畑和加藤。

清三在寂寥的乡村度过了三个年头，再度迎来了西风凛冽的寒冷年末。淡淡的夕阳霞光洒向前方的竹林，垣墙处传来蒿雀与斑鸫的叫声。二十二日前后，他开始忙于学校的日课时分数统计。农历新年在羽生举办成绩展览会，参展作品必须整理好，包括图画、临摹、创作画、写生画和图案设计，此外还有作文、昆虫标本、植物标本等。由许多学生的作品中遴选参展出品是一项辛劳异常的工作。校长说，希望来年获得好成绩。

不知为何，近来常感冒。散步也时常咳嗽，泡澡时感觉发烧,一抽烟就头晕目眩。有一种过去从未有过的轻度眩晕。

"你是不是不舒服?还是请医生看看的好。"二十四日下课分手时,关老师对他说。

去羽生拜访荻生时,还没那么难受。本想去成愿寺与久违的住持说话,走到警察局前只好放弃了计划。发烧至少三十八度五,还咳嗽。刚好有车子在那儿兜转回行田,他还了个价上车。一路严寒,终于在夜幕降临时到家。

年暮,他蛰居一室卧病。母亲担心,一直安慰他。幸好退了烧。除夕走访了昨日归来的加藤家。郁治看到清三脸庞瘦削、皮肤苍白,连谈吐也变得有些许消极,不似三年前,他们话不投机就起争执,还在除夕夜的街头与公园,激动地边走边聊到凌晨三点。与当初相比,如今一切都有了变化。他们说起最近的东京新闻盛行寻宝与一升糙米多少粒的计算,又津津有味地说到预备科的学生去小石川的久世山挖到《万朝报》①提到的宝物,接着提及难达协议的日俄谈判。"这段时间,东京杀气腾腾。看新闻论调就知道了,总觉得这样严肃的腔调非同寻常。兴许就要开战了。"郁治说。清三也特别留意最近报纸上涉及的国家大事,时常想:"大规模战争爆发的话,怎么办呢?"两人就此问题广泛讨论。郁治认为,陆军是有胜算的,可海军方面,俄国船舰吨数更胜一筹,战舰又多。

---

① 1892年11月1日由黑岩泪香(本名周六)创办,系日本明治后期有影响的中立报纸之一。该报曾在发刊词中称:"我社唯正直与真理是尊,若读偏颇谬误之言论,看阴险歪曲之报道,请购他报。"

元旦清晨，他破天荒给壁龛的花瓶里插花。早开的山茶花一点嫣红，深绿的厚叶与小巧的黄色寒菊相映成趣。此外还特别插入了红果满枝的蔓梅。母亲经过时说："我最喜欢蔓梅，一看见这种花，就知道新年到了。"

　　父亲凌晨去了巴掌大的旱田，在田边踩得化了霜的泥土沙沙响，洁净的白手沾满了污泥，不知道一个劲儿在折腾什么。不一会儿，将好歹发了额芽的福寿草移植盆中，装饰在壁龛里。淡淡晨光洒在拉门上。一家三口愉快地坐在一起吃杂烩煮。

　　清三的日记这样写着：

　　　　　　明治三十七年

　　　　一月一日

　　予我新的生命与革新，交集着苦心与成功、喜悦与悲伤的新年来临。新年伊始，乃积极向上的好时机。愿生活纯清快乐。

　　△"新年，在壁龛的青瓷花瓶里插上了母亲喜欢的蔓梅。"△寄信小畑告知，今后将努力学习，两三年内参加植物学科目资格考试。△倘感冒终愈，拟修补画板明日野外写生。

　　　　　二日

　　"不立门"附近有适合写生的处所，然因终日刮风寒冷作罢。△菊子算出一合^①糙米七千二百五十六粒。

三日

昨夜入浴，感冒复发。△假期到野外写生的希望破灭。

四日

《万朝报》公布米粒调查结果。一升糙米七万三千两百五十粒。△今年须节俭。囊中羞涩，这样的现象难以温暖人心。必须有维持基本生活的钱。

五日

今年缺少贺年之礼。

六日

收到牧野雪子漂亮的贺年片。（雪子于去年年底与前桥的审判员牧野结婚）△又长了肿块。

七日

因病后疗养与肿块推迟返校。△刚看了红叶秋涛的《寒牡丹》，没有看完。

罪恶刚刚开始。△买来《中学世界》阅读。△加藤回东京。

---

① 1合米重约150克。合：日本传统容量单位，10合=1升。

八日

想要健康，想要健康，想要健康。

九日

　　入夜读完《寒牡丹》。悲剧中伴随罪恶的苦闷，女主角鲁伊扎的热诚执著，四百页的故事，以爱情的成功圆满结局。△ 因感冒抽烟量骤减，变成抽与不抽皆可的状态。最好长此以往养成习惯，但尚属未知。明日又将成为利根川河畔之人。△ 报纸频称，日俄危机将导致外交交涉转向交战。莫非吾等最最厌恶的战争终将无法避免？

　　不久，寒冷孤寂的值班室生活又开始了。去年十一月起勒紧裤腰带节省，一心还债，钱包总是空空如也。胃不好情绪不佳，想尽量做些运动，遂与学生常在校园打网球。苍茫暮色中总能看到白发陡增、身形颀长消瘦的清三的身影。他在周六的日记中写道："认真完成平日课业，妥善处事，吃过温热的晚餐后，看看当日报纸，反思一天并无烦闷，念及翌日乃安逸的周日，除了打网球肌肉紧张和右手握笔时发抖之外，内心十分平静。"另外还说："因为 M 的缘故，本想回家，却又作罢。节省的结果，就是三分钱的烟丝抽了四天。"然而，他晚上却为失眠所困，一入眠就有噩梦，梦里多半被恐怖之徒追杀刀砍。醒来满头大汗。心情之差，难以名状。

　　每年两期的中学校友会会报到了，由此可大致了解同学们的消息。有人去了美国，有人去了北海道。此期会报写到寄宿生松本自暴自弃以至自杀，详细记述了深夜枪响后受到惊吓的人们慌张冲出的情景。他思考起从未想过的"死亡"。夜里他做了一个梦：宿舍窗口亮着灯，人们吵吵嚷嚷，枪声不绝于耳，自杀身亡的男人从窗外飞了进来。

每日清晨，白霜覆盖。有时半夜雨雪交加，竹叶雪白。人们常见他站在校园手持球拍的瘦削身影。未解冻的小河，冰面上蒿雀在飞，枝叶凋零的桑田里有斑鸠鸣叫，榛树下枯草中的秧鸡拍翅惊飞。橡树、栗树树叶尽落，野草枯萎的利根川河堤看似涂抹的黄褐色带。田间处处是丢弃的萝卜叶。

中旬母亲寄来小包裹，里面有一件毛线衫。信中写道："天气冷了，严寒时不必入浴，防止感冒。无论早晚，好事坏事，皆须独自一人面对，自己要珍重善待自己才对。"

近来思母心切，周六返家途中，看到背着婴儿的三口之家十分落魄的模样不禁落泪。这段时间清三变得格外温顺，母亲感到欣慰却又难以安心，莫非他性格的变弱是生病的缘故？清三一来，母亲就停下手工计件活儿，给他做糯米小豆汤吃。听说他睡觉盗汗，又神色紧张地问："你不去请医生看看，能行吗？"

有时请羽生的荻生来值班室住上一夜。荻生说起近来时兴的养子话题，快活地笑着打趣道："那家富户有相当的财产，做有钱人家阔少，什么美味佳肴吃不到。像你这样的送过去不是蛮好？"

荻生一挨床就打鼾，睡得十分安详。这种无苦无忧安闲度日之人，让清三很是羡慕。

关老师将干草中的新发现告诉清三，比如金银花、沿阶草与大黄。寒冬里也有春日般特别温暖的日子。平坦、静谧、辽阔、沉寂的原野，可以心情舒畅地采摘，榛树细长的空树干仿佛印刻在蓝天。他早上七点准时起床，遥看燃烧般的旭日在迷蒙的霜气中升腾，照例做了四五十次深呼吸。"为什么感觉总是不好呢？真该想点什么办法才行！"他不时这样勉励自己，可是肠胃依旧不好，还出现了盗汗。

四十二

某个温暖的周日，清三与关老师结伴去羽生的原医生那里诊病。小镇的横街有扇黑冠木门①，庭院苍松浓绿。门诊室的床上铺着白色的褥单。冬日上午十时许，暖冬的日影透过玻璃窗射入隔壁的药房，架子上摆放着装有各种药剂的大小瓶子。医生约莫三十七八岁，蓄长发，谦恭有礼，他将听诊器放进耳朵，从胸腔听至腹部，再让清三脱衣听诊后背，咚咚地轻敲了几下。

"还是肠胃不好啊。"医生说，开了常用药。

温暖如春，连日晴朗，霜解的道路快要干了，街道处处是白色的尘埃。山顶积雪隐约可见，晚霞缭绕的两毛山脉已在身后，两人说着话缓缓前行。原野尽头有个驼背的婆婆背

---

① 左右两根木柱上搭一根横木，没有屋顶的门。

对着晒太阳,还嗡嗡地摇着纺车。拐角有名的面馆里,坐着两三位客人,一旁锅内白气蒸腾。原野向阳处,草木萌芽,荠菜青翠。关老师不时驻足采摘小草的新芽拿给清三看。清三手中拿着未裹包袱的药水瓶,迎着原野和煦的日光。

四十三

"老师!"

轻柔的叫声。

推开拉门,梳庞发的女学生田原秀子笑吟吟地站在门口,几日不见已像个大人了。她是去年的毕业生,成绩优秀颇受好评,毕业就去了浦和的师范学校。她高小二年级就由清三执教,格外恬念老师。高小四年级时,秀子已会写些新体诗与文章拿给清三看。她家是普通农户,清三散步时也曾顺便拜访,曾有学生说"林老师偏爱田原同学"。她是乡村少有的新潮女孩,圆脸白净爱音乐,时常风琴伴唱清三教授的新体诗,还从师范学校的宿舍寄来热情洋溢的信件,探究自然与命运。有时她在信里写"一个学生致敬爱的老师",有时还求清三写诗。

"田原同学!有事吗?"清三起身问道。

"今天有事回家,顺便拜望老师。"

清三惊奇地发现,田原长大了时髦了,谈吐和模样判若两人。

"老师,听说近来有恙……"

"听谁说的?"

"关老师……"

"在哪儿遇见关老师了?"

"村头儿。就说了两句话……"

"无大碍啦。"清三笑道,"老肠胃病……甜食吃多了。"

秀子笑了。

周日午后,老师与学生在明亮的房间里交谈片刻。扯出学校宿舍的话题,也言及行田今年将毕业的美穗子。谈话中依然有着往昔的亲近感,可女孩子长成大姑娘就会无形中变得拘谨,与其说是因为把她当作学生看,毋宁说眼前的变化阻碍了往昔那般自然的会话。桌上喝了一半的药水瓶夕阳下闪亮。清三将早上朋友寄来的《音乐之友》杂志翻开给秀子看。封面是公元200年前后大音乐家圣塞西莉亚的画像,她凝视着风琴妙音中飞出的花儿与天使的幻影。清三告诉秀子,这个大音乐家出身罗马贵族,是忠贞的耶和华信徒与风琴的发明者,还说此人貌美如花。

此时响起风琴声。校工过去一看,年轻老师的手指不停地按动琴键,穿绛紫色裙裤的秀子含笑站在一旁。

校园寂静。午后日影下,麻雀啾啾。网球场残留的画线还很清晰。值班室长廊角落里放着球拍、球与球网。校园一隅种有教学用的花草。

清三送秀子走到这里。

冒出新芽的蔷薇分外惹眼。清三示意秀子:

"你看,已经发芽了,真快啊,春天就要到了。"

"真的好快呀!"

秀子摘取下一片嫩叶。

须臾，校外大街上出现身穿绛紫色裙裤匆匆离去的身影。

四十四

日俄开战，八号旅顺，九号仁川。惊人消息如迅雷贯耳。纪元节①那天，校门升起太阳旗，礼堂传出风琴声。

通过每日报纸可知东京的骚乱。一月前政界的形势风云突变。身处乡村，也难免担惊受怕。征兵令已经下达。村公所的征兵负责人夜以继日，将命令传达给家家户户。二十四小时内，必须到管辖区集合的壮丁们，带上一包行囊为国出征。他们无暇告别父母妻儿，匆忙现身于黄昏时的乡道、去火车站的公共马车或是橡林间的田野小路。埼玉县南部一个郡征集了三百余人。当时东武线尚未通车，因此主要集合的车站是信越线的吹上站、鸿巢站、桶川站，以及奥羽线的栗桥站、莲田站、久喜站等。

交通要道的乡镇很快插好了国旗送别士兵。车站栅内，会聚着镇长、征兵负责人、学校的学生和亲戚朋友们。火车出发时齐声欢呼万岁。清三从行田返回弥勒的途中，也遇见几个那样的壮丁。

旅顺和仁川的海战开始后，僻静的乡村始终沉浸在战争的话题中。送报人急促的铃声响彻村村镇镇。报纸上的二

---

① 日本祝祭节日中四大节（纪元节、四方节、天长节、明治节）之一，第二次世界大战结束后被废除，其后改为日本建国纪念日。日期定于新历2月11日。

号铅字，醒目地报道着各类计划与传闻。十二号一早，就是寒冷的阴天。有消息传来：不出所料，敌方的浦盐舰队袭击津轻海峡，商船奈古浦丸被击沉。津轻海峡的舻作崎在哪儿呢？为查明位置，校长在教员室里挂上教学用的大型日本地图。老训导、关老师和女老师凑集一处。

"啊，原来在这里！"

老训导说。

清三想象着从浦盐直线攻来的敌军舰队和被击沉的商船，久久站在那幅挂图前。

澡堂也好，理发店也罢，到处都在讨论战争。一个老爷子嚷道，得好好教训一下可憎的俄国佬；另一个老人则忧心忡忡地说，与那样的大国为敌真的能够取胜吗？孩子们摇着太阳旗在玩打仗的游戏。但总的来说，乡村尚处在和平之中。夜里，竹林外的草屋一如往常透出灯光。正逢农历正月，街上家家传出酒醉的笑声与唱歌声。

最近，清三早上六点半就起床，夜里九点入寝。本担心正月的年糕与面条会伤了肠胃，但实际吃过后并无大碍。节约再节约的经济原则渐有成效，负债减少了，在校长的斡旋下，每月还能向互助会①缴纳五角钱。下午二时许报刊必到。战争开始，大家约好订阅不同的报纸交换着看，《国民》、《万朝报》、《东京日日》和《时事》，还有从前面理发店领取的《报知》。

---

① 民间一种小额信用贷款的形态，具有赚取利息与筹措资金的功能。

阅读各类报纸，写日记，运动，节俭，忌感冒，戒烟，等待周六回家——这是他近期的工作安排，循规蹈矩，没有值得一提的变化。然而戒烟和戒点心并非易事。心情好胃肠也好时，桌旁就会丢有裹糕饼的竹叶和日出牌香烟的烟盒。

　　清三热衷于写生。晴暖日子，总会带上画板绘具去田野。晒稻穗的架子、榛树林、水沟里的枯苇，还有雪原，都是描绘的对象。某日画学校附近的红梅，颜色没用好，看着像似桃花。他也画马兰、艾蒿、荠菜等绿色植物。

　　月末小畑来信，说因微恙拟春假返乡，久别盼重逢。他说自己会主动探访，请清三选个日子。那天的报纸刊载了第一次封锁旅顺口的消息。清三愉悦地回信。随即收到小畑周五造访的回复。清三希望荻生一起来玩。见面的前一天夜里，月光皎洁。他仰望明月，思念着久别的朋友。

四十五

　　小畑明显比以前胖了，留着小胡子，梳着整齐的分头，高等师范的制服很合身。他用一如往常快活的腔调说："这种生活也蛮有趣的嘛。"

　　荻生坐在沿廊低一级的台阶上，看清三、小畑与老师们拿球站在校园里。小畑投出的球质量很高，清三的球却缺乏力量。两三局后，胜负已定。清三的额头拼命流汗，心跳也加快了，看似呼吸困难。

　　"你怎么回事？"

小畑看着清三煞白的面色。

"身体有点儿不舒服。"

"怎么了?"

"肠胃老毛病,没有大碍……"

"你可要好好照顾自己喔!"

小畑看着朋友的脸。

三人一番畅叙,对着清三拿出的一张张写生画评头论足。荻生不时加些轻松的调侃。关老师过来,说到昆虫与植物标本的采集,还将在三峰采集的标本拿给他们看。小畑说起校内的珍奇标本和去年秋天外出采集的故事。平日悄无声息的值班室变得热闹起来。

晚上去小川屋吃饭。夕阳裹挟着雨气,倏地照亮了拉门,没有喝酒的荻生都变得满脸通红。小畑尽量不谈美穗子与雪子。谈笑间,他感到清三一反常态的死气沉沉。

"别看他这样,去年可是劲头儿十足呢。"

荻生趁清三不在告诉小畑,曾有女人找来学校。小畑吃惊不小。

夜里小川屋送来一床棉被。天仍寒冷,荻生常去校工室端回燃旺的火盆。吃过点心,喝过茶水,话也说完了,便准备睡觉。此时已经十一点多。小畑去了厕所回来,轻声说:"下雨喽。"

"下雨!"

准备明天一早返回的荻生似有些为难。

"明天是周六,后天是周日,这周不打算回行田。下雨无妨。明天玩一天再走吧。三个人难得聚在一起。"清三这么劝荻生,听着门外又响起了雨声。

"真棒啊!雨天作为我们相聚的背景,真是愉快啊!仿佛上天安排我们细述旧情。"

兴致益发高涨。小畑与清三不禁回想起中学时代的诸多往事。清三耽误了回家的时候,两人也常常在熊谷的小畑家书房盖一条被窝过夜。他们面对面畅聊,常常困得其中一人只能"嗯、嗯"敷衍。

"想起那时候了呢。"小畑躺着说。

荻生最先响起了鼾声。"这就睡着了,真快啊!"小畑说完,竟也累得昏睡过去。清三睁着眼,怎么都睡不着。室外是雨点倾落的哗哗声。他感触万千。他满心希望有这样亲密的朋友陪伴着长生不老。想着想着眼泪就在他苍白的脸颊簌簌流淌。他又想起中田的女人,眼前清晰地浮现自己夕阳下沿长长河堤前行的身影,宛若另外的一个人。他用睡衣袖子擦了又擦,仍泪流不止。

翌晨,小畑问:"昨晚你又起来了吧?"

"怎么也睡不着,没办法,起来看报纸。"

"听到窸窸窣窣的声音,睁眼一看,你在油灯旁。我这会儿还清楚记得你脸色惨白。"他端详清三的脸说,"怎么晚上睡不着呢?"

"就是睡不着,真难受!"

"还是神经衰弱吧?"

周六上半天课。荻生一大早就冒雨走了。小畑不是在观摩校长和清三讲课，就是在教员室欣赏关老师收集的标本，还时而观望准点跟在老师身后鱼贯涌出教室的学生们。女教师正在用尖细的嗓音训斥学生。竹林中山茶绽红，周边已过花期的梅花被雨淋后像似哭泣。清三穿着裙裤，体型清瘦面色苍白，他像飘浮在教室的讲台前一般，正在给高小二年级的学生上地理课。午后，两人又在值班室聊天。三点有羽生来的马车鸣响喇叭，车夫将早晨荻生捎带的裹着报纸的猪肉扔在了校工室。包裹里有葱和还有一封信，信里写道："明天下午到羽生来。恭候！"

雨终日不停。乡村的硬猪肉下酒也不错，两人微醺。两人还是不厌其烦地聊着高等师范、老友及战争。

"今年是没戏了。明年一定要参加资格考试。"清三说。

周日他们乘马车去了羽生。外界盛传已攻下旅顺，也有人说不会那么快。街上有人摇铃跑着卖号外。荻生在赁居的银行二楼迎接他们，备有炒鸡、鸡汤、猪肉火锅和鹿子饼。

"今天米饭变成副食了。"清三笑道。

清三离场的片刻，小畑对荻生说：

"林君有些奇怪，身体好像没有恢复。"

"老实说，我也一直在担心着呢。"

"不会是什么不好的毛病吧？"

"嗯……不好说——"

"这回得劝他彻查，误诊可就麻烦了。"

"可不是嘛。"

"他总说是胃上的老毛病……谁知道真假。"

"镇上的医生说是肠道不好。"

"最好找个靠得住的医生诊治。"

"没错。"

翌日早晨,三人在银行二楼告别。小畑对清三说:

"好好保重身体呀!"

四十六

战争步步推进。定州骑兵冲突,军事公债应募的盛况,日方舰队攻击浦盐,旅顺口外激战,临时议会召开,第二次封锁运动,广濑中佐壮烈战死,第一军出发后成第二军编制,国民开始真正意识到战争的意义和后果。田野渐渐暖和,油菜花、紫花地丁、蒲公英、桃花、樱花依次绽放。号外一到,村舍房檐下就挂起太阳旗,车站内响彻万岁的呼声,旱田里的草屋附近,能看到孩子们挥舞手制的小国旗在玩打仗的游戏。学校忙着统计期末的平时分,接着开始简单的测试,结束后就举行典礼颁发毕业证书。郡长站在桌前对毕业生致贺词,话中屡屡强调军国正处多事之秋:

"尔等毕业于值得纪念的明治三十七年,不要忘记你们是在日本历史上最严峻的时刻、最紧要的关头毕业。你们作为未来的日本国民,必须要有充分的觉悟和精神准备。"

郡长平凡的一席话,流露出一种时代的气魄与憧憬,打动了听者的心。

清三的写生本上,有瓶中梅、水仙、学校大门、大越的樱花等。瑞香花画得精致,但叶子的阴影总成败笔。他还采集了绯蛱蝶与纹白蝶。桌上放着小畑送的丘博士译《进化论报告》,书中代替书签的是紫花地丁。桌上还放着爱吃的豆馅儿糕点,菜有土当归、鸭儿芹和马蹄莲,咸菜是新腌的京菜。学生还常常送来艾蒿叶糯米点心和豆馅儿年糕团。

利根川河堤上百花争艳。某日,清三与关老师从大越步行到发户。清三将所见花名,一一记在了手账上:黄瑞香、稻槎菜、金疮小草、宝盖草、小巢菜、窄叶野豌豆、天蓬草、紫花地丁、紫花堇菜、三色堇、紫云英、蒲公英、薜菜、鳞叶龙胆、繁缕、赤轴繁缕、金钱薄荷、匍茎通泉草、蜂斗叶、荠菜、长幅草、石楠、山茶、珍珠绣线菊、桃花、绯木瓜、延命菊、蛇莓、黄鹌菜、鼠曲草、钩柱毛茛、蚕豆花。

四十七

学校新砌的花坛里各式花草荟萃其中。农舍垣墙内有梨花和八重樱,田里有豌豆花和蚕豆花,不时能耳闻用麦秆吹笛的声音。燕子街头斜刺里穿飞。蚂蚁、蜜蜂、蟑螂,以及夜晚不知名的小虫吱吱聒鸣,还有蛙声沸起。

清三采集了野地里的通草、胡颓子、匍茎通泉草、毛茛、匍匐筋骨草、博落回、莓叶委陵菜和歪头菜等,移栽到花坛里。不久棣棠凋谢,芍药、牡丹与杜鹃花等开始绽放。

今春,清三完全沉浸在花的世界里。透过新绿的阳光宛若洪水涨满房间。他在那里给田原秀子写信,并把各种珍贵的花朵装入信封。秀子每周至少有一封回信,有时写和歌,有时写新体诗。清三写"致喜爱的学生",秀子就回"致亲爱的老师"。

四十八

最近,家中反复提起搬迁问题。

在学校自己做饭,既不方便也不实惠。家里的情况,也没有非住行田不可的理由。父亲近来的生意客户,比起熊谷、妻沼方面,更多在加须、大越、古河方面。这样分居,只能焦急地等到周六才相见。

"再说你也这个年龄,有合适的就娶一个吧。也好让我安心。"母亲笑道。

清三不像从前那样一味地反对。比较去年,心气儿退了一大步,淡化了摇摆不定的念想——"上东京"。有一次给小畑写信道:"当年的白泷不知不觉变成了守护母亲的孝子。"

"羽生不错……穷乡僻壤是不方便。羽生倒有两三个熟人。"母亲这样说。

"对,要搬就去羽生。我跟客户方便。"父亲也赞同。

清三也这么想,那里有住持,还有荻生,离学校只有一里半左右的路程,来回相对方便。

他拜托荻生帮忙。某个星期天,他与父亲结伴去了羽生。那天传来消息,第二军登陆辽东半岛,与一周前九连城大捷一样群情激奋。乡道上、街巷内、各家屋舍檐下挂满了国旗。

"万岁！万岁！"

有人从街边横街里飞窜出来欢呼。家家户户，都在谈论着战况，租房的事没人理睬。

葱、棕榈、旋花、刺蓼等都开花了。梨树、桃树与梅子树的果实已有小指般大小。身系束衣袖红带、头戴白布巾的采茶女比比皆是。乡道上听见赤裸上身的制茶师歌唱。志多见原野开满了鹿蹄草和大戟花。不消多久，麦根泛黄，鸢尾蕾初生，橡树花落，路柳花开，蚕脱皮已有三次。

紧接着，紫兰、羊蹄草、蜀葵、萍蓬草、野蔷薇、月见草、铁线莲、光叶石楠、石竹等花朵绽放。后方田里梧桐花高悬，香气散发。榧子树、芦苇、菰、蓑衣草等绿叶繁茂。苇莺啼鸣不休。

金州之战，占领大连湾，编成第三军，从背后进攻旅顺。

"看来敌军要坚守旅顺，光靠海军恐怕不行啊。"校长说。

同事们都在预测攻陷旅顺的日子。有的说六月中旬，有的说七月初，还有的说最迟八月。后来还拿一只鸡与十五个鸡蛋来打赌。最后决定等攻下旅顺的消息到来那天，无论是否节假日，大家都来校集合，举行大大的庆祝宴会。

六月，麦子黄熟，开始收割。黄瓜藤开出花朵。萤火虫在水草间暗夜中飞舞。划尖草、虎耳草、山蒜、鱼腥草、冰草、茅莓、鸭跖草等纷纷开出了花蕾。天气时雨时晴。某日，破天荒收到美穗子哥哥的明信片。他报士官学校未被录取，如今在麻布的留守师团当一年志愿兵。"十有八九会上战场，为我祝福吧。"他得意洋洋地写道。清三每每看到那些原野、田地、乡镇里丢下锄头、扔掉算盘、放下笔杆为国献身的人都难免心动。同胞们在海外流血流汗，为国家奋战，展现出新的意义和努力。平时政见不同的政治家摈弃前嫌一致奉公，爱财如命的资本家也慷慨地认购战争债券，举国一致，步步实现着千载一遇的壮举。报刊上每天充溢的都是士官壮烈牺牲或士兵勇敢立功的消息，还有各地方部队忠君爱国热潮云涌的报道。

"如果身体健康——三年前检查不是那般可怜的戊种①资格，如今也能战斗在满洲的原野上，与同胞一起举枪舞剑，为国家尽一份微薄之力。"

他屡次三番这样想。清三喜欢看原杏花的近期新著《日俄战争纪实》，这是作者作为第二军摄影组一员的从军记录。这位叙述恋爱、描写少女、把幻想当生命的作家，如今在硝烟弥漫的原野、尸横遍野的战壕或机关炮猛烈的山丘，用描绘各种情感与情景的笔，便足以将清三的想象拉到现场。他三年前还戴着新潮的意大利草帽，进入羽生寺山门醉酒吟诗，最后在正殿敲钟打木鱼，现在竟从属于第二军司令部，卷入了混乱的战争旋涡。清三想到这里，便觉得眼前这份战记更显真实。他羡慕地想象着急行军的炮车、清晨军司令部赶往战场的队列、前方炮火轰鸣的棕灰色秃山——在这些急迫场面中，作家肩挂水壶，腰佩手枪，手抓记事本与铅笔，飞也似的奔跑。

一天，他问住持："原先生有信来吗？"

---

① 征兵检查健康不合格。

"有的，前不久从金州寄来了明信片。"

住持说着，将桌上一张盖了军邮红戳的明信片拿出来。从军出征的知名画家同样在死尸旁画了紫色的鸢尾花。

"很好的纪念品啊！"

"嗯，战场上好像很多这种花。"

"战记中也写到呢。"

清三说。

四十九

梅雨季节，偶有一日放晴。灰色薄云间露出湛蓝晴空。日光照满绿叶。从行田返回的途中，途径长野常行寺，看见许多人吵吵嚷嚷聚在寺院山门前，其中还有小学生的队伍，不知发生了什么事。

绿叶中，白旗飘动。

很快明白这是战死者的葬礼。清三进得山门，白旗上写着"近卫步兵第二连队一等兵白井仓之助之灵"。据说是在五月十日的战斗中，战死于叆河①右岸。穿双排扣长礼服的知事代理、穿制服的警部长、穿羽织袴的村长等都来送葬。村里的负责人忙得团团转。

装遗体的棺椁蒙白布置于正殿。住持念经后，知事代理读祭文，浑厚沙哑的声音在宽大的正殿回响。而后是小学校

---

① 位于我国辽宁省丹东市境内，为鸭绿江的支流。

长读祭文，再由某教员高捧奉书纸以颤抖的声音宣读祭文。据说教员是战死者的亲友。他的声音断断续续。呜咽声四起。

将棺柩移往墓地时，广场集合的学生分列两旁，肃立目送。见此情景，清三悲痛不已。原杏花随军司令部出征时，小学生也在两侧列队高呼万岁。清三曾写下了当时心中的呐喊："尔等年幼的未来国民啊，国家的将来在你们双肩。健康地成长吧。汝等年轻的未来国民！"他还写道，那般泪如泉涌的情况自己从未有过。此刻，清三的心里又充满了同样的情感。年轻的未来国民正在送别棺柩中的战死者亡灵……

在硝烟弥漫的原野，交汇在清三眼前的是一个临终士兵痛苦地变冷僵卧的身影，以及故乡梅雨初晴的明媚阳光下悲壮的葬礼场景。

"人终归要有一死。"

想到这里，泪水滑过他的脸庞。

不知何时，他出了寺院，返回熟悉的大街。阳光照耀，蓝天云影偕绿叶掩过田野。

他反复想起两三天前的连续报道，常陆丸号在壹岐海的遇难以及陆军在得利寺的告捷，他又想到初濑号、吉野号、宫古号战舰的沉没，心有不安："究竟能否取得最后的胜利？"

清三随手摘下野地里看到的桐吾草，又想将旁边不知名的红色花草移植到学校的花坛，遂连根拔起用纸包好。他在千屈菜茂密的小河边洗了洗手，蓦然忆起前天秀子从浦和寄来的信，思绪便又转移了。他心里想搬到羽生的新家后，若有那样明朗的笑脸该有多幸福。他最近常把秀子与自己的家庭联系到一起。

羽生镇入口处，东武铁路的工人正忙着施工，旁边的茅草屋上，褪色的国旗飘扬在阳光下。

五十

搬去羽生的前一天，他在日记中写道：

"明治二十六年离乡，迁居熊谷樱树旁数载，明治三十三年迁至忍沼①，数年未出，如蜗牛般身负小小躯壳，又移往利根川畔的羽生。命运奇异，人生奇妙。回顾昔日古城下的绿野，都不过是笑着离别。不可改变的历史篇章在此上演。"

房子租在羽生大街稍往里的位置，是荻生找的。房东年约五十，为人亲和，两三年前在街上做买卖。楼下分成大小两间，大的六叠、小的四叠半。楼上六叠大小。前面有个小庭院，院里种着矮小的柿子树，枝繁叶茂。房租两元五角，本应付三个月押金，房东说荻生的朋友不付也行。父亲来回兜生意时顺便看了，赞同地说："嗯，那房子不错。"

终于决定在为期一周的农忙假期时搬家。平时亲近的朋友大多离散，留在镇上的只有开印刷厂的泽田君。清三去有来往的朋友家告别。北川家只有他母亲。本想门口打个招呼就走，北川的母亲却说："啊，真是好久不见！"硬要把他让进屋里。说起美穗子，母亲说："今年也快毕业啦，没什么出

---
① 行田镇中心的大池塘。

息,不知能否胜任学校的工作。"听到要搬家,又说:"哎呀哎呀,真舍不得,不过身体要紧,搬家也好,你母亲一定很高兴吧。阿薰在的话,还能帮点儿忙,听说他七月就要上战场了……"东扯西扯又聊起战争和镇上的事。北川母亲眼里映现的清三,面色苍白,双眼浑浊,身体单薄。忍沼的池水红里透黑,处处绽放白色的半边莲。加藤家里,母亲和繁子都不在,父亲却难得在家。清三进屋聊了约莫一个小时教育之类的话题,还说羽生附近有好点儿的工作,已托人帮忙可调动。石川店内的伙计忙着招待客人。这时掌柜的骑着脚踏车迎面驶来,敏捷一纵下了车。泽田晒黑了,边忙边说:"下次经过这里,一定到家里坐坐。"

最后清三去给弟弟扫墓。祖父的墓在足利,祖母在熊谷。想到一家人浪迹天涯,墓地还七零八落,不禁黯然神伤。他心里想:"弟弟一人留在他乡,会很寂寞吧。"绣球花给墓碑添了一缕清新。

没什么家具,搬家的准备倒也简单。衣柜和储物柜用粗草席捆住,寝具用大麻布裹好,怕损坏的陶瓷器放到柜子的衣物或棉被里。最后挖出山茶、南天竹等花草,草席包根放在院子的角落。

看着要下雨的天空却在午后放晴。满载行李的三辆板车,嘎啦嘎啦驶离小镇大街。处处可见母亲与清三遇见熟人打招呼道别的场景。油灯的灯罩塞在车上行李堆最高处的纸篓里,闪着亮光。

快到长野,清三抬起一路耷拉的脑袋。母亲心情愉悦,笑呵呵的边走边叨叨着。提起从熊谷搬去行田，她说："像这样白天搬家，不给人添麻烦，都是托你的福喔。"将要离开长野地界，卖号外的人从对面招摇过市地摇铃走来。清三叫住他，买了一份。上面写着："竹敷出发的上村舰队已归航，因暴雨敌军逃脱。"车夫搭话说："可惜，让敌人逃脱……这附近在常陆丸舰上死的可不少，光佐间那里就死了三个呢。"

有户富农院墙前，没见过搬家车的家狗狂吠不已。沿岸栽有榛树的小河里孩子们满身污泥，正在用三角抄网捕捞小鱼。出售蚕茧的车子一辆接一辆。

新家那边，父亲今早先到，荻生也从邮局那边请了假过来帮忙，两人啪嗒啪嗒地拍打榻榻米，用抹布到处擦拭，还修补了拉门。房东送来火盆和茶具，笑嘻嘻地表示："还有什么需要的尽管说，不必客气。"说完站在一边，看着毛巾包裹秃头与两颊、卷起后襟干活的父亲。十二点左右大致打扫干净。荞麦面馆送来了荞麦面。荻生剥开竹皮，大口享用买来的大福饼。这时，小巷响起车子驶入的嘎达嘎达声，清三与母亲也到了。

车夫解开绳索，将行李从院门移到沿廊。父亲与荻生先把衣柜、行李、储物柜和寝具搬进了屋，又在琢磨长火盆与衣柜安放的位置。母亲束起衣袖收拾厨房用具。清三从外面进来，气喘吁吁地喝水。母亲停住手，直盯盯地看着他问：

"怎么了？"

"搭了个帮手就喘不过气来。"

"别勉强啦，有你爸在，不用你搭手啦。"

最近清三愈发虚弱,成了母亲的心事。

收拾总算告一段落。"这样一来,住着就很舒服。"父亲在长火盆前喝着茶说。

车夫们并排坐在沿廊,哧溜哧溜地吃着荞麦面条。

清三与荻生上了二楼聊天。南窗和西北窗敞开,通风很好。后面房东的庭院里有栗树、柿子树、桂花树和百日红,苍郁繁茂。蓝天中漂浮白云,含着日光和绿叶一起闪亮。两人伸开腿畅叙,母亲端茶进来。过后吃了大福饼。

晚上清三睡在二楼,感受到久违的家人团聚的快乐。凉爽的夜风掠过绿意从开着的雨窗吹入,蚊帐青影微动。他把被子铺在正中间,躺下凝望夜空群星闪烁。母亲悄悄上楼关了雨窗,他全然不知。

翌日,清三去弥勒,请小工搬回了书与寝具杂物等。他将二楼的六叠大房间当作书斋,书桌朝北,书箱靠墙摆放,宽约一米的床的上方挂着旧画。荻生拿来的鸢尾花里掺着几枝飞燕草,一起插在相马陶的花瓶里。"这样,比学校的值班室真不知强多少倍呢!"荻生环顾四周感叹。好友搬来同镇,心情愉悦,他的脸上总带着微笑。寄宿寺院时,清三只当荻生是情真意笃的好友,可很难一起谈论志向抱负和学问。一度遗憾荻生为何那般没有野心,为何安于普通平凡的生活呢?有时,他甚至觉得荻生与自己不是同一类人。然而如今,自己的想法完全改变。他在日记中写道:"荻生君乃莫逆之交,不可因利害或道义破坏这般友情。"此外,"从前认为这个朋友平凡,其实是我目光短浅。与荻生君相比,我不通人世,不解人情。把他与小畑、加藤相比，我才初知平凡的伟大。"

前面的布袜店送来天妇罗，房东送来盐烤河鱼，当作贺喜乔迁之礼放在套盒中。全都是一种名为"爱聪"的鱼，鳞粗腹红。据说，眼下正是利根川捕捞的好季节。米店、木炭铺和柴火铺都送来了记账本。父亲去附近的行会、合作社挨家挨户串门。清三下午起就趴在二楼六叠大小的榻榻米房间，给东京、行田和熊谷的朋友写明信片告知新迁。他还去了寺院，不巧寺院有葬礼，住持在忙，于是告知完迁居之事就打道回府。

房东爱讲奇闻趣事。他把店让给儿子，靠自己名下的五栋房，和老妻二人过得悠闲。他喜欢钓鱼和养花弄草，一大早就戴上草帽，提着鱼篓拿着钓竿，在大雾弥漫中沿着红白木槿的墙边小道，急匆匆地前行，日暮时分提着装满金色鲫鱼与鲤鱼的鱼篓回来。有房客常捧着个研钵去讨大鲫鱼。不去钓鱼时，他通常弯着腰用心摆弄盆栽和花草，倒不是什么名花贵木，无非是枫树、榉树、丝柏与苏铁之类。他总爱搬进搬出，看得饶有趣味。花坛里还种了许多西洋花卉，天竺牡丹和三色堇都开花了，大波斯菊也已长得很高。有时，也见他光脚在墙边兢兢业业地耕作。

农忙假又延长几天。一周后开始上课，可麦收、养蚕和插秧之类的农活还没收尾，上课的学生不足三分之一，又继续放假一周。清三午后常在二楼通风好的屋子午睡。有时睡得太久，夕阳晒得满身大汗。不下雨的短暂时光，他通常背着画架去小镇或郊外写生。沿警察局旁边小路的水沟污浊不堪，竟然星星点点开着白色的小花，锈色水面上倒映出如梦似幻的红色合欢花。他的写生作品有寺院山门、小镇外围所见的日光群山、桑田里的雉、路旁的自流井及写有"扁面条"字样的日式拉门等等。

晚上去房东家中庭沿廊聊天，总说到战争的话题。清三将两三天前荻生那里借来的两三本战争画报转借给房东。房东提出了若干问题，显得很不耐烦："旅顺应该攻下了吧……陆军去了很多啦，第一军攻下九连城后，怎么毫无进展呢？第二军从盖平出发，也有很长时间了吧？"

清三告诉房东老爷，由报纸杂志获知，第一军与第二军最近联合攻击了库罗帕特金将军[①]驻辽阳的大本营。旅顺方面海陆两军步步逼近，敌人已成瓮中之鳖，应该比辽阳更快取胜。"校长他们也说，下个月十五号前后一定能拿下。我觉得可能会晚一点，反正也快啦！"清三对老爷说。

"不管怎么说，日本国小但举国一致，不会输。不管是怎样的百姓，哪怕是无知之人，遇上战争就玩命……天皇有这样的国民后援，一定放心。"老爷颇有感怀地说，"日本原本就是武士建立的国家嘛。"

房东也会聊钓鱼。听说清三苦于肠胃病，就劝他说："怎么样，一起去钓鱼吧？这种病，平心静气就是最好的治疗。"钓鱼的地方距这儿一里多地，田边处处是水沟。苇荻根深叶茂，高得可以藏人。鲫鱼、鲤鱼哪里有哪里没有，房东一清

---

① 沙皇俄国的战争大臣，通常认为对日俄战争的失败负有责任，尤其是牡丹江战役及辽阳攻防战两役。

二楚。

他们在廊沿聊天。优雅的太太特意挂上了一盏岐阜提灯。

有时,他和母亲、荻生结伴去镇上走走。今年逢"空梅",降雨很少。六月中旬,温度计就已升到了三十一度。进入七月,陡然变热。乡村小镇的夜晚,人们将长板凳搬出店外纳凉。白色浴衣黑暗中十分扎眼,到处是吧嗒吧嗒摇着蒲扇的人群。母亲买东西,镇里的店家还不熟,夜晚散步时,荻生就一一告知,这是干货店,那是杂货铺,这家布庄的布质最好等等。木屐店内,皮肤白皙的中年老板娘坐在一溜木屐带上。铁匠铺里灯光昏暗,屋里传来说话声。明月似水,在白云间若隐若现。相应的三个人影也在街道上时隐时现。

水渠桥上凉爽,纳凉的人陆续经过。冬春时节的河道不堪入目,河底脏兮兮丢弃着破烂的滤酱筛、废弃的水桶和陶器碎片等。如今水渠满溢,月光下映现出桥畔冰店外提灯的灯影,流水显得暗淡。从对面的料理店内,传来了三味线的琴声。

三人有时在冰店休息。母亲归途中顺便去蔬菜店买了茄子和越瓜。有时走到邮局前,清三让母亲先回,自己则去荻生的工作室聊到十点过后离开。

五十一

他在七月十五日的日记里写道:

德兰士瓦共和国亡，克鲁格殁①。他因肺病死于瑞西山中，遗体葬于故乡的妻子身旁。英雄末路的故事陈腐，然事实常新。英雄克鲁格——原德兰士瓦共和国总统保罗·克鲁格殁！历史周而复始。

五十二

医生仍说是肠胃病，药却全无效果。清三不停地咳嗽，浑身倦怠无力，最麻烦的是经常发烧。早上感觉好转，心情舒畅，下午又发烧。迫不得已服了发汗药，大汗淋漓，心情坏到极点，面无血色，肤色暗黄。他反复翻看自己苍白的双手。

"你真的有些反常啊。找个可靠的医生看看不好吗？"

母亲担心地看着他的脸。

不久，学校又开课了，再有半个月就放暑假。每天七点上课，早上最忙。母亲最迟四点就得起来点火烧灶。清三带上药瓶和便当，走在熟悉的路上。他身体虚弱，一里多熟路都明显地感觉吃力。最近必须尽量补充营养，每天喝两合牛奶，吃五个鸡蛋以及一些肉类。搬家的借款未还，每天又这样大量花钱，他的钱包总是空空的，连搭马车的闲钱都没有。

---

① 1902年第二次布尔战争结束后，德兰士瓦共和国灭亡，成为英殖民地。德兰士瓦总统保罗·克鲁格死于1904年7月14日，死后先葬于荷兰。1904年底，在英国政府的允许下，才被迁葬于比勒陀利亚，与他流亡时去世的妻子一起。

五十三

八阪神社的祭典很热闹。年头不景气,又逢国家多事之秋,所以没有彩饰花车,也没有戏台、货摊。尽管如此,附近还是来了很多人,穿红色半衿①的,穿浅黄袖口和服的,系绉绸腰带的,小镇里熙熙攘攘。有的人去冰店,有的人在瓜店前用菜刀去皮站着吃瓜,有的人则长时间凑在堆积拼布的布庄翻来覆去地挑选。镇上的年轻人扛起朱红色大狮子,闹哄哄地一家接着一家驱魔。清三坐在火盆边,听见一旁小路嗨哟嗨哟的号子声,转眼狮子就进了大门。穿草鞋的年轻人没打招呼就贸然闯入。

"呀啊!"大狮子张大嘴,径直走向了厨房。

母亲将包着钱的纸包放进狮子口中,心中祈愿为唯一的儿子祛除恶魔。

五十四

母亲将火红的瞿麦、淡紫色的大蓟、雪白的尾脊草和黄色的向日葵混插在二楼的壁龛。她不时伫立窗前,凝视傍晚的云霞。清三满心悲凉,直盯盯望着母亲消瘦的背影。

父亲拆下二楼的格子窗,光线充满了整个房间。窗下筑巢的长脚蜂嗡嗡翻飞。房东庭里树的后方长出了一根新竹,

---

① 和服底下露出中衣的领口部分。

晨风晚风轻轻拂过。

五十五

五月六日的体重约为四十七公斤。最近去邮局称了称,穿单衣还不到四十公斤。荻生是五十公斤。

一天,田原秀子来学校,留下一封信托校工转递。里面装着她亲手摘采的黄色野菊花,信上写着:"野菊花是我最喜欢的花,老师啊!您不觉得这花很美吗?"

暑假前两天上班,他觉得十分痛苦。第一天回家途中遇骤雨,第二天一早风雨交加。他疲惫不堪,课间须去值班室休息。这月薪资还不够药钱、牛奶钱。没有办法,硬求校长周济了三元。

校长给他十五个鸡蛋,说是攻陷旅顺打赌输了,其实是探病慰问。教师们说:"不管怎样,旅顺很快就能攻克,到时就算在放假,也要来学校一起欢呼'万岁'。"清三事先拜求校长,二十一号发八月薪资,于是总算可以搭马车回家。

清三想暑假必须恢复健康,决定换个医生看看。这次是一位亲切耐心的名医。检查结果尚未明了。医生说,或许是十二指肠的问题,让他一周后拿大便来化验。当问及是否为肺病时,答复是目前还看不出那种征兆。"目前"这个词让清三心里打鼓。

五十六

清三须补充营养,没钱也得买鲤鱼、鲫鱼、鳗鱼、牛肉、鸡肉……有时卖鹭鸟的来,讨价还价便宜一角五分钱买下来。这种鸟嘴是浅黄色,暗褐色羽毛有浅灰色斑点,长足是漂亮的浅绿色。他胡乱宰了,骨头剁得咚咚响,就这么点儿活也让他感觉疲劳。

他还买了大半斤泥鳅,横七竖八装在桶里,还在桶上压着重石防止猫叼走。他每次剖十条,加鸡蛋煮食。寺后在建今年十月通车的东武铁路车站,频频传来木匠的刨子和斧头声。傍晚心情不错,清三会慢慢行走散步,冷不丁孤零零驻足观望。有时,也去对面的原野寻些花草,有狗尾草、牛筋草、鸭鸟草、小连翘、马棘、瞿麦等。

大石桥战役详细战报见诸报端,到处都是"辽东!辽阳!"的字眼。一天母亲急性胃炎发作,暂停了裁缝活儿卧床,一吃东西就吐,不断地打嗝。三伏后时起秋风,清三总觉得树在摇晃。他由射入客厅的日光判断,太阳正逐渐南移。这时头戴高等师范制帽的郁治突然来访。郁治在明信片里说前不久回到老家,想到新居拜访。今天到加须办事,顺便来访。郁治看到清三虚弱的模样非常吃惊。清三的脸色异常难看。

两个亲密的朋友在夕阳照射的二楼房间里相对而坐。依然是亲切的感觉,话题却难以深入。有时中间卡壳,两人沉默无语。

"小畑最近到日光采集植物去了。"

郁治这样说，继续着频频中断的谈话。

清三却提出了一个请求："回去能否拜托令尊？就说我身体虚弱，一里半的通勤路都吃不消，看能否调到镇上或附近工作……我在弥勒也算老教师了。心情还好，就是远了点。"

晚餐招待客人，清三将昨夜猫叼后剩下的泥鳅剖了。母亲卧床，父亲汲水煮饭，还拿出咸菜。

郁治不忍目睹，想要离开。可旅途劳顿，又决定住上一晚。

"难得郁治来，我却偏偏这个样子，做不了饭，真对不起啊。"母亲端详着郁治的脸，感怀道，"我们清三要像郁治这样健康多好……他虚弱得不得了……而且，你们从学校毕业后一定很有出息，你妈妈也可以放心啦……"

两人钻进蚊帐就寝，说到了美穗子。郁治说，毕业前不会结婚，可双方家长已经应下了这门婚事。

"恭喜你。"清三认真地说。

"订婚真没什么意思。"

"为什么？"

"发现彼此的缺点，也可能一下子就没了感觉。"

"那可不好。我说……"

"没办法呀。那种担忧是必然的。"

"别说那种不负责任的话。你们老早就情投意合，了解彼此的理想，绝不会彼此埋怨。我们都是朋友，衷心希望你们幸福。好久没见到美穗子了。请把我说的话转告她。"

这话郑重其事,不同于平素的调侃。

"嗯,我告诉她。"郁治应道。

清三的脸在蚊帐外油灯的照耀下愈显苍白。他不停地咳嗽,还说有点儿发烧,用枕边的凉水喝了药剂。两人都在心中回忆起中学时代和《行田文学》时代,却没说什么。郁治心中浮现出锦绣前程,又在不禁哀怜:"不幸的朋友!"

清三咳得厉害,郁治给他拍了拍后背。

"还是不行啊。"

"唔,治不好,真麻烦。"

睡衣都被汗湿透了。

"石川怎样了?"过了一会儿,清三问。

"前不久从东京回来了。"郁治说,"玩心太重,家里也没办法,这回不让他外出,据说要娶新娘了。"

"哪儿的新娘?"

"说是川越有钱人家的女孩儿,迹见女校的学生。既然是按相貌挑人,想必是个美女。"

"他也变了吧?"

"没错。与杂志时代截然不同。"

话题中又出现其他同窗好友。凉风从窗外袭来……

翌晨,郁治醒后,发现清三在楼下帮父亲做饭。此时朋友的衰弱状态都看在郁治眼里。以前听小畑提起,没想到如此严重。早餐的酱汤里加了鸡蛋。清三喝一合牛奶配少许面包。两人又上楼坐下,不过没什么特别想说的了。

郁治回去时,清三再次拜托:"那么,学校的事,请你想想办法。"

母亲的病未彻底痊愈,每天还不能正常进食。父亲外出做生意,清三在家煲粥或上街买些爱吃的东西。有时与父亲相对坐在沿廊,将两三个东京买来的瓜泡在桶里,削去厚皮吃得津津有味。每逢此时,不管母亲吃不吃,清三总是先切下两三片装入果盘,放在母亲的枕边。生病后母子愈发情深。母亲经常直盯盯望着儿子的脸垂泪。鲜少卧床的母亲竟也久病不起,清三十分担心,絮絮叨叨地催她快去看医生。母亲却说:"光你药钱就够呛,我再看病怎么行呢?我快好了,明天就能起来。"

二楼时有强风,刮得报纸乱飞,时能看到房后树上高悬的夕月美景。东边的窗户被遮挡,清三的生活通常与旭日无缘。要想远眺晨景,只能早起透过朝北的窗口,看那云霓中的朝阳璀璨似火。

弥勒的原野此时正是花草茂盛的季节。清三给关老师写信:

"近日只能在家活动,遗憾的是远离田野看不到茂盛的花草。弥勒原野、才塚原野,可以丰富您奇花异草的收集。今年秋海棠花开较少,牵牛花也没有新的品种。生活很寂寞。"

他每天腹泻两三次,常常胃灼热。静止的时候与健康人无异,一劳动便精疲力竭。医生一周后做了大便检查,没有发现十二指肠虫,只有一个鞭虫卵。这种虫在健康人体内也很常见,不是寄生虫,对人无害。医生说得很轻松。母亲的病尚未痊愈,大概病了十一二天。有时请人按摩,有时请邻近的人为之祷告。清三也顺便为自己祷告。

最近清三夜不能寐,烦恼不已。医生这才发现他得了难治的失眠症。此时正是旅顺值得牢记的十天海战详情频见报端之时——敌我决胜,也是世界报纸杂志为东乡提督①刊扬威名之时。

医生一天过来,神色慌忙地说:"看来是永久性衰弱啊。"又说,"不能太勉强,关键是……即便稍有好转,也不能走一里半地去学校,最好到海边待上一年半载。"

医生还劝他喝点葡萄酒。

五十七

清三将医嘱告诉了郁治,表示想在九月新学期前调到附近工作,这件事是完全托付给他就行,还是需要自己做点什么。郁治回信说,可以给郡督学写信,也可以问问羽生的校长,自己近期也会托人帮忙。

秋风渐起。房东养的草云雀,总在傍晚发出婉转的叫声。壁龛立柱上插着一朵玫瑰花。映衬之下,透过竹门帘看到的牵牛花美得宛若友禅绸②。

某日午后四点的酷暑日影下,人力车跑在去往弥勒的熟路上。清三特意坐车去领月薪。学校空荡荡的,校工都不在。关老师昨日去了浦和,也不在。

---

① 东乡平八郎(1848—1934),元帅,海军大将,与陆军的乃木希典被日本人并称"军神"。
② 日本传统染色法之一。友禅绸的花纹图样鲜艳多彩。

夕阳照亮了半间值班室。没人打网球,球网球拍胡乱捆放在走廊的角落。办公室的砚盒盖着一层白灰,收拾好的椅子依然翻扣在桌上。清三缓缓地沿着过廊前行,在校园里留下瘦长的身影。

到教室一看,黑板上还留着最后一堂数学课的板书:12+15=27。粉笔也是原样摆放。清三在这里想起,学生让他发笑、动怒、抑郁不乐的种种场景。他完全像个局外人,眼前清楚浮现艳羡友人远赴东京的自己和体验不为人知失恋痛苦的自己。他不禁又想起那个皮肤白皙、体态丰盈、穿红色长裙的女人。

礼堂一隅的风琴亦蒙尘变白。他想久违地按响风琴,但也只是想想,并不想真的奏琴。

过了一会儿,校工回来了。几天不见,他吃惊于清三竟变得如此虚弱。

"病还没好吗?"

校工像被震慑似的盯着清三。

"难治啊。想调到离家近的地方去……下学期兴许不能来了。待了这么长时间,跟大家都熟了,可实在没办法……"

"开学前就能痊愈的吧。"

"难啊……"

清三叹了一口气。

小川屋家的女儿已不在,今春嫁到了加须的杂货铺。

老婆婆送来茶水,一打照面就问:

"林老师啊,你这是怎么啦?"

"治不好的病，没办法啦。"

"那怎么办好呢？"老婆婆深表同情。

晚饭请店里熬了粥，吃了久违的干烧菜。庭院里的鸡冠花在夕照下显得艳红。他倚在柱旁，望着穿过原野的彩色晚霞。

五十八

调动工作的事，郁治也来帮忙。问过镇上的高小、初小，都不缺人。弥勒的校长说："你是不得已，生病没办法。会给你安排好，放心吧。"然而在旁人眼中，他的身体已经不能胜任教职了。

有一天，荻生对母亲说：

"医生说了，这回的病大意不得。无肺病症状，可与单纯的肠胃病不同。不管怎么说，脚肿可不是好兆头……说不定医生诊断错了，带去给行田的原田医生看看怎样？那位医生是学士，医术不错。"

他还说若打算去，自己可以请假一天陪同。

"谢谢荻生。你的深情……无以回报。"母亲哽咽着说。

清三从弥勒领薪翌日起，脚部大腿部开始严重浮肿。脚背肿得没了脚样。阴囊也受之影响，坐卧不便。医生开了敷药和睾丸带。

各类偏方，什么苏铁果实煎服、枕边念咒祷告、去不动冈求取不动明王护身符等等，凡是旁人告知有效的方法都用遍了，却统统没有效果。随着秋风刮起，病情明显恶化了。

盂兰盆节将至。小镇大街上有草市，堆着麻秆、灯心草席、千曲花和其他花草，乡下来的农家女孩儿成群走过。寺里的住持身着紫衣，带着小和尚满镇子串街走巷。茄子、越瓜和黄瓜被当作牛和马①，田里摘来玉米红须做牛尾马尾。每户人家都用麻秆将杉树叶编捆起来饰放在佛龛，清扫代代祖先灵牌，供品则是荻饼、米粉团、新鲜芋头、玉米和秋梨等。

女孩们穿上新衣，欢欣雀跃四处游逛。

十三日夜，各家点燃迎火②。街上有警察干预，人们不像从前那样大堆焚火。但后街背巷，仍有人家燃起了高高的柴火堆。聚集周围的孩子们最高兴了，围着大火手舞足蹈。父亲这天去古河未归，清三家只有母亲一人孤零零地蹲在门口，凑些麻秆来烧，算是行过迎火之仪。房东门前烧剩的余烬，尚在黑暗中闪烁红光。

檐下挂着去年盂兰盆节清三手绘的菊花灯笼。因如厕不便，清三已在四五天前搬到了楼下的房间。

他直盯盯地望着那盏风中摇曳的盂兰盆灯笼，隐约听见房东檐下的风铃声。佛龛已点灯，莲叶上的供品是米粉团、茄子和越瓜做的牛马、插在圆花瓶里的千曲花等，看上去像幅装框的画。清三觉得明亮的佛龛宛若别样的世界。

母亲走近前来。

"没生病的话，还想让你去政一（弟弟的名字）那里看看

---

① 用牙签或竹子当四肢插在瓜上比拟为牛、马。
② 人们在门前燃烧麻秆，迎接自阴间回来的阴魂。日本人称之为"迎火"。十六日再重复一次，将先人阴魂送回阴间，这是"送火"。

的……今年连个献花的人都没有,他一定很寂寞吧。"

"可不是嘛……"

"你爸有空的话,想让他去一趟……"

"真是的,那么远,他一定很寂寞的。"

清三哀恸地想起故去的弟弟。

"明后天,我想去给他上坟……"

"那怎么行,病好了再去就好。"

一阵短暂的沉默。

母子俩都在为本月开销纠结。药钱、牛奶钱,光这两项就开销很大。父亲这月的买卖根本没有收益,母亲又因生病停下了每月的裁缝活儿。前不久医生让书童拿来账单,母亲为拖欠付款抱歉地说:

"请再等等,他爹回来就有办法的。请放心。"

清三知道,父亲回来也没用。

"不生病就好了。"清三突然说。停了片刻又说:"要不是生这种病,今年本该让母亲日子过得好一点的!"

母亲听了惴惴不安。

"不要那么想,养好身体要紧!"

"我不能被这种病打垮!妈妈放心!这样死掉就是白活了。"

"说得对啊,儿子……"

"人生在世,不可能事事顺心!"

话虽坚强,一种哀愁却充满了只有佛龛前一盏小灯的房间。

邻居们都知道他病情日重。医生每天拎着包前来诊治。荻生时常忧心忡忡地从后门进来。一周前,人们还时常看到脸颊苍白凹陷、一头蓬发的清三在附近散步,最近他突然卧床不起,只能透过竹篱看到他垫高枕头的睡姿,胳膊瘦得蚂蚱腿一样搭在棉被外面。在井边之类的地方向母亲询问,她总忧心忡忡的表情说:"若是稍有好转也好……"

大家早就猜到是肺病。

"老是咳嗽就让人感觉奇怪。"旁边布袜店的老板娘说。

房东老爷也对夫人说:"像是肺病呢。年纪轻轻的真可怜,那么健谈风趣的人……"

"独生子拉扯到这么大,正要靠他呢。怎么就得了这种恶疾……"夫人亦深切同情。

各处来探病送礼的人越来越多。有一天,房东老爷将一整天钓来的鲫鱼装进研钵给他,病人好奇,特地起身来看。此外,有送梨的、送苹果的,还有人包着五角钱银币送来。

工作调动不易。即便能调动,这身体也无法每天出勤。这一点,病人自己也渐渐意识到了。他致信郁治,请他问问身为郡督学的父亲,倘病休能领几个月薪资?很快有了回信:

"根据埼玉县十号法令第十三条规定,因病缺勤六十天内发全薪(附申请书和医生诊断书),此后两个月半薪。"

五十九

行田镇中央一栋西式涂漆洋房格外醒目。瓷门牌上写着的"医学士原田龙太郎"一目了然,门口挂的原田医院陶制门牌已显陈旧。

上午十点,晴天日影窗外透入,明晃晃照亮门诊室的白窗帘。

看完病,在父亲和荻生搀扶下出来的正是两三天来愈发衰弱的清三。荻生抱着一线希望,紧催朋友问诊,结果一番好意尽归徒劳。

医生似乎向父亲和朋友宣告了绝望的结果。

荻生与医生有些交情,特意在另一房间问询。

"如果早一点来,或许还有希望。"医生说。

"到底还是肺病吗?"

"肺病啊……两边的肺都坏掉了。"

荻生感受到绝望。头昏目眩、无法站立的病人几乎是被抬上了车。

"用人力车拉太辛苦了。"医生这样说。

荻生后悔自己来之前不该说——"请医生过来车费太贵……五元钱不够的,我用车拉你去吧。"

二里街路,有行商者赶道,有收购青缟的大车,有疾驰而过的脚踏车,还有卷起和服下摆、露出红色贴身裙款款而行的乡村女孩儿。原野秋风起,清晰可见构成背景的树林、草葺的屋顶和远方的秩父群山。丰熟的稻穗在凉风中摇曳。

架篷的车子缓缓离开大街。

沿街叫卖七彩气球的老爷子身边,挤满了乡村孩童。

六十

寺院住持来探病,带来一盒鸡蛋。

他大为惊讶,数日未见,清三竟衰弱至此。

两人专门谈及了战争的话题。

"旅顺就是攻不下来啊。"

"为什么会拖得这么久呢?"

"斯特赛尔①很拼命呀。兵力还是不足,听说第八师团也要去旅顺了。"

"第九师团加十二师团,还有第一师团……这么说总共四个师团……"

"再不尽早拿下来,可就麻烦了。"

"相当顽强!"

病人又开始咳嗽。

片刻过后。

"辽阳那边呢?"

"据说,那边也许快一些。第一军已经占领榆树林子,离辽阳不足十里。第二军占领了海城,应该会有突破……"

"身体好的话,我也去战场。"清三感慨道,"有人为国家奋战流血,也有政治家在千载一遇的国家存亡之际,立于庙堂之上与天下同忧……我却碌碌无为罹病卧床,实在不堪忍受。住持,真是人各有命呀。"

---

① 俄军旅顺要塞司令。

"的确如此啊。"住持露出笑容。

又过了一会儿。

"有原先生的消息吗？"

"嗯，快回来了。听说在海城病了，住院一个月……下月初会到家。"

"那就是说，没有看到辽阳……"

"是啊。"

衰弱至极的他已算是聊了很久，但还是聊到了寄宿寺院时的事。

第二天，弥勒的校长来探望。

"已经这副模样……"他伸出瘦骨嶙峋的手给校长看。

"学校那边安排好了，不要担心。交假条就能发两个月薪资。"

校长这么讲，随后说起战争。

"原以为最迟假期攻下旅顺，看来很难喽。最近悲观论者多起来，说近期无法轻易取胜。听说常陆丸上装了各种必要物资。"

过了两三天，关老师来了，带来败酱草和芒草，说是在弥勒原野摘的。母亲急忙用脸盆接水，将花摆在病人枕边。清三欢喜地望着那些花。

然后，关老师又从包袱里拿出用纸包着的两笔慰问金，一包七元钱，全体学生送的，另一包五元钱，下方写着教师们的一溜名字。

六十一

辽阳之战随即爆发。国民的心牵挂满洲原野。深重的沉默，反而确认了无限的期待与无限的不安。人心变得神经质，一听到卖号外的铃声就受到惊吓。就这么过了一天又一天。本想鞍山站强攻首山堡，未能轻易得手。第一军的挺进也不如预期。人们在风云莫测中又过了一两天。九月一日终于占领首山堡的消息以二号铅字披露于报端后，人们的不安才彻底消解。接着传来占领辽阳的喜报，压抑已久的欢呼声顿时以翻江倒海之势席卷日本。全国沸腾了。

占领辽阳！占领辽阳！无论在昏暗污秽的街巷还是在深山中的破屋，甚至在荒海孤岛上都能听得到这样的声音。号外铃声不用一小时就将最新最详细的战报传遍全国。家家户户奔走相告，夸张地互相传说激战的过程。还有谣言说库罗帕特金将军烧毁太子河军桥后撤退，反遭第一军追击并被团团包围。许多人一时信以为真。

有报道称，整个东京被国旗淹没，皇宫深处都能听到人民的万岁欢呼。据说晚上的提灯行列从日比谷公园延伸至上野公园，樱田门附近和马场先门附近人满为患。京桥、日本桥的大街上，数万盏燃烛辉光如昼，一有花电车经过，万岁的欢呼声就四起，彻夜不休。

清三已不能正常起身，病情日益恶化。昨天，几乎是从厕所爬着勉强回到床上。尽管如此，枕边还是放着《国民新闻》和《东京朝日新闻》，瘦骨嶙峋的手总是拿着报纸阅读。

得知占领辽阳的消息，他脸上浮现无限的喜悦，愉快地说："妈妈！打下辽阳啦！"

紧接着与母亲说到了许多问题，还提及两千多人的伤亡。说起战争，他似乎忘记了病痛，苍白瘦削的脸上隐约泛起了血色。医生来后提醒说："报纸之类的不看为好。"

病人自己也感到一字一句地读那细小的铅字已经十分吃力，手举报纸坚持不到五分钟，累了就搁置一旁。有时看到一半，报纸掉落在长胡须的瘦脸上，静止一般一动不动了好一阵子。

这是日本首次以欧洲强国为对手的旷古一战，也是世界历史中屈指可数的大战——生为灿烂荣耀的国民一员，不能参与荣誉之战，不能报国于万一，甚至不能像普通人那样欢呼万岁表达喜悦心情，只能因恶疾卧床旁听国民的欢呼，想到这里清三眼里饱含泪水。

然而战场上的人目睹横尸荒野的场景，身历苦痛，又有何心思去考虑名誉。他们在前方，一定也在牵挂父母，牵挂祖国，牵挂故乡吧。然而他们仍然比我更幸福，我只能放弃希望横卧病床……如此想来，清三又思量起卧毙遥远的满洲那片寂寞原野上的同胞。

六十二

医生坐在枕边的身影清晰可见。

父亲看着医生默然无语，母亲掩面啜泣。

吊在房屋中央的煤油灯,灯芯挑得太高,玻璃灯罩熏黑了一半。室内充满阴森之气,一片死寂。清三胡须老长,颧骨突起,两眼半睁,昏暗的灯光下隐约显见一副死相。

医生的注射并不见效。

母亲的啜泣声不绝。

门口传来急促的脚步声,穿碎花白布衣的荻生慌张进屋,粗鲁地挤在医生与父亲的中间坐下。

"林君……林君!他真的没救了吗?"

荻生说着,眼泪顺着脸颊扑簌簌流淌。母亲又啜泣起来。

为庆贺占领辽阳,小镇的提灯队伍多次闹哄哄走过。家家房檐下挂着守护神灯笼,黑暗中照亮了国旗。两三天前广告满天飞,预告今日举办庆典。附近来了几支提灯游行队。荻生得知清三病危的消息,就在国旗、灯笼的杂沓混乱中挤出人潮,飞奔赶来。一个小时前,清三听到这些队伍高呼万岁。

"今天是攻陷辽阳的庆典啊。"他正侧耳细听众声喧哗……

此时又有队伍通过,万岁的欢呼热闹非凡。稍过片刻,医生告辞,外出正好碰上一个队列,手持竹竿,前端挂着红纸圆灯笼。医生在孩童和年轻人的簇拥下吵吵嚷嚷地走过。

"万岁!日本帝国万岁!"

六十三

白天葬礼费用高,决定次日晚十一点后悄悄入葬成愿寺。

荻生帮着清三的父亲张罗奔走,去了镇公所,又去桶屋订棺材。住持去东京迎接战场归来的原杏花,恰巧不在,由清三寄宿正殿时常跟他学数学的小和尚念经。家里没钱请邻近寺院的高僧来做法事。

夜晚星光璀璨,垣内虫鸣似雨,山茶花叶上沾着露珠,房东的高窗泄出油灯闪烁的光亮。黑色树影与家屋的黑影重叠在一起。

抬棺出巷时,小镇人家已统统入睡。行业公会三人、房东老爷、父亲和荻生跟在后面。提灯照着既无鲜花也无假花的、凄冷的送葬队伍。他们在警察局拐弯,沿着沟渠的老路前往寺院。

行进中的提灯光线微弱,闪映在沟渠浑浊的水中。上方覆盖的绿叶背面,光照忽明忽暗。路旁草丛中、旱田里和竹林内,虫聒不休。一行人走动的脚步声吧嗒吧嗒。谁都不说话。

远远望见寺院正殿开着门,如来佛前的供烛夜风中闪动。不一会儿,棺椁抬上了正殿,念经开始。

小和尚身矮,却也穿着袈裟,手持拂尘。提灯照样亮着,挂在一行人身后拉门的插栓上。空阔的正殿点着蜡烛,依然显得昏暗。父亲的秃头与荻生的白色单衣隐约可见。小和尚的念经严重走调,缺乏凝重。钲鼓发出刺耳的声音。

"做梦也没想到,会在这个地方这样为林君吊丧。"

荻生心中哀叹,回忆起当初时常怀揣裹竹叶的点心来正殿午睡。

仪式结束,父亲拾阶而下,寺院住持的夫人站在那里。

"这回……没想到……没能登门吊唁……他又恰巧不在。"她哽咽着断断续续。

夜晚微凉,只穿一件单衣已能感到几分寒意。随后,棺椁被雇工抬起,送往墓地。

墓地选在农田与寺院之间的榛树林附近。暗夜中,成排细长的树影斑驳。垣墙外桑树摇曳,胡乱生长的阔叶被夜风吹得沙沙响。

墓坑已挖好,褐土袒露出来,渗水很多,四周泥泞,难以下脚。公会的男人穿草履一步跨入,抱怨新买的白布袜被弄得满是泥浆。挖坑的人头发上都是褐土。

"真难办啊!这么多水,往外舀了又舀还一直渗!"

父亲举高提灯俯视墓坑,只见坑底的污水闪映赤光。荻生也朝下张望。

过了一会儿,棺材放进了墓坑。土块啪嗒啪嗒地撞击棺木。筑墓时,身穿袈裟的小和尚黑影杵在墓前,再度用走调的声音念经。暗夜中,提灯微弱的光亮照着背对木槿篱站立的荻生那苍白的脸,还有秃顶的父亲和围成一圈的人。

六十四

约莫一年后,那里立起了一块自然石的墓碑。碑面刻着"林清三之墓",下方写"辱知有志"。这是荻生和郁治帮忙筹建的,捐款人还有美穗子、雪子和繁子。

失去唯一儿子的母亲一时间几乎不想再活下去,但又不能一味懊悔哀叹。他们老后必须自食其力。儿子死后,母亲继续在那六叠大的房里做缝纫活儿。父亲的秃头依然频频出现在那个街道。

墓前常有人献花。爱花的母亲逢节便会携花供在坟前。荻生在羽生邮局工作时也常来上坟。某个秋日,住持听夫人说,有个梳庇发、穿箭羽纹捻线绸和服、绛紫色裙裤、女学生模样的姑娘,拿着野菊和山菊扎成的花束,去寺院的僧堂借水桶,然后到水草丰茂的井前亲自汲水。她还打听林君墓的位置,走到墓前,不管不顾地哭了很久。

"哪里来的姑娘啊?"住持夫人问道。

两年后,听说上坟的姑娘成了羽生小学的女教师。

"那姑娘原来是林君在弥勒教过的学生呀!"夫人不知从哪儿听来的,告诉了住持。

时至秋末,赤城又刮落山风,寺院后林内风声如潮。树林旁,早晚都有直达足利的东武线火车隆隆驶过。